金一南 ★ 著

心胜

灵魂与血性 关乎命运

II

长江出版传媒
长江文艺出版社

北京长江新世纪文化传媒有限公司
www.cjxinshiji.com
出品

目 录

灵魂与血性 / 001

> 正是中国革命的这种"野蛮",把鲁迅描写的"阿Q精神"、毛泽东讽刺的"贾桂习性"一扫而光,使这个民族真正从精神上站立起来。

即使胜利也不能忘记 / 039

> 为什么卢沟桥成为抗战爆发地点?为什么美国人宣战了我们才敢正式宣战?为什么出现集团性精神沉沦和人格沉沦?胜利花环不仅是夺目的荣耀,更是切肤的警醒。

等待填满的容器与需要点燃的火炬 / 071

> 我们是正义的吗?我们主持过正义吗?我们还将为正义奋斗吗?我们还能不能登高一呼云集者众?我们向全世界提供了丰富的物质产品,能不能也提供同样丰富的精神产品?

不是为了赢得赞誉，而是为了赢得战争　　/ 083

> 变革就是扬弃，就是创新，就是"消灭自己"。军事变革同样如此。谁又愿意消灭自己呢？但不变革不创新，就会被他人消灭。

除了胜利一无所求，为了胜利一无所惜　　/ 095

> 军人绝不是为了让自己肩膀上将星闪烁去光宗耀祖，军人要用自己的热血和生命对国家和人民做出交代，这个交代就是通过夺取胜利报效人民、报效祖国。军人生来为战胜。

最为勇敢，最为忠诚　　/ 101

> 唯有高扬布满弹洞的旗帜，使战火硝烟成为对自己的精神洗礼，才能让生死较量中磨砺的价值观念迸发出耀眼异彩。

我们从哪里来？我们向哪里去？　　/ 105

> 近代以来中华民族太多苦难，太多挫折，太多失败，最缺乏的就是胜利。没有品尝过胜利美酒的民族，精神永远苦涩萎靡。一定要记住那些顶天立地的英雄，他们通过胜利，给中华民族肌体注入了全新的激情、尊严与血性。

那个时候的人,那个时候的党 /119

> 在青年人是一种追寻和发现,在中年人是一种激荡与重温。大家又看到了一批不为官、不为钱、不怕苦、不怕死,只为胸中的主义和心中的信仰的人。

不会再现的传奇 /127

> 他们那一代人,本为赤脚农民。若无那场狂飙突进的革命,一辈子也就是面朝黄土背朝天。这场革命正是通过改变这些人的命运,进而改变了整个中国。

唯有真人能自觉 / 133

> 中国革命最大的幸运,就是拥有一大批极富历史自觉的领导者。当队伍丢了魂的时候,他们就是队伍之魂。

战略文化:国家与民族的生命力之源 / 165

> 为什么人类四大文明起源中的印度文明消亡了,巴比伦文明消亡了,埃及文明消亡了,中华文明还依旧存在?文明中所渗透的战略文化要素,被证明是国家和民族的精神生命力之源。

生命的本色——写给父亲 / 179

> 父亲那一代人用全部生命演绎了一个群体的品格：一种在极致状态下诞生的极致品格，类似石墨在高温高压之中变成金刚石一般，令后人难以企及，无法复制。

阶级叛逆者——写给母亲 /189

> 人生是什么？幸福是什么？追求是什么？向往是什么？得到了什么？又丢掉了什么？这些看似简单的问题，很多人一辈子也无法完全弄清楚。

让暴风雨来得更加猛烈——写给自己 /197

> 幸福是财富，苦难亦是。比它们更珍贵的，则是领悟。我们这代人生活得如此认真，尽管属于我们的春天满地泥泞。

灵魂与血性

正是中国革命的这种"野蛮",把鲁迅描写的"阿Q精神"、毛泽东讽刺的"贾桂习性"一扫而光,使这个民族真正从精神上站立起来。

"有灵魂，有本事，有血性，有品德"——这是 2014 年 10 月底，习主席在全军政治工作会议上提出的新一代革命军人的"四有"，给人至深印象。这"四有"，既不是新的标语口号，也不是相互独立的板块，而是一个有机整体。其中那些一以贯之的内涵，需要好好把握和领悟。而其重中之重，应是灵魂与血性。

精神乃真正的刀锋

德国著名的政治学家马克斯·韦伯（Max Weber）说："以政治为业有两种方式，一是为政治而生存，二是靠政治而生存。前者是以政治目标为追求的政治家；后者则是以政治为饭碗的食客。"

不妨把他的话借用过来。以军事为业的军人也一样，有些人为军事而生活，有些人靠军事而生活。前者是真正的军人，后者只是军队的食客——当兵不过是一个饭碗，从军不过千百种职业中的一种选择，并非毕生的追求。

马克斯·韦伯认为真正的政治家应该具有三种禀赋：一是对认定的价值目标的献身热忱；二是使命感与实现使命所必需的责任伦理；三是超越感情的冷静判断和深刻洞察能力。

仍然以此类比，真正的军人应是什么样？你真的具有献身热忱吗？真的拥有使命感和责任感吗？真军人与假军人的区别不仅是部队里是否有你的编制，而是你的灵魂是否驻留在军营。

美国军事史上的"西点三巨头"之一，丹尼斯·马汉（Dennis Hart Mahan），于1820年进入西点军校，1824年以全班第一名的成绩毕业，28岁成为军事工程学及战争艺术教授。鉴于他在西点军校的杰出贡献，被评为终身教授。

再"终身"，也有退休的一天，但他不愿退休。1871年9月，西点军校监察委员会对年近70岁的丹尼斯·马汉实施强制性退休。在他这个年纪，早就功成名就，早该颐养天年了。让人始料未及的是，得知这个消息后，丹尼斯·马汉扑向一艘航行在哈德逊河的轮船推进器，以自杀结束了生命。他认为，离开这所军校，离开军事教学，生活便毫无意义，生命也毫无意义。

这是一位真正的军人。历史学家阿伦·米利特(Allan R. Millett)和彼得·马斯洛斯金(Peter Maslowski)在《美国军事史》中评价丹尼斯·马汉："在他执教的四十多年生涯中，他对军官职业从行业过渡到专业，留下了无与伦比的影响。"

丹尼斯·马汉被人们称为"老马汉"，因为他有一个更加出名的儿子阿尔弗雷德·马汉（Alfred Thayer Mahan）——"小马汉"。小马汉后来成为美国海军战争学院教官，也是著名的《海权论》的创立者。老马汉的生命消失在哈德逊河，小马汉的理论使美国从地区走向世界。

美国的强大从哪里来？没有几代军人的无条件献身，仅靠物质和装备，是无法把一个国家的强大堆砌出来的。

西方有这么一句话：

有一流的军队之前，先有一流的教官。

有一流的教官之前，先有一流的人格。

老马汉、小马汉尽管没有机遇在战场上立下军功，却培养出众多威名远扬的军中将领——潘兴、麦克·阿瑟、巴顿、史迪威、布莱德雷、艾森豪威尔等，都是他们的学生。

这就是一支军队从灵魂里锻造出来的强大基础。

我们的军队也不乏这样的例子。

国防大学科研部副部长王三欣，战争年代是战场上的优秀指挥员，战争结束后进入军校，成为获得一等奖的优秀学员，后来又走上讲台，成为享誉全军的优秀教研人员。

他在讲台上一站就是三十多年，呕心沥血，勤奋耕耘，一直到最后倒在了讲台上。他的夫人回忆："他在医院里有时清醒有时糊涂，有时陷入幻觉，口齿已经不清楚了，还在断断续续说：'张家港……演习……拿地图来……拿笔来……要红的。'他脑子里装的都是这些东西，家事一句没谈。"

这位被誉为"战争史活字典"的军人，在弥留之际所惦念的，仍然是教学。他的女儿回忆："爸爸突然辞世，什么也没留下，只留下了大堆的讲义和文稿。妈妈痴痴地厮守着这些故纸，仿佛在期待着什么。"

让我们看看他夫人厮守的这些"故纸"——王三欣的文稿和讲义：

《如何在未来反侵略战争中打歼灭战》

《学习军委战略方针的初步体会》

《关于未来反侵略战争的积极防御战略方针》

《苏联卫国战争初期经验教训初探》

《学习"如何研究战争"问题的几点体会》

《抗日战争中中国共产党军事战略的历史演变》

《关于解放战争时期战略进攻的几个问题》

《学习我军革命战史，加深理解毛泽东军事思想》

《主观能动性在战争中的动用与发挥》

《关于战争诸因素的关系》

…………

那是一个国家改革开放、军队需要忍耐、学子纷纷海外定居、军人纷纷下海做生意的和平发展年代。人们都在关心自己的待遇，都在设计自己的前程，王三欣却仍在研究战争、关注战争，《中国人民解放军战史简编》《战略学教程》等由他撰写或经他修订的教材数不胜数。

1987年2月，这部"战争史活字典"在北京西郊红山口静静地合上了。

他有没有更精彩的个人梦想？有的。这个梦想既不是升官，也不是发财，而是他年轻时心底的愿望："向往当一个梁山好汉"，"有时想当个打抱不平的英雄"。对除恶的担当，对正义的追求，对平等的向往，我军传统和作风对他的培育，是那一代军人灵魂与血性的本源。

在中国革命的熔炉中，有些人被炼成一堆炉渣，忠心耿耿的王三欣，则被炼成了沉甸甸的重金属。他生前特别喜欢克劳塞维茨（Carl Von Clausewitz，德国军事理论家、军事历史学家）这句话："物质的原因和结果不过是刀柄，精神的原因和结果才是贵重的金属，才是真正锋利的刀刃。"

在那个物质匮乏的年代，他给我们留下了真正锋利的精神之刃。

如同小马汉创立《海权论》与其父老马汉关系极大一样，说到王三欣，必须说到对他影响至深的老师蔡铁根。当年王三欣在南京解放军军事学院就读战史研究生时，蔡铁根是战史教授会的主任。老师的知识融入了学生的头脑，老师的人格也融入了学生的血脉。

1958年"反教条主义"时，蔡铁根致信中央：

"军队建设绝不能以我们的传统观点为标准，必须以未来战争的要求为标准。军队训练教育的唯一标准，就是是否适应于未来战争的需要，战争有权改变一切。"

"作为一个共产党员，基于自己为党为国的热忱，我不敢隐讳自己的愚见，并大胆地把它提出来。"

他为此付出重大代价：被划为"右派分子"，开除党籍军籍；行政九级降为十五级，调离部队；"文革"时期又被定为"反革命"，判处死刑；20世纪80年代初最终平反。

军事学院老院长萧克将军说，每当想到蔡铁根的时候，不易安静下来。他专门赋诗一首："铁根之根坚如铁，宁为玉碎不折节。坚持真理不服诬，铁根之根真如铁！"

半个多世纪过去了，蔡铁根当年所讲的"军队训练教育的唯一标准，就是是否适应于未来战争的需要，战争有权改变一切"，今天读来仍是掷地有声。

国防大学原副校长黄玉章也是蔡铁根的学生，他说自己直到退休那天，也没有休过一个假期；虽然工作和成果不是那么辉煌，但是每当想起老师蔡铁根，就只能竭尽全力，不敢有丝毫懈怠。铁打的营盘流水的兵，队伍在不断变化，但军人的灵魂与血脉，代代传承，比具体的学术成果影响更加深远。

人性与血性：拒绝无尊严保命哲学

血性不是后天的品格，而是先天的禀赋。生命伊始，人性中就被注入了血性。人性代表人类最基本的需求：生存、温饱、尊严。这三个要素无不包含血性的支撑。

当原始人在森林里寻食求生的时候，没有血性，就只有饿死、冻死。尊严更要靠血性支撑。如果只有温饱没有尊严，人类与其他动物有什么区别？还能走出周口店的洞穴吗？一部社会发展史证明，没有血性的人性，不是完整的人性，容易滑入放弃担当、仰人鼻息、逆来顺受的奴性。

某著名大学的著名教授讲过这么一段话："有些汉奸如汪精卫，并不是为了自己升官发财，而是为了减轻人民痛苦，作为抵挡日本人欺压人民的缓冲器。这样的汉奸非但没有错，而且是真正的英雄。反过来看，有些英雄拿几十万人民的生命做抵押，坚决不投降，从人民利益的立场看，这些人不值得效法。"还说："在败局已定的情况下，应该说投降是正确的选择。""如果我们以这种观点看历史，几千年的历史可以改写。"

他讲的还是人性吗？还有生命的尊严吗？这种一丁点儿血性都没有的人，戴着大学教授的帽子，在今天的社会大行其道，以活着为第一要务，不行就屈服、就投降。他还说："投降了就要遵守人家的规定，不能胡来。投降了还胡来，别人就不按战俘公约标准对待你，你就得吃亏。"我们中国人如果都变成他说的这样，这个民族还有希望吗？

东北抗日联军将领杨靖宇，第一路军总司令，抵抗到最后剩自己一个人，有希望吗？一点儿希望都没有。但他没有像那位教授说的"败局已定，就应投降"，而是继续抵抗，直到生命最后一刻。

杨靖宇一米八几，身高腿长。东北的隆冬，雪很深，日本人形容杨靖宇像个大鸵鸟，在雪地上一蹦一蹦几下就没影了。日本人个矮腿短，雪深没膝，怎么跑也追不上他，于是就特别佩服他，甚至把他神化了。最终将杨靖宇置于绝境的，不是日本人，反倒是他身边的一个个叛徒。

第一个叛徒：程斌，抗联第一军第一师师长，杨靖宇最信任的人。1938年率部投敌，组成程斌挺进队。程斌知道杨靖宇必然藏身于某个深山老林的密营中。那些密营里有粮食，有柴火，使得杨靖宇能在零下三四十度的恶劣环境中生存下来。程斌带领"讨伐队"将密营全部捣毁，使杨靖宇失去了生存的保障。

第二个叛徒：张秀峰，军部警卫排排长，父母双亡的孤儿，被杨靖宇抚养成人。1940年2月他带着机密文件、枪支及抗联经费叛变投敌，向日军提供了杨靖宇的突围路线。张秀峰是杨靖宇的贴身警卫，知道杨靖宇的活动规律。此人2月叛变，杨靖宇3月份牺牲。

第三个叛徒：张奚若，抗联第一军第一师特等机枪射手，叛变后在伪通化省警务厅厅长岸谷隆一郎的命令下，开枪射杀了杨靖宇。

第四个叛徒：蒙江县保安村村民赵廷喜，上山砍柴发现了杨靖宇。杨靖宇好几天没吃饭，棉鞋也跑丢一只，对赵廷喜等几个村民说，下山帮我买几个馒头，再买双棉鞋，给你们钱，不要告诉日本人。赵廷喜仓皇失措地下山，很快就向日本人告发：杨靖宇在山上。

程斌、张秀峰、张奚若、赵廷喜，哪一个不是中国人？他们又都是失去了血性、最终只能给别人当奴才的中国人。按照那位著名教授所言，连汪精卫这样的汉奸都"没有错"，都是"真正的英雄"，程斌、张秀峰、张奚若、赵廷喜等人还有错吗？既然"在败局已定的情况下，投降是正确的选择"，那么这些叛徒都要归入这位教授的"英雄"行列。这种价值观对中国社会将产生怎样的误导和毒化？无怪乎美国人要给他颁发"弗里德曼奖"（为致敬1976年诺贝尔经济学奖得主米尔顿·弗里德曼而设立，该奖旨在表彰那些推动"个人自由"的重要人士）！

有一段赵廷喜与杨靖宇的对话。见杨靖宇几天没有吃饭，脸上、手上、脚上都是冻疮，赵廷喜说："我看还是投降吧，如今满洲国不杀投降的人。"赵廷喜哪里知道，岂止不杀，如果杨靖宇投降，日本人还打算让他出任伪满洲国军政部长，利用杨靖宇的影响制服东北抗联。

只剩单枪匹马的杨靖宇沉默了一会儿，对赵廷喜说："老乡，我们中国人都投降了，还有中国吗？"

这句话真是震人心魄。冰天雪地之中，四面合围之下，杨靖宇用周身沸腾的血性和整个生命，极大地表现出中国人惊天地、泣鬼神的人性。今天之所以还能有中国，就因为有杨靖宇这样的共产党人，在最黑暗、最困难、最无助、大多数人万念俱灰的时候，仍然在用他们的灵魂，用他们的血性，支撑着中华民族的脊梁。什么叫人性？什么叫完整的人性？看看共产党人杨靖宇。如果中国人没有这种由血性养育和浇灌的人性，怎么可能自立于世界民族之林！

前面所说那位教授所讲的话，居然还有人喝彩。面对反对之声，居然还有国家级刊物发表社评，要求保护"言论自由"。难道只有毒化民族心理的自由，就没有反驳这种毒素的自由？

一段时间以来，这种无原则、无条件、无界限的"人性"，成为一批人的旗帜，也确实取得了一些"成果"。例如汶川地震中的"范跑跑"，网上就有不少人表示同情。一些电视台还以"思想解放"为由组织正方、反方，在节目中激烈争辩。对一个国家、一个民族来说，这种现象是可喜还是可悲？

毫无疑问，所有人都有维护自己生命的权利和自由，但你是教师啊，课堂里有几十个孩子啊，你就没有一点儿责任？你撒腿就跑，把自己的性命看得远远高于几十个孩子的性命，在哪一个国家、哪一个民族能够得到认可？如果说这种行为被我们一些人肯定为"人性"表现，那么这种"人性"

与兽性又有什么区别？如果这类理论横行于我们的社会，我们又怎样避免20世纪初孙中山的感叹："四万万中国人，一盘散沙而已！"

2014年3月1日21时12分，昆明发生暴恐案。暴徒持刀在昆明火车站临时候车室肆意砍杀无辜群众，最终31人死亡，141人受伤，其中40人重伤。有多少暴徒？最初传说是"十几个黑衣人"，后来说是8个，最后证实是5个，其中还有1个女的，被捕后发现有孕在身，只能判她无期徒刑。就这5个暴徒肆意挥刀砍杀，造成如此严重的伤亡，平均每个暴徒砍杀30人以上。

在赤裸裸的血腥暴力面前，该怎么谈我们的血性？暴行发生后，网上到处是逃生技巧、保命举措，教人"不能激怒歹徒""见黑衣者躲避"，还有人教说维语"朋友，住手，自己人"。这还有一丁点儿血性吗？有二百多人躲在一个小商店内，几位男士想冲出去拼，马上被拦住，"谁都不许开门，谁开门砸死谁！"

我们的媒体都在谴责暴行、祈福逝者，不去反思为什么失去了血性，不去讨论失去血性还有没有生命的尊严。你可以"人性"不离口，但如果失去血性，你的人性能保全吗？让无尊严的保命哲学流传开来，暴恐分子活动空间是越来越小还是越来越大？人们的精神状态没有血性与正义的提振，谁敢说抗日战争期间，五六个日本鬼子带着百十号伪军就能把几万人赶得到处"跑反"、一把屠刀就能砍下一百多中国人脑袋的所谓"百人斩"局面未来不会重现？

建构主义鼻祖、美国人亚历山大·温特（Alexander Wendt）说："一个国家在生存、独立和经济财富这三种利益之上，还必须加上第四种国家利益，那就是集体自尊。"我们有些人以为国家利益就是温饱，就是发展，就是韬晦与抓住机遇期，不知道集体自尊也是国家利益。为什么有些人"提起筷子吃肉、放下筷子骂娘"？他觉得自尊受了冒犯：虽然我吃饱了，有车有房了，但钓鱼岛被占了，南海被占了，海外侨民被欺侮了，伤害了民族自尊，所以不满意，要骂人。这就是亚历山大·温特说的"集体自尊"。

中国是一个有着几千年农耕文明的国家，宁愿人来犯我，不可我先犯人。"以和为贵"，儒家思想的影响根深蒂固。明哲保身，忍气吞声，忍辱负重。为了一己利益或苟活于世，什么都可以不顾。人的尊严、社会价值、是非曲直、真理道义，都在忍、隐、退的灌输下，变得无足轻重。活着就是第一要务；能攫取点儿利益则是第二要务；至于什么"尊严"，有没有无所谓；什么"正义"，能不能实现要现实。

与此相应的，"人在屋檐下，哪能不低头""识义务者为俊杰""活麻雀比死老鹰强"等等，在我们的社会大行其道。今天看，唯有血性才能冲破种种过于精细的利益考量，彰显一个国家、一个民族做人的品德与生命的尊严。精细入微的利益算计，丢掉的恰恰是国家民族的品德和尊严。

理性与血性：从精神上站立起来

很多人把理性与血性对立起来，好像有理性就不能有血性，有血性就失去理性。其实，坚实的理性从来都以充沛的血性为前提；失去理性的血性可以说是考虑不周的鲁莽和冲动，而失去了血性的理性则是懦弱与胆怯、顺从与屈服。

让我们看看如果理性中没有了血性，是一种什么样的"理性"。

一个非常关键部门的非常重要司的司长，在一次内部招待的餐桌上就东海和南海问题讲了这样一段话。他说："打个比方你们就明白了，排队的时候，前面挤进来一个壮汉，你又打不过他，怎么办？不如少说些话，让他加进去呢！"

你看他多么理性。打不过壮汉，索性让他挤进来，吵吵嚷嚷有什么用。普通人说说这种"认尿"的话也就算了，但这是我们国家重要部门的重要司长，不说是政策制定者，起码是政策提出者，脑中充满这种没有一丁点儿血性的"理性"，能想出什么样的应对举措，也可想而知。

我们今天的确还要忍耐，但绝不是无原则、无节制、无理性的后退。我们今天也还需要争取发展的战略机遇期，但却不是坐等别人恩赐，而应去积极主动塑造。再拿出过往"以空间换取时间"的陈旧观念，会发现今天的空间一旦丢失，未来也很难回归。

美国总统西奥多·罗斯福，这个把美国从地区性国家带向世界大国的人，令很多中国人颇有好感，因为他拿出美国所得"庚子赔款"的一部分返还中国，办了"留美预备学校"，即今天的清华大学，还办了协和医院等。

西奥多·罗斯福对中国充满复杂情感。他仰望这个东方文明古国，内心又鄙视它。在《赞奋斗不息》一文中他说："要是我们重蹈中国的覆辙，自满自足，贪图自己疆域内的安宁享乐，渐渐地腐败堕落，对外部事务毫无兴趣，沉溺于纸醉金迷之中，忘掉了奋发向上、苦干冒险的高尚生活，整天忙于满足肉体暂时的欲望，那么毫无疑问，总有一天我们会突然面对中国今天已经出现的这一事实：畏惧战争、闭关锁国、贪图安宁享乐的民族，在其他好战、爱冒险民族的进攻面前，肯定是要衰败的。"

我不知道那位司长看见这段话会有什么感受。西奥多·罗斯福以中国为警示，要求美国千万不要像当时的中国一样，因贪图安宁享乐、畏惧挑战而衰败。

2002年11月，我们在国防大学与美国丹佛大学代表团讨论中美关系，中午国防大学宴请。

吃到高潮处，该代表团负责人法诺站起来高声祝酒。他说："美国的装备世界第一，中国的餐饮世界第一，愿我们把各自的第一都保持下去，干杯！"

他太得意了，太忘形了，一下讲出了内心所想但不该讲出来的话。当时全场尴尬，他也觉出自己失言，坐下来很不自在，用了很多其他话来弥补，来缓解，想把刚刚讲的圆过去。

十几年过去了，法诺的话至今在我耳畔回响。我们中国人，外国人来了，好吃、好喝、好玩、好住，千方百计想给对方留下好印象。应该说，好客也没错。但关键是给这些强悍民族留下"餐饮世界第一"的印象，是增加我们的安全还是扩大我们的危险？

一个大国，仅凭大熊猫、兵马俑、万里长城、满汉全席、孔子学院等立足于世界，行不行？印度大文豪泰戈尔讲过一句话："冲突与征服的精神是西方民族主义的根源和核心，它的基础不是社会合作。"这句话非常值得我们牢记。不彰显中华民族的血性，就无法在世界民族之林中获取我们的一席之地。

恩格斯在《家庭、私有制和国家的起源》中讲道："凡德意志给罗马世界注入的一切有生命力和带来有生命的东西，都是野蛮时代的东西。"

当年德意志把罗马帝国灭了，从文明程度来看，德意志是落后的，但又如恩格斯所言："只有野蛮人才能使一个在垂死文明中挣扎的世界变得年轻起来。"灭掉雅典的斯巴达，也是文明程度落后，尚武精神领先。

中国革命也是一样。毛泽东说，革命不是请客吃饭，不是绘画绣花，革命是一个阶级推翻一个阶级的暴烈的行动。斯大林说，革命就是剥夺剥夺者。从这个角度讲，也可以说革命运动就是恩格斯讲的"野蛮"。

正是中国革命的这种"野蛮"，把鲁迅描写的"阿Q精神"、毛泽东讽刺的"贾桂习性"一扫而光，给千年沉睡的民族肌体注入全新的激情、全新的尊严、全新的血性，让敢于斗争、敢于胜利、独立自主、奋发图强成为民族肌体内的全新元素，使这个民族真正从精神上站立起来。

应该说，中国共产党领导的中国革命，令中华民族的精神面貌发生了巨大改变。美国人马克·莱恩和大卫·芬科斯坦在《中国作战研究：1949年后中国人民解放军实战经验》一书中说："中国人民解放军的威慑作用，不是随1949年中华人民共和国成立就有的，因为那时的中国虽然幅员辽阔，但却被普遍看作是一个柔弱混乱的国家。这种威慑力量是人民解放军不断地被用于战场，不断地英勇厮杀，并连创佳绩后才赢得的。"

回顾当年，新中国刚刚成立，为了捍卫国家安全，就敢于"雄赳赳，气昂昂,跨过鸭绿江",与世界上最强大的武装力量抗衡。抗美援朝后,西方得出一个结论:在涉及国家安全的问题上,新中国再也不会退让。旧中国退让太多了,动辄就是丧权辱国条约、割地赔款;动辄就是以空间换取时间,委曲求全。那些在旧中国占尽便宜的人们,终于认识到:新中国再也不会这么做了。

党性与血性:无条件、无水分的忠诚

什么叫党性与血性?就是说:党性必须依靠血性来支撑和捍卫。

对共产党员来说,党性就是党员的组织性、纪律性、原则性、战斗性。以血性支撑的党性,是党的生命力和战斗力的来源,如果没有血性支撑,组织性、纪律性、原则性、战斗性就成一纸空文。

1955年授衔的175名中将,开国将领张国华是其中之一。革命战争年代,在强手如林、战将如云的人民解放军内部,张国华虽然打仗不错,战绩也可以,但表现并不突出。他领导的18军组建时间并不很长,在刘(伯承)、邓(小平)领导的第二野战军中,还没有进入主力行列。使张国华的威望超过其他许多卓越将领、将其名字载入中华人民共和国史册的,是什么?

是他坚如磐石的党性。

1950年初,中央决定提早进藏。毛泽东说:西藏人口虽少,但战略地位和国际影响极其重要,必须尽早占领。最初考虑这一任务以西北方面为主,西南方面为辅,因为当时西南战事尚未完全结束。

西北方面彭德怀提出:战线太长,兵力分散,战事虽然基本结束,但少数民族地区广大,情况复杂,原有兵力本来就少,难以抽出太多兵力进藏;且从青海格尔木方向进藏的道路多年破损,仅修路就需很长时间。

毛泽东当时正在苏联访问,看到这个电报是不高兴的,随即指示:"由青海及新疆向西藏进军,既有很大困难,则向西藏进军及经营西藏的任务应确定由西南局担负。"

刘（伯承）、邓（小平）本来是进藏的辅助方向，现在一下子变成了主要方向，而且不但"向西藏进军"，还包括"经营西藏的任务"，压力陡增。

当时62军驻西康，距西藏最近，理所当然成为进藏部队首选。但刘伯承考虑62军来自一野，让他们进藏不妥，一野方面会说"让我们的部队啃骨头，你们自己部队去吃肉"。所以一定要让自己部队去。那一代人的领导风格就是如此：越是自己的部队，越是主力，越要承担艰苦任务。

刘、邓最后商定：62军不进藏，调自己指挥的二野一个主力军承担进藏任务。但未料到的事情发生了：该军军长以身体状况不佳等理由，不愿进藏，未能谈通。西藏条件艰苦，是尽人皆知的。革命胜利了，谁不愿意享受革命果实，谁还想到那片不毛之地去吃苦受罪，这也是当时普遍存在的想法。

僵局就这样出现了。毛泽东一直在等待西南方面的报告，种种原因又迫使刘、邓的选择一变再变，给中央的报告反复推迟，领导人的确忧心如焚。

张国华的18军就是在这样的背景下，领受进藏任务的。

18军原定的任务是接管富庶的川南。军长张国华已被定为川南行署主任，军政委谭冠三被任命为自贡地委书记。1950年1月7日，张国华在赴川南行署上任途中收到刘、邓急电：就地待命，军领导及各师一名负责人速赴重庆领受最新任务。

1月10日，刘、邓接见张国华等18军领导。

邓小平第一句话："今天谈话凭党性。"

张国华回答："一切听从党安排。"

邓小平："×××不去西藏，你指挥部队去。"

张国华："坚决完成任务！"

单刀直入的几句话下来，张国华的党性光彩照人。

"今天谈话凭党性"，小平特别强调这一点。因为前面一次谈话没有谈成，人家不愿去。我们说，真正的党性并不表现在平时滔滔不绝的政治表态，而是关键时刻敢于挺身而出的勇气和担当。坚强的党性就是坚决完成党赋予的任务。

军长同意、军领导班子同意，不等于全军都同意。18军由去"天府之国"的川南突然改去高原严寒的西藏，部队一时转不过弯子来。谁不想去富庶的地方驻扎，很多干部还没有结婚，还想到川南去发展事业、组建家庭。突然一道命令要转而去西藏，部队逃兵数量猛增。严重的时候，一天一个班跑得只剩班长、副班长。连队干部夜里不敢睡觉，轮流把门，营团干部天天追问逃兵数量。

跑的不仅是士兵，一些干部也出现动摇。18军52师154团副政委刘结挺，张国华最欣赏，准备重点培养、重点使用的干部，也写信提出身体不好，不能进藏。张国华看信气得手发抖。政委谭冠三说：把刘结挺绑起来！他不去，捆也要给老子捆进去！正是这句气话提醒了张国华。他后来要求：凡是逃兵一律不许进藏。他说：我们进藏的光荣绝不能让这些逃兵玷污了！

在18军进藏动员大会上，张国华说：

"你把西藏看成是不毛之地，可英帝国主义却从不嫌它荒凉，百余年来拼命往那里钻，现在美帝国主义又积极插足。难道我们对自己的国土反倒没有帝国主义热心？"

"如果西藏真被帝国主义分割出去，我们的西南边防后退到金沙江，恐怕我们在四川也坐不安稳吧！"

他还说："进藏确实苦，可是西藏人民世世代代在农奴主残酷压迫之下生活，岂不更苦？人民解放军以解除人民痛苦为己任，我们怎能眼看他们受苦而无动于衷？"

这就是张国华的党性，18军的党性。在革命已经胜利、大家开始享受果实、回避危险和艰辛的时候，张国华挺身而出，担起千钧重担。共产党员的党性，不仅仅表现在服从党的安排，更表现在以自己的牺牲去解除人民痛苦，真心实意为人民服务，就像国防大学王三欣讲的那句话："向往当一个梁山好汉！"

小平同志亲自坐镇18军动员会，对张国华的讲话带头鼓掌，并给18军将士题词："接受与完成党赋予的最艰苦的任务，是每个共产党员、每个革命军人无上的光荣。"

1950年春，张国华以共产党人坚定不移的党性，率领18军部队进军西藏。

人民解放军进藏，印度的尼赫鲁政府表示"不安"和"疑虑"，要求新中国政府"解释"。中国驻印度大使申健答复：西藏是中国不可分割的一部分，进藏是人民解放军的权力。

毛泽东得悉，1950年10月28日做出批示："周（恩来）并外交部：申健答得很正确，态度还应强硬一点，应说中国军队必须到达西藏一切应到的地方，无论西藏政府愿意谈判与否及谈判的结果如何，任何外国对此无置喙的余地。"

毛泽东这段话让我们感觉到领袖大无畏的气魄，更让我们感觉到支撑领袖气魄的18军将士大无畏的英勇。张国华坚定不移的党性，同样在构筑新中国的铮铮硬骨。

代价也是巨大的，张国华一个女儿因感冒发烧，病逝于进藏途中。共产党人坚定不移的党性不是表现在只让别人牺牲，而是表现在自己率先牺牲。

后来又发生所谓"五大部上书事件"。

1957年3月，西藏军区司令部、政治部、后勤部、干部部、财务部五个部门给中央写报告，没有经过司令员张国华和政委谭冠三，一位军区领导到北京开会，把报告作为情况反映递上去了。其中的主要内容是反映部队存在的问题：因驻藏条件太艰苦，能否实行分批轮换，三年或五年，让干部们缓一缓。

这份报告没有不实之词，对存在的问题也没有夸张和夸大。参与报告的有副司令员李觉、副参谋长陈子植、政治部副主任洪流、后勤部政委李华安、财务部部长秦卓然，干部部处长方其顺、王达选，军区司令部办公室副主任郑震等。

报告上去后，总部有领导批示，指责这些干部"革命意志衰退""不安心西藏工作"，有"右倾逃跑主义倾向"，要严肃处理。这些人都被调离岗位，有的还受了处分，被不公正对待。

例如李觉，18军少数知识分子之一，原是西南军区作战处处长，18军进藏跟他并无关系，但他积极主动要求进藏，先后任18军副参谋长、参谋长、西藏军区参谋长、副司令员。"五大部上书事件"后，李觉调离西藏军区，到二机部任核九院第一任院长，在大西北荒漠戈壁一待就是8年，为新中国核武器发展做出重大贡献。

政治部副主任洪流，调到藏北海拔4500多米的无人区杜加里，在极端艰苦的生命禁区，带领工程技术人员和藏族民工挖硼砂，偿还新中国欠苏联的债务。副参谋长陈子植，去了中国与尼泊尔的边境，在世界屋脊修建第一条高原国际公路。

他们在1979年全部获得平反，恢复名誉，撤销处分，清理档案中的不实记载。

这件事情的处理过程中，张国华是有责任、有错误的。说李觉、洪流、陈子植等人"夸大坚持西藏地方斗争的困难，犯了右倾机会主义错误"的确是左了、过了，对他们的处理也重了、错了。但张国华从始至终不是在跟哪个人过不去，不是想打击谁，报复谁。他觉得这个报告违背了毛主席的指示，甚至还怀疑过军区政委谭冠三不够坚定，是否也参与了这份报告，产生一些误会。他只把定一条：毛主席让我们守西藏，要走你们走，我死也死在这里！

即使是犯错，也让人看见他坚如磐石的党性。

因为长期高原工作引发的心脏和血压问题，1972年张国华去世，不满58岁。骨灰空运回北京，周恩来总理亲自到机场迎接。周恩来一生只为两位将领迎过骨灰，一位是多年患难与共的战友、黄埔一期毕业的陈赓大将，另一位就是虽然历史交往不多、但周恩来特别欣赏的井冈山司号员张国华中将。

新中国 175 位开国中将，其中军事能力、作战水平比张国华高的不在少数，但名声像他这样响亮的，为数寥寥。历史就这样完成选择：关键时刻，张国华以共产党员的党性彰显革命军人的血性，铸起新中国西藏回归过程中千古不朽的时代丰碑。

习近平同志在全军政治工作会议上说："有灵魂就是信念坚定，听党指挥。不论何种艰难困苦的场合，坚决完成党赋予的任务，靠党指挥枪的原则，靠为人民服务的宗旨，更靠由信仰和信念结成的唯一的、彻底的、无条件的、不掺任何杂质的、没有任何水分的对党的忠诚。"

什么叫"唯一的、彻底的、无条件的、不掺任何杂质的、没有任何水分的对党的忠诚"？让我想清楚、看明白这个问题的，就是张国华。他就是这句话的注解，就是走在这支军队前面的光辉榜样。

血性，就是战斗精神

在全军政治工作会议上，习近平同志也对"血性"二字作了高度概括："我担任军委主席后，第一时间就强调了军人要有血性。我说的血性就是战斗精神，核心是一不怕苦、二不怕死。如毛泽东所说，具有一往无前的精神，压倒一切敌人而绝不被敌人所屈服。"

我们新中国，中国人民解放军是怎么一步步走过来的？就是有一批唯一的、彻底的、无条件的、不掺任何杂质的、没有任何水分的对党忠诚的党员和军人，有压倒一切敌人而绝不被敌人屈服的血性。

军人的灵魂与血性，不是理论问题，是实践问题，是思想深处的信念问题。

2000 年 8 月 1 日，建军 73 周年之际，《北京青年报》发出 50 份问卷，调查对象囊括几乎所有职业、所有年龄段的军人，我们国防大学的教员、学员、研究生，多人参与其中。

第一个问题，为什么选择当兵？

回答五花八门，归纳为以下几条：

1. 当兵是最大的光荣。
2. 对"电钮战争"的向往。
3. 想当将军。
4. 只有当兵才能实现价值。
5. 喜欢这身军装。
6. 从军是最富挑战的职业。
7. 从小就非常崇拜军人。
8. 儿时所受的教育与自己的热爱。
9. 世界霸权对国家安全构成威胁。
10. 一时冲动唤起了满腔热血。

所有回答中，第10条给我的印象最深。回答者是受访者中年纪最大的空降15军原军长李良辉。

李良辉36岁当副军长，43岁当军长，抓训练极严。

他要求15军所有人——包括电影放映员——都要跳伞，军长带头跳。他亲自率一个排、带两天干粮空降神农架大山，用一周时间走出来，野战生存训练。他还开创了我军在"三无"（无通信引导、无气象资料、无明显地标）条件下超低空400米跳伞的纪录。

这位优秀的军事主官，因与军政委有矛盾，未能采用正确方法处理，犯下错误被免职。1988年恢复军衔制，没有给他授衔，在国防大学学习结束后穿一件便衣，军人不是军人，文职不像文职。一段时间后才把他安排到宁夏军区任副司令，军衔是大校。

看到这个早该授衔少将的人扛着大校牌子，从全军瞩目的空降部队主官调到大西北一个省军区去当副司令，人们都知道这就是让他等待退休了，再没有什么上升空间。

李良辉却没有像大多数人想象的那样就此沉寂，依然狠抓训练。省军区没有部队，就把武装部部长、政委集中起来，统一睡上下铺，早上出操，晚上紧急集合，摸黑打背包，营区里哨子吹得又尖又响。武装部领导很久没这样"折腾"过，不少人都大腹便便了，被练得焦头烂额、汗流浃背。最后一个课目是从空15军调来一个连，给大家看空降表演，场面轰动。很短的时间内，宁夏各地哪怕不知司令、政委是谁，都知道有个"李副司令"。这个大家以为只会等待退休的人，把宁夏军区的军事训练搞得风风火火。

苍天不负有心人。李良辉后来出任宁夏军区司令、新疆军区司令。到新疆后又大抓边防建设，搞"八一"阅兵。当时正逢1999年的两件大事：5月8日我驻南联盟大使馆被炸，7月9日李登辉"两国论"出笼。国家安全形势急转直下，国内民众义愤填膺。

8月1日，新疆军区阅兵，阵容严整，行进威武。外电评述"中共会使手腕，过去声东击西，今天以西援东，通过西北新疆阅兵，震慑东南台海"。其实并非如此。新疆军区阅兵是早规划好的，李良辉也未料到1999年发生那么多大事，未料到新疆阅兵无形中会发挥那么大的作用。

当然，人无完人。除了前面所说的错误，李良辉在宁夏和新疆的一些做法也引起过争议，的确有形式主义和做表面文章之嫌。但他确实是个想打仗、谋打仗的人。后来因为新疆军区一次弹药销毁发生意外爆炸，导致多人伤亡，他又被解除了新疆军区司令职务，最后的落脚点是到济南军区任副司令，直至退休。

那是他军旅生涯真正的"倒计时"了。去河南考察，当地驻军领导陪同，一路讲黄段子。李良辉不高兴，但一直忍耐着。表面上，讲段子是调节气氛，实则从内心看，大家已经不太把这个刚刚调来、很快就要到龄的李副司令当回事了。

中午吃饭，有人在餐桌上继续讲。李良辉忍无可忍，把碗筷猛地往桌子上一掼，"你们都是党的高级干部，你们庸俗！"饭也不吃，愤而离席，留下一桌人惊呆在那里。人们后来说，没想到李副司令脾气这么大！以后别说讲黄段子，连吃饭都没有人敢再陪他了。

老虎虽瘦，雄风犹在。这是个真正的、哪怕行将退役也仍然一腔热血的军人。所以面对《北京青年报》的问题"为什么选择当兵"，他的回答与众不同,说出"一时冲动唤起了满腔热血"这样铿锵的语言。即使在今天这个信息时代,一个只有技能没有热血的军人,算不算真军人?李良辉做出了最好的回答。

《北京青年报》的第二个问题:未来军人什么样?
回答仍然五花八门。如:
1. 坐在计算机房的操作手。
2. 是知识型,而非力量型。
3. 数字化、职业化、高素质。
4. 拿起武器能打仗,放下武器能搞建设。
5. 更加充满个性。
6. 有全天候作战能力。
7. 战场网络的终端,作战系统的节点。
8. 肌肉不一定发达,智慧一定极高。
9. 头戴无线接收天线,腰戴微型电脑。
10. 通晓天文地理的硕士或至少是学士。
…………

给人印象最深还是李良辉的答案:献身精神＋渊博知识＋强健体魄＝未来军人。

这是2000年有关"未来"的讨论。当时我正在英国皇家军事科学院学习,英国人给出一个图形,把人的感知分为意识和潜意识:意识主要是智力,来源于受教育程度和智商;潜意识则主要是情感和意志,与受教育程度和智商不直接相关。相较之下,文职人员主要强调受教育程度和智商,军人则更强调情感——对国家民族的忠贞和意志,克服困难、战胜对手的勇气和决心。

15年后的今天,不就是当年讨论的"未来"吗?我们还需不需要献身精神和热血?需不需要强健的灵魂和体魄?

清晰明白到连答都不用答。

克劳塞维茨在《战争论》中说:"仅仅靠纪律、制度、规范、条令和组织,并不能使军队产生尚武精神。尚武精神只有两个来源:胜利和苦难。唯有这两个因素,能让军人认识自己的力量。"还说:"一旦武德的幼芽长成粗壮的大树,可抵御不幸和失败的风暴,甚至可以抵御住和平时期的松懈。"

仅仅是机载计算机和头盔瞄准具,仅仅是GPS定位和兵棋推演,并不能使军队产生武德。一支军队如果不在苦难和胜利中将武德培育为粗壮的大树,就很难抵御住和平时期的松懈。

今天我们看到,市场经济冲击、封建残余发酵、思想防线崩塌、理想信念丢失、形式主义成风、贪污腐败蔓延、监督纠错缺位,无不警示着和平早期的松懈。

习主席在古田召开的全军政治工作会议上,语重心长、中肯、严厉地点出部队特别是领导干部中存在的十个问题,振聋发聩。自1975年小平同志用"肿、散、骄、奢、惰"五个字批评军队以来,这样的批评前所未有,全军上下深受震动。

全军政治工作会议为什么选择在古田开?习主席讲,就是要拿起批评与自我批评的武器。毛泽东当年在古田建立新型人民军队凭借什么?就是凭借共产党人的组织性、纪律性、原则性和战斗性。今天全国反腐、全军反腐,因为腐败首先腐蚀你的灵魂,你的血性。

2015年1月15日,媒体首次公布16名军队高级领导干部严重违纪和违法犯罪。"两会"之前的3月2日,又公布了14个。两批加起来,共30人。其实今天出问题的远不止这30人。

军委许其亮副主席在全军政工会议结束时说:"想想上百万革命先烈,想想当年全国学人民解放军,而今天我们有的问题比地方还严重,真是令人羞愧和难过。"这句发自内心深处的话,让人心潮难平。

习主席说:"如果放开了讲,这些问题三天三夜都讲不完。我们什么时候变成这个样子了?如果再不彻底改变,我们会有一个什么样的灵魂?我们还能否剩下一丁点儿血性?"

规矩成就血性，血性彰显规矩

面对来自灵魂的拷问，有同志提出："这种现象外军有没有？"还有同志发问："谷俊山这号人物，在对岸的台军中能不能上去？"这些问题值得深思。

对利益的追逐，哪支军队都有，谁都不是生活在无菌的真空中。苏联著名战将朱可夫"二战"胜利后任驻德苏军总司令，把德国的油画、貂皮大衣、水晶器皿搞了好多回来。

克格勃向斯大林举报朱可夫贪污。斯大林派他去外地出差，克格勃趁机到家里搜查，把财物全部拉走上报。朱可夫回来看到事已至此，给斯大林写了一封信，沉痛不已。最后署名不敢提自己苏联元帅军衔、陆军总司令的职务，只以"布尔什维克 朱可夫"落款，要求保留党籍。

鉴于朱可夫在卫国战争中的卓越贡献，斯大林同意给朱可夫保留党籍。今天，朱可夫骑着高头大马的青铜塑像就立于莫斯科红场俄罗斯国家历史博物馆前，这是多么辉煌的历史地位，当年差点儿被貂皮大衣、油画和水晶器皿给毁了。

所以，我军有问题，外军也有这样的问题。朱可夫再能打仗，没有规矩也就无从约束。这就是习主席讲的，要立规矩。如果没有规矩，任意胡来，谁都要出问题。

作为参考借鉴，不妨对比一下美军的规矩。

2001 年我到美国国防大学讲学，凡是赴美访问的中国军事代表团，几乎无人不恨五角大楼（美国防部）中国处处长，那是一个典型的小人。你提什么要求，他都趾高气扬地推诿。但后来我们却看见了他的另一副嘴脸。

那次讲学过程中，美方临时增加一项议程：国防部部长助理史密斯会见。这个议程不在最初的计划中，当时又来不及向国内请示，与我同去的外事处许斌问怎么办，见还是不见？我说不就见个面嘛，见，有责任我们承担。

与史密斯见面过程中,最让人讨厌的那个中国处处长,趾高气扬的嘴脸一下子变成满脸的奴才相。我们到五角大楼,在部长助理外间接待室等待,平时"牛皮哄哄"的他见到我们客气得不行,又让座又倒水,然后蹑手蹑脚走过去把里间的门轻轻拉开个缝,伸头悄悄看一眼又迅速关上,连第二眼都不敢看,退回来告诉我们"部长助理还在打电话"。一副生怕惊扰主人的诚惶诚恐样儿。那时的谨小慎微与平常的耀武扬威对照,简直判若两人。

会见时,我与史密斯坐主沙发,他来回一路小跑搬来两把椅子,腰板挺直地坐在我们面前,两手平放在膝盖上一动不动,像个随时等候召唤的听差。史密斯与我开始谈话了,他又不知从哪里摸出个本子,迅速开始一笔一画地认真记录,从始至终满脸虔诚,满脸谦恭。

这个人,按照中国话说是典型的"两面派"和"马屁精"。上司在与不在,完全两个姿态、两副嘴脸。不过,两年以后,我们陪同裴怀亮校长到美国访问,再去五角大楼时,发现中国处处长换人了,那个小人已经退役了。

所以,任何军队都有小人,关键是有没有一个机制,阻止小人得势。

譬如美军《军人手册》就有明确规定:不许当面赞颂领导。"当面直接赞颂长官或者上级是庸俗的,无论你对上级多么钦佩,当面赞颂都有阿谀奉承嫌疑,容易引起误解。"

同时,《军人手册》建议用以下三种方式表达对上级的钦佩与尊重:第一,施以标准军礼;第二,认真执行指示;第三,尽职尽责,提高本单位战斗力。

这不是规矩吗?规矩绝不仅仅是"不许请客喝酒,不许拉帮结伙"。美军把"不许当面赞颂领导"也立为规矩,就是为了防止阿谀奉承的小人。

美军中央总部司令施瓦茨科普夫(Norman Schwarzkopf),在海湾战争中立下战功,很多人预测他会出任陆军参谋长,但海湾战争一结束他就退休了,为什么?

1997年，我在美国防大学学习，前参谋长联席会议主席科林·鲍威尔（Colin Luther Powell）到国防大学演说，送我一本他的新著《我的美国之路》（My American Journey），书中披露了施瓦茨科普夫没有得到提升的原因：国防部部长切尼讨厌他，认为他人品有问题。

书中描述：在飞往沙特首都历时15小时的航班上，乘客们排队上洗手间，切尼看见一位少校替施瓦茨科普夫排队，快到时喊一声："将军！"施瓦茨科普夫才大腹便便地站起来，插到队伍里面。不止如此，切尼在飞机上还注意到，一名上校双膝跪在施瓦茨科普夫面前，帮他整理制服。

这两件事，在很多人看来可能不足挂齿，但切尼认为他人品不行，不能出任陆军参谋长。所以，尽管施瓦茨科普夫海湾战争打得不错，打完却很快退役，失去了出任陆军参谋长的机会。可以说，这是他们对权力的监督、规范和制约。

任何军队都有朝腐化方向发展的趋势，尤其是位高权重的高级军官。如何用规矩把人"规"住，是从严治军必须解决的现实问题。

1995年，美国海军作战部部长迈克尔·布尔达（Jeremy Michael Boorda）上将胸前佩戴了两枚"V"字战斗铜质勋带徽章，新闻舆论对他是否有权佩戴这两枚军功章提出大量质疑。

美国海军条令规定：该徽章只授予直接参战并荣立战功的军人，且佩戴权利必须在荣誉证书中予以说明。布尔达参加过越战、海湾战争，但荣誉证书中没有关于佩戴这枚徽章的说明。

他后来摘下了"V"字徽章，但人们仍然不依不饶，"既然假徽章都敢戴，肯定还有别的事。"开始追查他在海军服役期间的其他问题。

1996年5月16日，布尔达上将自杀身亡。留下遗书：我违反了美国军官的荣誉准则，为了海军的荣誉，我今天选择死亡。

美国军官荣誉准则规定：第一，我们决不说谎。第二，我们决不欺骗。第三，我们决不偷窃。第四，也决不允许我们当中任何人这样做。

当初我在西点军校看到这几条，觉得标准太低了，不欺骗、不说谎、不偷窃就算"荣誉准则"了吗？军人的荣誉应该是忠于祖国忠于人民啊。

后来通过很多事例才慢慢明白：军人荣誉并非开门就是高山大海，同样需要日积月累、集腋成裘。美军的军官荣誉准则，就始于最基础的决不说谎、决不欺骗、决不偷窃。违反了这些基点，为军队所不容。

另一个事例，是驻韩美军第八集团军司令官小约瑟夫·菲尔（Joseph Fil）中将。他接受过一位韩国公民赠送的一支价值1500美元的镀金钢笔、一个价值2000美元的真皮公文包，他的家人还接受了3000美元现金，这些都没有按规定上报。

菲尔中将辩称，送礼者是多年好友，接受这些礼物是为了两国关系，属合法范畴。调查人员对他的解释不予认可。后来菲尔中将上交了收受的金笔和公文包，并以支票形式退还了家人收受的3000美元。

菲尔于2012年8月退休，军衔由陆军中将降为陆军少将。可见美军通过严格的规矩，对各级军官的违纪行为做出防范。

不仅高级军官受到规矩的严格约束，美国总统也不能例外。

2013年5月16日，美国总统奥巴马与土耳其总理埃尔多安在白宫玫瑰花园举行联合记者会。恰逢下雨，奥巴马要身旁海军陆战队士兵为他和宾客打伞，此举遭到强烈批评。因为《海军陆战队手册》规定：男性士兵在穿制服时不能带伞和打伞。还规定：未获得海军陆战队司令的批准，任何官员不能向海军陆战队队员发出与手册条款相冲突的指令，包括总统。奥巴马最后不得不承认自己违规，并向海军陆战队道歉。

还是1997年，我和一个同事在美国防大学学习期间，每天晚上美国人用面包车送我们去包林空军基地吃饭。有一天下雨，基地里的美军在雨中列队行进，我们的车停在距餐厅门口约20米处，同事下车就向餐厅跑。我说，他们都没跑，我们也别跑。

美军《军人手册》规定：军人在自然现象面前不能表现恐惧，不能一下雨，夹个军帽就跑；军人可以穿雨衣，但不能打伞，打伞影响手持武器，影响向长官敬礼。这些条款，的确令人印象深刻。

其实类似的故事，中国古代也有。司马迁的《史记·绛侯周勃世家》中记载：

"文帝之后六年，匈奴大入边。乃以宗正刘礼为将军，军霸上；祝兹侯徐厉为将军，军棘门；以河内守亚夫为将军，军细柳：以备胡。上自劳军。至霸上及棘门军，直驰入，将以下骑送迎。已而之细柳军，军士吏被甲，锐兵刃，彀弓弩，持满。天子先驱至，不得入。先驱曰：天子且至！军门都尉曰：将军令曰'军中闻将军令，不闻天子之诏'。居无何，上至，又不得入。于是上乃使使持节诏将军：吾欲入劳军。亚夫乃传言开壁门。壁门士吏谓从属车骑曰：将军约，军中不得驱驰。天子乃按辔以徐行。至营，将军亚夫持兵揖曰：介胄之士不拜，请以军礼见。天子为动，改容式车。使人称谢：皇帝敬劳将军。成礼而去。既出军门，群臣皆惊。文帝曰：嗟乎，此真将军矣！"

这段文字，绘声绘色描述了周亚夫严格治军、见了皇帝也"介胄之士不拜"的大将风范，以及汉文帝在"群臣皆惊"时表现出的大气胸襟。

规矩成就血性，血性彰显规矩。再来横向对比，看看美军是怎么通过各种规矩，养护和培育军人血性的。

美军的住房和用车

在美国防大学学习期间，我发现他们没有营房部门。校长、院长住的官邸，都是随任职命令搬进，随卸任命令搬走，"铁打的官邸流水的官"。其他军官住房也是自己的事情，可以住国防大学的军官宿舍，但要交钱，还不便宜。很多军官嫌贵，都在附近租住房屋。军人的住房津贴含在工资里，不需统一建房和统一分房，想拿房子搞腐败也搞不成。

另外，他们也没有车管部门。美国防大学一共就7辆车：1辆卡车拉设备，4辆面包车应付公务接待，2辆轿车——校长1辆，信息资源管理学院院长1辆——还是该学院合并到国防大学后从五角大楼带来的。国家战争学院院长、武装力量工业学院院长，两位两星将军，都没有配专车。

美国防大学空军教研室主任伦道夫上校来我校讲学，我陪他参观长城，第一辆是外事处的车，我们坐第二辆，后面还有一辆车拉着伦道夫的同事。他在车上问我：贵校有多少辆车？我说，将近400辆吧——其实我们有500多辆。他大吃一惊，瘫在后座上不再说话，仰着头一个劲儿转眼珠子。我明白，他难以理解一个国防大学怎么能有那么多车，就像我们也难以理解他们怎么能用7台车维持学校的日常运转。

美军的"军车"与我们的军车完全不一样。我们挂个军队的白牌子就叫军车，他们的"军车"基本都是军事用途的迷彩车辆，平时通过城镇需先与市政当局联系，指定时间、指定路线通过。

给少数高级军官配的车，牌子上有一个大大的"G"（Government 首字母），即我们说的"公务车"，他们叫作"政府车"。这类车的使用也有严格规定。

美国防大学校长的司机跟我们说过，他每天往返于一条固定路线：把校长接来上班，下班送他回家，然后把车开回国防大学。晚上，计划内的公务应酬司机可以负责接送，若是私事，譬如路上绕道买点东西或去看个战友，对不起，那就不行了，您得回家开自己的车去。时间长了，校长这位三星将军也觉得"政府车"不方便，经常下了班把棒球帽往头上一扣，开自己的车走。

美军的预算制度

我们在美国防大学学习，美方有明确预算：来时宴请一次，走时宴请一次，中间餐食自理，聚餐也只能 AA 制。

到昆特克尔的陆战队大学参观，研究中心主任克罗夫上校很热情，招待我们在军官俱乐部品尝鹿肉。那片丘陵山地梅花鹿非常多，经常有鹿被汽车撞死。我还真以为是对方"请客"，见他们一桌坐了将近 10 个人，心中还想，看来美军陪吃饭的人也不少啊。

哪想吃到最后，坐主人位置的克罗夫掏出个计算器，"叭叭叭"算了一下然后宣布："每人 11.5 美元。"我吓了一跳，忙问同事带钱没有，他说带了，我们赶紧各自把钱掏出来数好，跟他们一样放在桌上。他们这样做没有一点儿不自然，反倒是我们颇感不好意思。

这算请客吗？这就是美式请客，每人11.5美元。全世界开支最大的军队，请人吃饭没有预算。那是1997年。当时美军的标准化供应，即固定划拨经费，已经占到全部军费的97%以上，机动经费只有2%多一点。钱管得很死，几乎没有机动空间。

回国后，我们了解到当时我军标准化供应的固定划拨军费还不到60%，也就是说，将近40%的经费是机动经费。再后来又了解到：一个大军区2/3的经费来自固定划拨，剩下的1/3就取决于关系怎样、门路如何、渠道有无了，这不能不成为腐败产生的重要原因。

当年谷俊山到国防大学考察，我们多年欠账，经费困难，向总部打报告要8000万元。总部已基本同意，谷俊山来是最后落实。那天把谷副部长招待得不错，好话也说了不少，他一高兴就现场拍板：再多给4000万，总共1亿2000万！把大家吓一跳。

国防大学当然是受益的，经费宽裕就能多办些事了，但谷副部长既不向总后廖部长报告，更未经总后党委讨论，就因为他分管财务，一张口可以多给4000万。权力到了这样不受监督、没有制约的地步，包含多么大的腐败空间！

这些年一个又一个的问题，是怎么发生的？一个又一个高级干部落马，他们是怎么变质的？当车子、房子、票子、位子、土地资产纷纷对我们产生严重干扰之时，还有多少工夫养育血性和灵魂？全是利益了，全是活动了，全是关系了。

2008年前后，国防大学曾做过一个调查，了解部队主官主要精力分布。结果显示，消耗精力最多的是"协调"——协调上下关系、左右关系、军地关系等等；其次是"安全"，部队不要出事；再次是"管理"，战士不要惹事；然后才是"训练"；最后是"作战"。问："到'作战'时还剩多少精力？"多数不愿回答。能答的表示："也就剩下不到10%了。"这是我们长期存在的顽症。

现在大家都在讲军事变革。对我军来说，检验军事变革成效的一个重要指标，就是要通过变革，把各级主官的主要精力集中到训练与作战上去。

美军的军产管理

我们在美国防大学学习结束后，准备结算单身军官宿舍的房费，发现整个国防大学连开发票的地方都没有。他们专门派一辆面包车，40分钟车程，把我们拉到迈耶尔堡（华盛顿军区所在地）结账。我又奇怪又不满意，问："为什么非到这里结账？国防大学不行吗？"管财务的文职老太太一头白发，告诉我："国防大学所在的麦克奈尔堡，地皮、房屋都是华盛顿军区管辖的军产，国防大学无权进行任何财务结算。"

我这才明白：原来华盛顿军区并不担负卫戍首都或防卫周边的任务，它只是管理华盛顿地区美军的全部军产。千万不要小看这一职责。军产归华盛顿军区管辖的军事单位，从五角大楼到各个军事机关和基地，想通过炒作地皮、出租房屋、开宾馆、饭店、商店赚钱赢利，根本不可能。因为房屋地产等固定资产与你完全无关，你没有任何资格、也不具备任何法人地位能把地买了，把屋租了，把钱分了。

2006年8月我参加中美首次联合军事演习，乘坐北海舰队的军舰靠泊夏威夷，停在珍珠港内。珍珠港港湾巨大，非常漂亮，唯有水上飞机码头锈迹斑斑、破烂不堪，因为水上飞机已经被美军废弃了。即使如此，其太平洋舰队也无权把码头拿出来搞什么联合开发或军民共建，只能放在那里任其锈蚀。虽然不能体现军事用途了，仍然是不可变更的军产。

美军的优势，绝不仅仅在于武器装备先进和信息化程度高，更在于它的制度。通过对人、财、物管理权限的周密设计，堵塞漏洞，实现制衡。我常想，不是美国人不知道腐败、不想腐败，而是他们的腐败空间很小，难找机会，难寻手段。几乎没有其他领域可以分心的军人，只有安心本职的训练与作战。

美军的用人制度

一是岗位轮换。

美军有一个理论：如果事情熟悉到闭着眼睛都能干，人就沉湎于惰性、失去了创造力。越是对事情不太了解、不很熟悉，工作起来越是小心戒惧，这种状态下反而成效高、富有创造性。因此，美军的岗位轮换非常普遍，周期多为两三年，最多不超过四年。在一个岗位一干就是数年甚至小半辈子，在他们那里不可想象，制度也不允许。我曾于1997年、2001年先后赴美国防大学学习、讲学，短短三年，机关和教员几乎全部更换。除去几位资深文职人员，其他人都不认识了。

一次，我们国防大学防务学院的外军学员去上海参观见学，上海警备区接待得非常好，大家都很感激。特别是警备区的外事处处长十分干练，协调能力很强，给大家留下深刻印象。

告别晚宴上，有外军军官问这位处长："你在这里工作多少年了？"处长回答："30年。"周围"轰"的一下，外军军官不由自主惊呼起来。对他们来说简直难以想象，一个军官可以在一个单位干30年。可是对我们来说这算什么？反而显得他们大惊小怪了。

我们在一个单位一干数十年，从公务员干到部长、从战士干到军长，都不乏先例。而美国军官告诉我们，他们的生涯就是"Move"（挪动、搬家），从这儿挪到那儿，从那儿搬到这儿。通过不断地"Move"实现普遍人员轮换，不但能保持军人的新鲜感、活力和创造力，还防止了干部的私有化，防止在一个单位长期经营，上下级之间产生人身依附关系。

美军之所以很难出现所谓"塌方式腐败"或"一坨一坨的腐败"，军官定期轮换制起到不小的作用。就像中国有一句老话，"流水不腐，户枢不蠹"，这同样是防止腐败、保持军人血性的有效机制。

二是军官的晋升。

我到五角大楼参观时，美国陆军部提供过这样一个范例：今年要提升1978年的西点军校毕业生，由陆军中校提升到陆军上校。首先由计算机优先筛选出在海外各总部服役的军人，如太平洋总部、大西洋总部、欧洲总部、中央总部、南方总部。其次，再在第一线服役人员中筛选：有没有进入过危险地带？进入危险地带后有没有接触敌对火力？与对方发生交火行为后有没有受过战伤？

他们的军官提拔依据这样的优先级：第一级是在前方受过战伤的，第二级是接触过敌对火力的，第三级是进入过危险地带的，第四级是在前方总部服役的。至于在后方五角大楼或参谋长联席会议服役，就只能排到最后一级了。

分级完毕，再在各个层次中分别进行所谓的"德才表现"考核。对他们来说，军官的经历永远排在第一位，学历、年龄等因素则要靠后。所以美军院校有这种现象：到前方服役的欢欣鼓舞，分配到五角大楼或参谋长联席会议的反而一脸苦相，要求干一段时间一定要到前方去。

所谓"西点好战"现象也是来源于此：西点毕业生想去危险地带听枪响，想去打仗。并非他们不惜命，只是为了尽快提拔、想当将军，就必须到前方去。最优的提升位置在那里。这其实是一种利益驱动。

我们为什么恰恰相反，都想到北京、都想进总部？因为越有总部经历、越在领导身边工作，就越有提拔机会。同样是利益驱动，不同却在于利益导向。美军的机制很明确：军人利益最大化之点位永远在前方，你的经历可能被主官忘记，但不会被计算机档案忘记，不会被晋升排序忘记。

三是多种激励。

美军各种补贴名目繁多：海外驻防津贴、危险职务津贴、敌对火力津贴、紧急危险津贴、特别职务津贴、家庭分居津贴、掌握外语津贴等。美军上校服役30年、中校服役28年、少校服役20至22年，必须退役，退役金可以自己计算。如上校退役，"30年服役期间收入最高的3年的平均年薪的75%"，就是退役金所得金额。

最初看见这样的条文，我认为是不必要的繁琐，典型的文牍主义。什么叫"30年服役期间收入最高的3年"？不就是最后那3年吗？资格最老，收入肯定最高。但他们说并非如此，并举了一例：某陆军上校退役，退役金按照他在越南战场服役时计算。这位上校当时的军衔还是上尉，但那3年他的平均年薪最高。

所以美军的军官退役时，军衔虽然一样，退役金的计算标准却五花八门，差别不小。大原则是，上过战场的人，所得利益远比一直待在后方的人多。通过包括晋升选拔和物质激励在内的全套机制，实现军人的公平，养护和培育军人的血性。

血性铸就国家的精神基石

血性是会夭折的，所以需要养护，需要培育。

血性也是会沉睡的，所以需要唤醒，需要点燃。

以色列军队是一支规模很小但效率很高的军队。以色列军人都愿以马萨达作为他们的精神象征。公元70年，罗马大军攻占耶路撒冷，幸存的犹太男女逃到地势险峻的马萨达城堡坚守。15000人的罗马军队，对967人坚守的马萨达城堡，围攻了整整3年。

公元73年4月，马萨达城堡陷落前夕，坚守者决定集体自杀。他们抽签选出10名勇士作为执行者，随后再从这10人中抽签选出1人，杀死其他9人。最后一人放火烧毁城堡，然后自尽。

第二天，罗马人冲进城堡，没有遇到任何抵抗，面对的是一座给养依然充足，有着粮食和淡水，但生命迹象全无的死城。

马萨达陷落之后，犹太民族开始了近2000年的流离失所。这座城堡成为犹太民族绝不屈服的精神象征。

今天，游客可以坐缆车登上这座被2000年岁月风化了的城堡，以色列学生则被要求沿古栈道一步步往上爬，然后说一句，我登上了马萨达。以色列军人新兵入伍，第一课就是徒步前来凭吊，庄严默念誓言："马萨达再也不会陷落！"犹太民族以马萨达坚守者的血性作为自己的精神城堡，构筑捍卫以色列国家安全的精神基石。

不仅以色列这么做，美国、俄罗斯……任何一个强悍的国家和民族都在这么做。中央军委原常委韩先楚的儿子写过一篇文章，题为"一个军人之于国家的意义"，写的是当年韩先楚打海南岛的积极性、主动性和创造性。的确，如果没有韩先楚这样的军人，我们今天很难谈开发海南国际旅游岛、博鳌会议、三亚白沙滩和亚龙湾基地。

2015年春节，中央电视台采访我，要求对一个人或一件事"点赞"。我选择了一个"过时"人物——海军副司令员张永义。

后来，节目在央视新闻频道播出。我当时在海南，接到军委1号台转来的张永义副司令员的电话。他还没有看到这个节目，但听到几个同事在谈论，电话里第一句话就问："金一南，你为什么要讲我？"

我说，今天军队出了那么多腐败分子，地方上不少人以为军队的高级干部都腐败了。讲你，就是要告诉大家，即使在军队发生严重腐败的时候，仍然有一批像你一样的军人，凭着自己的灵魂和血性，尽心竭力为军队现代化服务，尽心竭力为提升战斗力拼搏。

我与张永义副司令员并不熟，但在中国航空工业集团、在海军兴城训练基地、在"辽宁号"航母上都能听到同样一句话："没想到现在还有这样的将军！"三个不同的单位，在三个不同的地点，都在讲他，为什么？

张永义历任海军航空兵飞行中队长、大队长、团长、师参谋长、海军飞行学院院长、北海舰队航空兵参谋长、海军南海舰队航空兵司令员、海军副司令员。摆在他面前的最后一项任命，是航母舰载机试验训练总指挥。

任务空前艰巨。不仅因为中国人从未有过航母，还因为世界上很多人不希望中国拥有。自己没有，意味着没有经验，没有人才，不懂得操纵技术，不知晓训练流程。别人不想让你有，意味着别人不会给你指点、帮助和提示。

接受任务后，张永义说了一句话：我们一切从零开始。

航母的跑道长度和宽度，仅为陆地机场的1/10；舰载机必须以数百公里的时速精准地落在甲板4根阻拦钢索之间。每根阻拦索间隔12米，即有效着陆区域仅为36米，超过这36米即着舰失败，必须紧急复飞。所以舰载机飞行员被称为"刀尖上的舞者"。每次着舰,都是对飞行员技术、心理、生理的极大考验。

张永义的任务,就是培养"刀尖上的舞者"。西方有人预言,中国人获得这一能力起码要七八年甚至更长时间。还有人说,中国人缺乏冒险精神,没有培养舰载机飞行员的精神基础。

就是在这些猜测和判断中,张永义把工作地点从海军司令部搬到试航试飞第一线。每次飞行,都是他亲自指挥。完成一次训练,他就和飞行团队一起比对数据,细抠每一个空中动作。他率领团队相继攻克"反区"飞行方法、精准着舰、最优起降航线选取等难关,体会了侧风、低能见度、不稳定气流条件下偏差修正的动作要领,连续突破滑跃起飞、阻拦着陆等上舰飞行关键技术,一步一步向着舰飞行靠近。

在"辽宁号"的飞行指挥控制室,副舰长刘志刚告诉我:张副司令就站在这里,也不坐,手里拿个小本子,里面记录着各种数据。他对周围人说,别对我讲这次(飞行)姿态好、那次(飞行)姿态不好,拿数据说话!奇妙的是,通过光电、遥测、雷达等多种测量手段得到的飞行状态数据,与张永义估算并记在笔记本上的数据相差不多。刘志刚最后说一句:"为了舰载机着舰,他真是全心全意。"

2012年11月23日,历史性时刻终于到来。

8时许,"辽宁舰"转向,开始顶风逆行。

8时40分,国产舰载机歼15飞机552号起飞。

9时许,远处传来轰鸣声。飞机绕舰一转弯、二转弯,放下起落架,放下尾钩,对准甲板跑道,开始降落。

9时08分,舰载机两个后轮"砰"地拍在甲板上,刹那间机腹尾钩牢牢抓住第二道阻拦索。在强大的冲击气流中,一个巨大的"V"字出现在飞行甲板上,阻拦索的两端构成两个强有力支点,紧紧拉住惯性前冲的飞机。

人民海军的历史性时刻,中华民族的历史性时刻!没有人比张永义更想亲眼见证这一历史性时刻了。但当这一刻到来之时,这位耗尽心血的海军副司令，在舰载机着舰瞬间，却闭上了眼睛。

直到听见"着舰成功"的欢呼声，近63周岁的张永义第一个从飞行指挥控制室冲出来，顺着舷梯就跑向飞行甲板，年轻记者都被他远远甩在身后。

着舰首席飞行员、海空英雄团大队长戴明盟抬起手臂，准备向这位舰载机试验训练总指挥敬礼。张永义冲上前一把紧紧抱住戴明盟，泪水奔涌而出。

这一刻，中国人终于又实现了一次零的突破！

戴明盟之后，又有4名飞行员在"辽宁舰"成功降落、起飞。张永义5次拥抱，5次落泪，被人们称为全舰幸福指数最高的人。欢呼的人群中有几个知晓：这位服役48年的海军中将，仅剩2个月就要离任。舰载机形成能力之日，也是他行将退役之时。

这是真正意义上的血性军人。中国航空工业集团董事长林左鸣说："没有张永义这样杰出的指挥人才，我航母起降飞行训练不可能在如此短的时间里取得突破性进展。"中国船舶重工集团总经理李长印说："正是张永义这样的飞行指挥专家，加速了我航母形成战斗力的步伐。"

2014年3月，习主席用三个"必须"概括新时期人民军队建设：必须抓住战略契机深化国防和军队改革，解决制约国防和军队建设的体制性障碍、结构性矛盾、政策性问题，深入推进军队组织形态现代化。必须勇敢承担起我们这一代革命军人的历史责任。必须以只争朝夕的精神推进国防和军队现代化。

2014年10月，习主席提出"着力培养有灵魂、有本事、有血性、有品德的新一代革命军人"。有灵魂就是信念坚定，听党指挥；有本事就是素质过硬，能打胜仗；有血性就是英勇顽强，不怕牺牲；有品德就是情趣高尚，品行端正。

我们如何形成养育灵魂、培育血性的机制体制，如何真正把有灵魂、有血性的人选上来，提上去，既是今天军队建设与发展的当务之急，更是未来军队建设与发展的长远之计。整顿思想，整顿用人，整顿组织，整顿纪律，就是要保持我们的灵魂和血性。灵魂赋予尊严，血性赢得光荣；灵魂与血性永远是军人的脊梁、胜利的刀锋。

以习主席2015年3月5日在上海代表团讲的三句话，作为结束：

唯改革者进。

唯创新者强。

唯改革创新者胜。

即使胜利也不能忘记
——纪念抗日战争胜利70周年

为什么卢沟桥成为抗战爆发地点？为什么美国人宣战了我们才敢正式宣战？为什么出现集团性精神沉沦和人格沉沦？胜利花环不仅是夺目的荣耀，更是切肤的警醒。

纪念抗日战争胜利70周年的"九三"阅兵，提振人心，威震海外。外媒的关注重点大多在兵器装备，我作为一个有着四十多年军龄的老兵，看的却不是兵器，因为最打动我的，是人的神采。

这次阅兵，我们最大的变化是"精气神"。看看老照片里的中国人是什么样的眼神：1840年鸦片战争时期中国人的眼神，1937年"七七事变"中国人的眼神……那种无奈，那种无助，那种悲情，那种卑微。再看看现在，陆军、海军、空军、陆战队那些战士——尤其是基层官兵的眼神，炯炯放光。

当抗战老兵方阵经过天安门时，习主席主动站起来，全场跟着站起来，向老兵致敬。后面跟进的现役军人方阵，亮出通体光荣的战旗，及旗帜上一支又一支英雄部队的命名。你看，高举旗帜的中国军人，眼睛里透露出的神气，何等自信、自强，何等自尊、自豪！

光到底是什么？科技界有"波动说"和"微粒说"两种解释，相持不下。波动是震荡的频率，微粒是能量的输送。观看阅兵仪式之后，我倾向于相信"微粒说"。那些受阅官兵眼神中所传递的微妙的信息流，实在无法用语言表达，但我们的确感受到了，领悟到了。

我们中国人印象最深刻的战争，就是抗日战争，它是1840年以来中国反抗外来侵略第一次取得完全胜利的一场民族解放战争，是一座里程碑。这个胜利光环来之不易，戴上它，我们能感觉到光彩的荣耀，却也能感觉到扎人的荆棘。

有一张照片显示的是1945年9月9日，日本在南京向我们无条件投降的签字仪式。中方是陆军总司令何应钦带领海军总司令、空军总司令等

4位将领出席，日方则由侵华日军总司令冈村宁次率6名日方将领出席。中方将领的帽子都放在桌子上，日方只允许冈村宁次的帽子放在桌上，其余几人的帽子只能放在膝盖上。但这仅仅是形式上的区别，中方代表的地位看上去比日本人高，但实际上呢？

当时，何应钦从湖南芷江坐飞机到重庆，沿途均由日军提供警卫，到了南京，看着实在不像话了，蒋介石才从重庆空运新六军两个连到现场担任警卫。整个投降仪式的现场，包括会议桌、签字的文件、布置、警卫等，全部由日本宪兵提供。国民政府部队还远在西南。你说，日本人表面跟我们签约投降，心里服气吗？

有一幅著名的油画：中方代表昂首挺立，日方代表深度鞠躬，谦恭地递上无条件投降的签字书。这幅画看着解气，但其实，与当时的真实场景大不相符。

另一张反映当时真实场景的照片，则被台湾的李敖骂了个底朝天，说递交投降书的冈村宁次参谋长小林浅三郎才鞠躬30度，何应钦竟然鞠躬60度，到底是谁向谁投降啊！

后来有人对李敖解释，因为会场的签约桌子太宽了，小林浅三郎个子矮，递不过来，所以何应钦需弯着腰去接。可是照片看得很清楚：何应钦一点儿都不比小林浅三郎高啊，既然两人个子都不高，需要你那么弯腰去接吗？

投降仪式前一天晚上，何应钦还专门派他的副官到冈村宁次那里告知（何应钦与冈村宁次曾是日本士官学校的同学）：第二天签约仪式希望你们不要带指挥刀来。因为投降仪式上带来的指挥刀，必须双手呈交，对日本人来说很不好看。果然，第二天7名日本指挥官没有一个带指挥刀的。

我们为对方考虑得非常周到，留足面子，蒋委员长还专门给麦克·阿瑟去电去信，建议保留日本天皇。所以，不是美国人首先想保留日本天皇——他们当然也想，有效利用天皇有助于有效统治日本——但美国人还没把这个想法说出来，蒋委员长已经给麦克·阿瑟去信了。

有些西方人说，中国人悲情太重，老揪着过去不放。为什么不向前看呢？一些中国学者也随之附和。问题在于，我们是否从过去的耻辱中汲取了足够的教训？我们对过去，是真的认清楚了，还是有意无意地回避，对认识加以粉饰？

有些回忆是很扎人的，不舒服，所以很多人宁愿忘记。但我以为一个民族真正要崛起，就一定要明白：有些事，即使胜利也不能忘记。

不能忘却之一：为什么卢沟桥竟然成为中日战争爆发地？

在中国，人人都知道卢沟桥是中日战争爆发地点。抗日战争纪念馆就修在卢沟桥，来往参观者络绎不绝。但是，如果一个孩子向我们发问："战争怎么会在这儿爆发呢？卢沟桥是中国和日本的边境分界线吗？"恐怕很多人都不知该怎么回答。

卢沟桥并非边关塞外、疆界海防，连万里长城的一处垛口也不是。它实实在在位于北京西南。虽然不是中日两国的分界线，但战争又确实在这里爆发。为什么战争尚未正式打响，鬼子已经抄到了京师以南，扼住了我们的咽喉？我们中国人是怎样忍到了忍无可忍的地步？为什么一直忍到被对方扼住咽喉，才最终决定跟鬼子拼了？

在卢沟桥参观，仅仅谴责帝国主义嗜血成性、凶残成性、屠杀成性是远远不够的。我们是否想过，自己缘何软弱至此！我们这些懂事的大人，该如何回答不懂事的孩子的问题？孩子们问得对，问到了问题的要害。

为什么说抗日战争是"第一次取得全面胜利的战争"？因为我们一直没胜过，一败再败。

1840年第一次鸦片战争，大英帝国28艘军舰、15000人，迫使大清帝国签订《南京条约》，割让香港，赔款2100万两白银。

1860年第二次鸦片战争，英国18000人、法国7200人，长驱直入，圆明园付之一炬。以2.52万人的兵力入侵一个大国的首都杀人放火，在世界战争史上也算"奇迹"了。

1894年甲午战争，《马关条约》开创空前的割地赔款，割让辽东半岛、台湾，赔款2亿两白银。

1900年八国联军侵占北京。说起来挺吓人的，八个国家合起来打我们一个国家，可八个国家究竟来了多少人？日军最多，来了8000人，俄军4800，英军3000，美军2100，法国军队800，奥地利军队58人，意大利军队53人。满打满算，1900年8月3日从天津向北京攻击出发的八国联军官兵，总共18811人。还有7000德军在海上，来不及赶到，那七个国家就都迫不及待出发了。北京一带，有义和团民兵五六十万，清军十五六万，可是仅仅10天就被攻陷了。

当年希特勒进攻苏联，发动"巴巴罗萨"作战计划。希特勒讲了一句话："苏联是个破草房子，我一脚就能踹倒它。"希特勒错了，把自己的腿都踹断了，满盘皆输。但是中国，当年是个真正的破草房子，谁上来踹一脚，倒了；弄一个梁撑起来，再上来个人，一脚又踹倒了；再撑起来，再被踹倒。

八国联军侵华后签订的《辛丑条约》第九款规定："中国应允诺诸国会同酌定数处，留兵驻守，以保京师至海道无断绝之虞。"从此之后，在华北驻屯的外国军队有英、美、法、意、日五个国家，司令部设在天津，约定人数8200人，其中日军400人。

这就埋下了"七七事变"灾难的火种。外国在你眼皮底下驻军，竟然合情合理！后来，趁着辛亥革命的混乱，日本把这400名驻军由"清国驻屯军"改为"中国驻屯军"，暗中扩大编制，至"七七事变"时，已经增加到六七千人。这就是典型的前一场灾难导致后一场灾难。

中国有句老话："卧榻之侧岂容他人酣睡！"国家的核心区域，本应拒对手于千里之外，可竟然让人家久居于此，形成"卧榻之上他人可以酣睡""卧榻之上他人长期酣睡"的局面。两国尚未开战，鬼子已经抄到了京师以南，扼住我们的咽喉，这是多么创深痛巨的民族耻辱。我们就是从这样的耻辱中走过来的。

一个中国人，如果不了解当年中国政治有多么腐朽、中国军事有多么衰弱，就不会明白腐朽与衰弱要带来多么巨大、深重的灾难。

不能忘却之二：为什么国民政府迟迟不肯对日宣战？

1937年7月17日，蒋介石发表庐山讲话，下决心抗战。他说："如果放弃尺寸土地主权，便是中华民族的千古罪人。""地无分南北，年不分老幼，皆抱定牺牲一切之决心！"这已经成为海峡两岸多次引用的抗战名言。

蒋介石对于抗日的考虑，有他的被动之处。

第一，他一直是想"攘外必先安内"，先把共产党消灭了再说。但共产党人始终无法剿灭，日本侵略者又步步紧逼，再不抵抗，连"安内"的空间都没有了。

第二，国内外皆施加巨大压力。国内民众强烈要求抗日，共产党强烈要求抗日，国外的英美政府也给蒋介石施加压力，不希望他后退太多。

第三，"西安事变"的直接推动。

很多人看了美国胡佛研究所披露的《蒋介石日记》才知道，"西安事变"时，宋美龄曾把周恩来带来，与蒋介石两度会面，达成停止内战的国共合作协议。过去，蒋从西安回到南京后，绝对不承认事变中与共产党有过接触。

当然，蒋介石抗日也有他的主动所在：一是感情基础，二是利益基础。

感情基础，从宋美龄的一句话就可以看出来。宋美龄一家都是虔诚的基督徒。当时宋美龄母亲病重，宋美龄陪伴在床前，问了母亲一句："您的祈祷那么有力量，为什么不向上帝祷告，以一场地震摧毁日本，好让它再也伤害不了中国？"当然，蒋和宋都恨日本，日本人对蒋也基本没有好感，后来几次谈判，谈到最后都想让蒋下台。

利益基础，从他对1931年"九一八事变"处置结果的后悔可见一斑。1932年6月，蒋介石听了国民政府资源委员会翁文灏的汇报，介绍东三省煤炭占全国60%以上，铁矿占82%，悔此前决策错误，在日记里写道："惊骇莫名！东北煤铁如此丰富，倭寇安得不欲强占？中正梦梦，今日始醒。甚恨研究之晚，对内、对外之政策之错误也。"这也蒋介石抗日的动因之一。

为什么直到1941年12月9日才正式对日宣战？为什么战争发生在卢

沟桥？研究历史要特别注意细节，细节里面的名堂非常大。冠冕堂皇的浮夸，往往被细节击穿。

通常所谓"八年抗战"，是从1937年"七七事变"开始，到1945年8月日本无条件投降。习主席提到的14年抗战，则是从1931年"九一八事变"开始到日本投降。那么，国民政府1941年12月9日正式宣战时，到1945年8月15日日本投降，只有3年零8个月的时间。

从常识上，多数中国人都以为"七七事变"全面打起来就算宣战了，其实不对。从1931年"九一八事变"算起，到1941年12月9日正式宣战，日本大规模入侵已经10年零3个月；即使从1937年"七七事变"算起，中国的全面抗战也已经进行了4年零5个月。

既然蒋介石有感情的因素，有利益的因素，知道必须跟日本作战，但为什么直到1941年12月9日才最终对日宣战？最直接的原因，是1941年12月7日日军偷袭珍珠港，12月8日美国对日宣战，国民政府这才鼓足勇气，紧随美国之后宣战。

美国一旦被偷袭，第二天就宣战，最后一定要把偷袭者打到Unconditional Surrender(无条件投降)方才罢手；我们早已不是被"偷袭"，而是在侵略者明火执仗、南京屠城、占领了大半个中国的情况下，竟然还一边进行着抵抗，一边琢磨着妥协，一边盘算着退路。这不是问题吗？这不是耻辱吗？

当然，国民政府有些客观理由。据当时的兵工署统计：库存子弹5亿发，长江北岸山炮、野炮炮弹12万发，克虏伯野战炮炮弹10万发，合计22万发，只够20个师3个月的使用量。

1937年7月31日，"庐山讲话"刚过十几天，蒋介石邀请他的"智囊"——胡适、梅贻琦、张伯苓、陶希圣、陈布雷等，一起吃饭，告知他们决定抗战。胡适问：能支撑多长时间？蒋答：6个月。当时就这个底数。所以不敢正式宣战，一边打一边想和，能妥协就妥协，能不打就不打。蒋的抗战，从一开始就没有打到底的决心。

所以，德国大使陶德曼（Oskar Paul Trautmann）秉承希特勒意志，出面"调停"。德国希望日本从中国战场拔出腿来，进攻苏联。日本从东面进攻，德国好从西面进攻。日本跟中国打起来，对德国来说是个不小的麻烦。

日本当时提出了7个条件：第一，内蒙古自治；第二，华北非军事区；第三，上海扩大非军事区；第四，停止抗日政策；第五，共同反共；第六，降低对日关税；第七，尊重外国主权。

最初蒋介石表示难以接受。东北已经丢了，华北又被日本占领，现在还要内蒙古自治，胃口太大了，不行！1937年11月12日，蒋介石刚刚表态不能接受，7天之后，上海沦陷，日军直逼南京。于是12月2日，蒋介石对陶德曼表示：中日可以谈，日方提出的条件还不算"亡国条件"。

其实，1937年8月7日的国防会议上，蒋介石已经说过："如果以长城为界，长城以内的资源，日本不得有丝毫侵占行为，这我敢做。"这些话，国民政府绝对不会拿出来说，但他当年的确做好了以长城为界的准备，东北就算了，只求回到"七七事变"之前的状态就行。

1937年12月6日，国民政府国防最高会议在武汉召开，正式决定"接受陶德曼调停"。历史在这里走到了非常危险的地步。

如果当时，真的按照陶德曼调停实现中日停火，日本倒是从中国抽身了，可蒋委员长"抗日英雄"的光环不知要蒙上多么厚重的尘埃，日本战争机器的寿命不知要延续多久，东亚战争的蹂躏不知还要持续多久。但问题是，日本此刻已经利令智昏了。

12月13日，日本攻陷南京，立即变本加厉，7个条件不够了，再加4个。不仅要求经济赔偿，更提出在必要的地区设立特殊机构、伪政权，这已经是亡国的条件了。在这种情况下，蒋介石无法再退，对陶德曼说"绝无接受之余地"。日本就这样第一次错过了抽身的机遇。

研究日本战争史，我猜想很多日本人对这段历史做内部评估时，一定很后悔——当年见好就收多好啊，胃口太大了。可是错过一次机遇，后面还有第二次、第三次。

紧接着，1938年5月，宇垣一成大将出任日本外相。此人过去跟蒋介石私交非常好。辛亥革命后，蒋介石在反袁世凯的"二次革命"中亡命日本，宇垣一成给予精心照料，两人结下友谊。蒋介石一看老朋友当了外相，觉得有戏了，可以做文章。于是宇垣外相的代表跟孔祥熙的代表在香港秘密接触，要谈，要和，别再打下去。

宇垣一成在日记中记录下孔祥熙的表态：

"内蒙古设置特殊地区是可以的。"

"在条约上公开承认满洲独立，我们国内很困难，只有悄悄地逐步实行。例如首先设置领事，凡属经济问题由领事间解决。"

"领事解决不了，再派公使或大使。"

这就间接承认了"满洲国"独立，承认了内蒙古的特殊地位。不但丢了满洲，连内蒙古都丢了。今天很多人说，是共产党丢了外蒙古——且不说外蒙古丢失事实上是蒋经国与斯大林签署的协议，看看孔祥熙和宇垣一成的谈判，不但放弃东北，连内蒙古都要放弃。

宇垣一成的日记在日本已经公开了，台湾方面马英九他们从不引用，觉得对蒋介石不好。当然这事后来也没搞成，因为日本陆军强硬派不同意宇垣一成的意见，坚持要"蒋介石下野"，最终使交涉告吹。

孔祥熙都讲到什么地步了？孔说，若蒋委员长下野，就没人跟你签署协议了，让我下台行不行？我是行政院院长，第二号人物。日本人说，不行，就得蒋下野。两边谈不拢，这才告吹。当然，这也相当于日本人错失了第二次机遇。

日本人第三次错失机遇，是1939年3月，国民党复兴社人员与日方人员在香港悄悄谈判。得到消息的共产党要求通缉主和人员，桂系李宗仁和白崇禧也表示，如果议和，广西军队将单独抗战。于是谈判被迫夭折。

日本人第四次错失机遇，是1940年军统局派人冒充"宋子良"，于3月和6月分别在香港、澳门，与日本参谋本部铃木卓尔中佐进行交涉，被日方列为"桐工作"。双方讨论的中心是：承认满洲国问题、华北驻兵问题、对汪政府的处理问题。蒋介石特别提出"会谈要在绝密中进行"，不能让外界任何人知道。

1940年7月22日夜，中日双方正式交换备忘录。

日中代表关于进行停战会谈事宜，分别遵照板垣总参谋长及蒋委员长意旨，并互相确认各自上司进行会谈之亲笔证件，约定事项如下：

一、时间：8月上旬。

二、地点：长沙。

三、方法：板垣征四郎及蒋介石商谈日中停战问题。

代表铃木卓尔（印）　代表宋士杰（印）

昭和十五（1940）年7月23日

以长沙作为会谈地点，是中方国民政府选定的。当时长沙还被共产党控制，因为汪精卫也要来，日方担心不安全。板垣征四郎、汪精卫及蒋介石，所谓"三巨头会谈"，主要是板垣征四郎与蒋介石商谈日中停战问题，然后三方商谈汪伪政府前途问题。

后来日方又提出：能不能在洞庭湖上谈。因为洞庭湖是中立地带，你来一个船，我来一个船，日方觉得安全。国民政府代表认为不行，就在长沙谈。日方又提出中方应以书面形式保证板垣征四郎和汪精卫的安全，但蒋介石不愿意写，要"绝对保密"，不能把任何字据放到对方手里。

就在双方因此来回扯皮的时候，日本防卫厅防卫研究所在《中国事变·陆军作战》中记录了珍贵的一段：

"1940年6月中旬以后约一个月期间，曾是事变行将解决，日中两国最接近的一刹那……中共察觉到了日中进行和平谈判的危机，突然发动了'百团大战'。"

今天有些人认为，百团大战打掉降日派、和谈派的说法是"虚"的，你可以去看看日本人的记录。

上述秘密协议于1940年7月23日达成，"百团大战"于1940年8月发动，硬是把这场会谈给搅黄了。

什么叫中流砥柱？很多人说，共产党就打了几场战役，国民党打了22场战役，总拿数字作对比。我们共产党人自己也说不明白，搞不清楚。其实，历史不是没有给日本人从中国战场抽身的机遇，被他们一次次错过了。一是日本方面本身胃口太大，吞下的东西根本消化不了；二是共产党方面的坚决态度。

再回到1941年12月9日，正式宣战之后，国民政府其实还在犹豫，因为日军偷袭珍珠港后，作战连连获胜，美军连菲律宾都丢了，全面后退。蒋介石有点儿后悔，怕美国人顶不住。罗斯福之所以担心"中国战场崩溃"，就是觉得蒋介石三心二意。直到中途岛作战日本海军失败，瓜达尔卡纳尔岛作战日本陆军失败，蒋介石这才算心里有了点儿底。

整个抗战我们是怎么走过来的？颤颤巍巍走过来的。当然，蒋介石与日本人的妥协和周旋也可以理解。以时间换取空间，以谈判拖延时间，做更多的准备，好跟日本人对抗。毕竟抗日战争是一个半封建半殖民地的弱国跟强国的对抗。

1937年7月17日蒋介石发表"庐山讲话"，1900字文稿当中，有6次提到"弱国"，主要意思是国力弱、军力弱、装备弱、训练弱。其实，还有一些他未曾意识到或不愿承认的"弱"：精神弱、意志弱、心理弱、斗志也弱。一个国家的弱，绝不仅仅是国力、军力、装备、训练的问题，同样包括民族心理问题、国家意志问题。

"珍珠港事件"发生之前，日本侵略者已经在我中华大地制造了1928年6月的"皇姑屯事件"，1931年6月的"中村事件"、7月的"万宝山事件"、9月的"九一八事变"，1932年1月的"一·二八事变"、1935年5月的"张北事件"、1937年7月的"七七事变"……这么多的事件，也未能让国民党痛下决心，与侵略者撕破脸皮彻底决裂，始终没有放弃私下接触和"调停"，始终在寻找可能的妥协之道。这也许是我们中国人的特点，从一开始就不想干到底，总以为给对方面子就是给己方面子，给对方台阶就是给己方台阶。

日本方面不断地制造危机，利用危机向预定目标节节推进；我方则一直在后退，企图通过忍让换得和平。再也没有比中国人更想不战而屈人之兵、不战而退人之兵的了。直到今天，仍有很多人怀着这种想法，这是多么巨大的历史惯性！

当然，美国人也讲"不战而屈人之兵"，甚至讲了很多，为什么？因为他们天天在打，打得自己都疲惫不堪、资源耗尽，才想能否找到不战的方法。我们是从一开始就不想打。那么，如果日本不偷袭珍珠港呢？如果美国不宣战呢？这场中日之间不宣而战的战争又该怎样了结？不值得思索吗？

这是我们必须面对的真实历史。

不能忘却之三：为什么出现集团性的精神沉沦和人格沉沦

这就是大家常问的问题：为什么中国的汉奸这么多？集团性的精神沉沦，不是一个两个，而是一大批一大片。

抗日战争期间，国民党副总裁汪精卫、中央宣传部部长周佛海以下20多位中央委员投敌，58位旅长、参谋长以上将官投敌，有的部队成建制哗变。整个抗战期间，协助日军作战的伪军高达210万人，超过侵华日军数量。

"二战"中，各国都有伪军。德国进攻苏联，苏联卫国战争开始，乌克兰就出现了伪军；德国进攻法国，法国也出现伪军；意大利进攻阿比西尼亚，即今天的埃塞俄比亚，也出现了伪军。但是伪军数量超过侵略军数量的，中国是唯一一个。

汪精卫、陈公博、周佛海、王克敏、殷汝耕、梁鸿志、王揖唐、齐燮元、庞炳勋等，这些汉奸，哪一个不是军政精英？庞炳勋前脚在台儿庄作战获得战功，后脚就降日，成为日伪24集团军军长。

汉奸与汉奸之间还斗得非常厉害。南京伪政府的汪精卫与华北伪政府的王克敏就斗得不可开交。王克敏看不起汪精卫，说："精卫啊，怎么跟日本人打交道，你还得跟我学。那帮家伙前面说话后面就不算数。"王克敏之所以这样说，就因为他比汪精卫降日早，在汪面前摆老资格。汪精卫很生气，在南京伪国会弄了个提案，把王克敏的权力尽数剥夺。会议期间王克敏打瞌睡，提案表决时，糊里糊涂跟着大家一起举手，后来才发现权力没有了。

王克敏还找周佛海发牢骚："我都快70岁的人了，快要入土了，管他什么汉奸不汉奸，反正当不了几年，到时候两眼一闭，呜呼哀哉。你看汪先生，自己下水也就罢了，何必把一些年轻人也拖下水，跟着他当汉奸挨骂呢，他做的可是缺德事情呀！"弄得周佛海连声叹息："我们中国都到这个地步了，还窝里斗！"

再看汪精卫用来取代王克敏的王揖唐，此人到了一趟日本，见了裕仁天皇，回来写首七言诗："八纮一宇浴仁风，旭日紫辉递貌躬；春殿从容温语慰，外臣感激此心同！"多么丑陋和丢人的事！这样一批人，把中国政治演绎到如此龌龊和猥琐的地步，怎能不极大地助长侵略者灭亡中国的骄横和癫狂。这难道不是集团性的精神沉沦和人格沉沦？

为什么出现这样局面，起码有以下几点理由。

弥漫于统治阶层的失败主义

民国政府有一批党政军领导人认为抗日必败，最典型的就是国民党副总裁汪精卫。他的观点："战呢，是会打败的，和呢，是会吃亏的，就老实承认吃亏，并且求于吃亏之后，有所抵偿。"

国民党统治层有一部分人主战，汪精卫问主战的冯玉祥："大家都说抗战到底，这个'底'在何处？"冯玉祥回答："日本投降。"汪精卫后来嘲弄说："这简直是一个丘八的狂妄与无知。"

像汪精卫这样无心抗日、谋求妥协的，当时大有人在。军人中的顾祝同、朱绍良、熊式辉、李明扬，政客中的陈公博、周佛海、陈立夫、陈布雷、高宗武，文人中的胡适、陶希圣、梅思平、张君劢、罗君强等，都是这样一批人物，全都觉得抗日不行。像冯玉祥这样想抗战的是少数，统治阶层弥漫着浓烈的妥协空气。

颇富讽刺意味的是，1945年签署无条件投降书，何应钦带领参加受降仪式的国民党将领中，就有顾祝同和李明扬。这些人恐怕做梦也没有想到，自己有一天竟然坐在了日本人无条件投降仪式桌前。

想想汪精卫当年刺杀摄政王载沣是多么地英勇，监狱中诗歌写得多么豪壮:"慷慨歌燕市,从容作楚囚。引刀成一快,不负少年头!"当时审汪精卫的肃亲王善耆,看过汪精卫写的革命文章后讲了一句话:如果我不是王公大臣,我也要变成革命者。善耆做摄政王载沣的工作,为了获取天下人心,特赦汪精卫。

特赦之前,善耆多次在狱里提审汪精卫,所谓"提审",实则是两个人之间的辩论。想说服汪精卫为大清效力的肃亲王最后讲了一句话:"你们这革命当然是有原因的,是看到清朝太坏了。但假如你们革命成功,我看你们也强不过我们多少。"

后来真如善耆所言,革命成功了,大清王朝崩溃了,民国建立了,问题非但没有解决,汪精卫最后还成了汉奸。从这个意义上说,真正毁了汪精卫的,就是救他一命的善耆。若他当年把汪精卫杀掉,中国革命史上不但会少一个大汉奸,而且要多一个让人感慨万千可歌可泣的英雄。

还有一个人物,梅思平。此人是北大学生、"五四运动"学生领袖之一,"火烧赵家楼"时第一个冲进去点火的人。就是他一把火烧了北洋政府交通总长曹汝霖的房子。曹汝霖在"五四运动"中被指为卖国贼。最后历史怎么演变?梅思平抗战期间叛国投敌,成为汪伪政府的骨干,干过多个部长,还当过浙江省省长。曹汝霖呢?抗战期间坚决拒绝与日本合作。

什么叫革命?看看这些革命人的嬗变就知道革命是多么复杂。所以,今天那些口号喊得最激烈的人,要求最极端的人,往往是最不值得依靠的人。

弥漫于社会的妄自菲薄,精神上跪倒在别人面前

1932年"一·二八事变"之后,国民党中央宣传部部长周佛海在自己的花园洋房里建了一个地下室。1937年全面抗战后,党政军一批人都在这个地下室躲避空袭,对抗战前景持悲观情绪。胡适为这个小组起名叫"低调俱乐部",都认为打不得。什么叫"低调俱乐部"?抗战是高调,蒋介石讲抗战,就说蒋是唱高调;冯玉祥讲抗战,也说冯是唱高调。别人都在唱高调,只有我们这些人理性。汪精卫表面上没有参加"低调俱乐部"的

活动，却是他们的总后台。

"俱乐部"核心成员周佛海说："中国人的要素、物的要素、组织的要素，没有一种能和日本比拟，战必败。"其他组织骨干，如陈布雷、胡适、张君劢、罗君强，几乎都是海外留学回来的，认为人家一切都好，中国一切都不行。

胡适这样的大学者，就是当时精神意志上跪倒的典型。因为跟"低调俱乐部"混得太深，蒋介石专门把胡派到海外担任国民政府巡回大使，逼他不得不按照国民政府的口径表态，才慢慢把心态给扳过来。若不是蒋这一"扳"，胡慢慢也就跟着张君劢、梅思平一起，说不定随汪精卫混到伪政府里去了。

胡适在出国以前曾向蒋介石力荐高宗武，说此人能负责。高宗武是谁呢？时任国民党外交部亚洲司司长。高宗武的所谓"见识"，就是只要中日开战，打不了三个月中国就垮。高宗武后来与汪精卫一起降日。这样一批精神上完全被对方奴化的人，怎么可能寄希望让他们来维护中华民族利益、维护中华民族立场。

自由主义思想侵蚀，只知个人，不知民族

自由主义思想泛滥，是当时非常大的问题，其典型是周作人，鲁迅的弟弟。今天有人说，周作人的散文太优美了，是中国散文第一人。我们想想，一个人的才华如果与气节脱节，这种"才华"的意义又在哪里呢？面对日本侵略，当时很多知识分子在《救国宣言》上签名，周作人不签。"七七事变"后北京大学撤离北平，周作人不走。

不是说不可以留在日占区，可以的。但你别跟鬼子掺和在一起啊。连劝诱周作人出任伪职的日本人都大感意外，最初以为他不会放弃文人的清高，出任伪职的可能性不过百分之一，如果坚辞不受，也并不打算勉为其难。没想到，这百分之一的可能性变成了周作人百分之百的回报，最后他竟然出任伪华北政府教育总署督办，跟随汪精卫访问日本、伪满洲国，发表讲演和广播讲话、慰问日本伤兵。

一个学者居然干出这些事情，为什么？周作人自己解释说：不出任伪

职，日本人就要杀他。后来弄清楚了，暗杀周作人的不是日本人，而是国民党军统，是戴笠下令除掉周作人。当然这是蒋介石批准的，除掉汉奸文人。

今天仍有出版社以及大学教授替周作人辩白开脱，说还有另外一个更坏的汉奸——缪斌，周作人如果不把教育总署的位置占住，让缪斌上来，危害更大。这是我们自己创造出来的理论。用这种理论来支撑民族脊梁，能不得佝偻病吗？对一个知识分子，只要求其才华，不要求其情怀、人格与气节，不把个人命运与国家民族命运联结起来，这样的知识分子能做社会的良心吗？今天，好像只有标榜自由主义才算知识分子，那么你与国家的集体意志和集体判断有关联吗？如果没有关联，你还算是这个民族的一员吗？

周作人说过："就是死了许多文天祥也何补于事呢？我不希望中国再出文天祥。"其实没有人要求一个文弱书生去做文天祥。但不做文天祥就可以做侵略者的帮凶吗？周作人后来用出任伪职的钱装修他在八道湾的房子，连他的弟子都看不下去，觉得不能这样做。但他就是这么做了。

长期封建社会影响，只知小家，不知国家

近代思想家严复，在其翻译的《孟德斯鸠法意》卷五按语中写下一段十分深刻的话："中国自秦以来，无所谓天下也，无所谓国也，皆家而已，一姓之兴则亿兆为之臣妾，其兴也，此一家之兴也，其亡也，此一家之亡也。天子之一身兼宪法、国家、王者三大物，其家亡则一切与之俱亡。顾其所利害者，亦利害于一家而已，未尝为天下计也。"

这段话揭示出两千多年封建统治给国人民族性带来的天然缺陷。家天下，天下是皇帝老子的，不是我们黎民百姓的，哪有国家土地主人的感觉？侵略者来了，他们跟皇帝老子打仗，跟我有什么关系？打败了割皇帝的地，赔皇帝的款，与我何干？这种以血缘和姓氏为核心的封建王朝从来是"家天下"，统治者只对家族、姓氏负责，不对国家、民族负责，全社会没有"天下为公"的理念和实践，怎么可能要求民众与你"万众一心"？

1840年第一次鸦片战争，当地民众在远处观战，英军登陆后民众主动

向其出售蔬菜、牲畜、粮食。

1860年第二次鸦片战争英法联军火烧圆明园，民众也加入哄抢园内财物行列。

1900年八国联军攻占北京，18811个侵略者10天之内攻陷北京，他们凭什么？没有八国联军当年留下的照片，我们可能还不知道当时是怎么回事。有多少中国人帮助侵略者推小车、为侵略者服务？

联军攻到北京，北京城高池厚，有居民告诉联军，广渠门下水道没有设防。从照片上看到，联军从广渠门下水道顺着土坡上来，那么多中国民众站在两边袖手旁观。反正联军在跟皇帝打仗，跟我们有什么关系？

联军在北京杀人，指定杀人，中国人捆人，中国人杀中国人的头。这就是为什么孙中山讲，"四万万中国人，一盘散沙而已"。中华民族一直是若干分散的个体，一直没有结成一个坚强的整体。这是近代以来中国屡屡被人轻视的重要原因。

不能忘却之四：为什么侵略者以为短时间可灭亡中国？

日本是个岛国，中国则是一个大陆。日本人口当时不到1亿，中国人口5亿，为什么日本认为短时间内可灭亡中国？就是因为看透了中国的虚弱。

长期以来，都有日本"三个月灭亡中国"之说，其实日本方的正式文件并没有此说法，只有日军参谋本部《在华北使用武力时对华战争指导纲要》中有这样一句："判定两个月解决驻扎北平一带的宋哲元29军，三个月击败国民党中央军。"根据他们的逻辑，击败国民党中央军，就相当于征服中国了。

日本为什么有这样的自信？第一，侵略者轻看中国，源于中国统治阶层抵抗意志薄弱。1874年日本入侵台湾，清政府为息事宁人，付50万两白银让日本退兵，默认琉球人是日本属民。当时针对大清王朝无原则的赔钱，英国人李欧尔卡克说："台湾事件是中国向全世界登出广告——这里有一个愿意付款但是不愿意打仗的富有的帝国。"

1875年日舰闯入汉江河口，朝鲜还击，日本派人来华试探态度，总理外交事务大臣奕䜣告知："朝鲜虽属中国藩属，其本处一切政教禁令皆自行专立，中国从不与闻。"一句"从不与闻"，不但将自己的藩属国出卖，更为后来甲午战争全面爆发埋下伏笔。历史给我们的警示，不能忘记。西方国际政治学认为所谓国家意志，就是代表国家行使权力的领导者的意志。统治阶层抵抗意志薄弱，只会给一个民族带来灾难。

第二，侵略者轻看中国，源于两国工业能力的差距。1936年的工业能力，日本年产580万吨钢铁，中国年产4万吨；日本年产飞机600架，中国0架；日本年产坦克200辆，中国0辆。1936年军队装备，日本海军总吨位115万吨，中国海军总吨位5.7万吨；日本空军飞机2700架，中国空军300架；日本常备军38万，中国200万。我们装备落后，工业生产能力不足。

第三，侵略者轻看中国，更是看透了中国社会一盘散沙。板垣征四郎是1948年被东京国际军事法庭判处绞刑的7个甲级战犯之一。1931年8月，发动"九一八事变"之前一个月，板垣征四郎在关东军做战斗动员，要对人数10倍于自己的东北军发动战争，关东军心里没底。

板垣征四郎却说一定能赢，他的理由是："从中国民众的心理上来说，安居乐业是其理想，至于政治和军事只不过是统治阶级的职业。在政治上和军事上与民众有联系的，只是租税和维持治安。因此，中国是一个同近代国家情况大不相同的国家，归根到底，它不过是在一个拥有自治部落的地区加上国家这一名称而已。从一般民众的真正民族发展历史上来说，国家意识无疑是很淡薄的。无论是谁掌握政权谁掌握军权，负责维持治安，这都无碍大局。"

这个日本侵略军中著名的"中国通"的一番话，真正戳到了我们的痛处。

发动"九一八事变"的日本关东军1.09万人，东北军则有20万。结果如何呢？两天丢了沈阳，七天丢了辽宁，三个月不到东三省沦陷。1931年11月4日，齐齐哈尔的"江桥抗战"被称为"中国有组织抗战的第一枪"，由马占山领导的政府军与日本侵略者打起来的。我们可以想想，"九一八事变"之后政府军一直在退，退了将近两个月，都退到齐齐哈尔、快到俄罗斯了，才出现有组织的军事行动，才有一支官兵正式开枪。这不是我们的耻辱吗？

板垣征四郎被称为"东北汉奸之父"，他在东北网罗了很多人。为什么各个地区不见抵抗就被逐一占领呢？因为头儿都跟着过去了。板垣诱逼臧式毅出任奉天伪省长，运动爱新觉罗·熙洽宣布吉林独立，推动张海鹏宣布洮南独立，策动张景惠宣布黑龙江独立，牢控伪满洲国溥仪、罗振玉、赵欣伯、谢介石等人。

我们今天仍可看到，让一个日本人帮中国人干事非常难，让中国人帮日本人干事好像远远没有那么难。近代以来，最了解中国的就是日本，对中国伤害最深入的也是日本，为什么呢？日本对中国的毛病、弊病了解太深了。

再看看"华北汉奸之父"土肥原贤二。"九一八事变"之后，土肥原曾出任奉天市市长，一文不名，就以自己的名义担保，弄来一笔钱维持市政运转。后来日本国会同意拨款，但特别申明从国会通过之日算起，之前的用款不负责偿还。最后，是土肥原用自己的薪俸偿还的。土肥原一大家几十口人在日本，没钱买房，挤住在小屋子里面。这种侵略者，创造性地、全身心地扑上去执行侵略政策，对我们是最大的危害。

阎锡山就差点儿被土肥原毁掉。他们俩在日本士官学校是同学，利用这一层关系，土肥原以"旅行"为名，将雁门关一带重武器可以通过的险要地点做了详细记录。"七七事变"之后，阎锡山认为雁门关是天险，尤其茹越口一带重武器无法通过，未构筑工事，兵力也很少。直至日军利用土肥原的情报突然从这一空隙中钻进来，阎锡山才大吃一惊，晋北也因之迅速失守。

1948年东京国际军事法庭审判，土肥原贤二和板垣征四郎一样，也是判处绞刑的7个战犯之一，绞死的顺序由个人抽签。土肥原抽到第一签，第一个被绞死。他罪有应得。

还有一个人：侵华日军总司令冈村宁次。20世纪20年代冈村宁次曾任"五省联军总司令"孙传芳的军事顾问。其实孙传芳并不信任日本人。他日语虽好,却从来不说。冈村说:"尽管我在孙传芳面前受到敬重,他向我咨询作战事宜,可军用地图却从未给过我。"

北伐战争时出现情况,冈村宁次在回忆录中写道:"有一天我去前线南昌,当地指挥官把华中地区1/50000比例的地图全部借给我,委托我制定作战指导方针。不久,前线节节败退,孙传芳束手无策,起锚顺流而逃跑。这时有位头脑冷静的人说,冈村老师赶紧雇条小船躲到日本军舰上去。我雇了条小船,仓促丢弃了所有的行李,却未忘记带上这套1/50000比例的地图。"

冈村宁次回去以后将这个地图交给日军参谋本部,参谋本部给冈村以重奖。1937年中日爆发全面战争。日军指挥官宫崎周一说:"武汉作战和中国大陆各次重要作战,多亏有这套1/50000比例的地图。" 冈村宁次在回忆录里非常得意地讲到这些。我们不仅要了解鬼子的凶残,更要知道他们要灭亡你的极深的心计。

冈村宁次还专门讲到中国著名外交官顾维钧。1932年上海"一·二八事变"发生,顾维钧是中方首席谈判代表,到上海来处理。冈村宁次的评价是:"此人既能为北洋政府服务,又能为民国政府服务,可见做人节操十分一般。"

顾维钧长期与西方列强打交道,自己也有一套理论,叫作"两国交战,不影响交友"。此人还热衷于酒会、舞会这些外交场合。冈村宁次交代手下人,凡顾维钧出现的场合,要立刻通知他。此后,两人就有了一次又一次的"邂逅",聊得热火朝天。冈村宁次很快把中方处理"一·二八事变"的政策底牌全部摸去。

还是那句话,我们太粗陋了,对方太精细了。从高官到平民,无形中一个个被对方攻破。

发动"九一八事变"的另一名元凶石原莞尔,20世纪20年代在中国搞化装侦察,被警察扒光搜身,抄走身上的最后一个铜板。石原得出结论:"中国官府对民众太苛刻,一旦有事,民众不会站在官府一边共同担当。"

所以后来，石原莞尔一到东北就口出狂言，说："我不用拔剑，只用竹刀就足以吓退张学良。"

我们为什么一盘散沙？为什么被人分而治之？为什么像石原莞尔所说"官府和民众对立"，到了关键时刻民众不会与官府共同担当？这些侵略者看透了中国国家内耗、政府腐朽、社会涣散带来的软弱，看透了民众与政府的游离与对立，看透了他们的对手不过是几个孤家寡人率领着一伙四分五裂的族群。

"落后要挨打"在中国更多表现为"软弱挨打""内耗挨打""腐朽挨打""涣散挨打"。就如田汉、聂耳 1935 年创作《义勇军进行曲》时唱出的那样："中华民族到了最危险的时候。"

不能忘却之五：为什么说"战争的伟力之最深厚的根源，存在于民众之中"？

全面抗战爆发以后，国民政府在华北战场一溃千里。当时的情况很明显，仅靠正面战场，中国抗战很难取胜。炮弹枪弹只能支撑 3 个月。蒋介石说"可支持 6 个月"，也是只看见了国民政府手中掌握的有限资源。而毛泽东提出《论持久战》。怎么持久？支撑持久的战争资源在哪里？

近代以来，中国多少变革者，如李鸿章、袁世凯、康有为、孙中山……都有一个通病：基本上是力图依托少数精英完成对社会的改造，都没有把唤醒民众、动员民众、组织民众作为变革和革命的重点。在他们眼中，民众只是改造的对象，而不是推进变革和革命的动力，最终只能导致变革与革命一再失败。

鲁迅写的《阿Q正传》，台湾学者柏杨写的《丑陋的中国人》，难道不也是如此？阿Q被人欺侮了，回到家说"打我的是孙子"于是获得解脱的"精神胜利法"，确实是中国人人性中最卑劣可叹的部分。

由于长期封建专制统治造成的封闭和愚昧，加上近代以来殖民地半殖民地处境的摧残和窒息，中华民族的传统优秀品格几乎丢失殆尽。一般中国人，尤其是农业人口，在侵略、压迫和摧残面前表现出麻木、散漫、冷漠甚至无为的绝望。民众中弥漫着明哲保身、忍气吞声、为了一己利益甘愿苟活于世的空气。人的尊严、社会价值、是非曲直、真理道义，都在活命的前提下变得无足轻重。

但是无论把这些说得多么严重，它也只是中国国民性的一面。中国共产党的杰出代表毛泽东看见的是中国国民性的另一面：民众不是被改造的对象，也不是被利用的团体，而是力量的来源。

毛泽东是中国历史上第一个深刻认识到民众力量的人。他说："群众是真正的英雄，而我们自己则往往是幼稚可笑的。不了解这一点，就不能得到起码的知识。"

抗日战争时期，毛泽东说："动员了全国老百姓，就造成了陷敌于灭顶之灾的江洋大海，造成了弥补武器等缺陷的补救条件，造成了克服一切战争困难的前提。"在这里，最不被人看好的资源变成了最好的资源，变成了克服一切战争困难的前提。

1938年，毛泽东的《论持久战》就是看到中国民众中蕴含的巨大力量。毛泽东说："全中国人民动员起来，武装起来，参加抗战！有力出力，有钱出钱，有枪出枪，有知识出知识。"

多少知识分子投入抗战的洪流。1931年，钱伟长以中文、历史双百成绩，被清华、交通、浙江、武汉、中央五所名牌大学同时录取。最后他按照叔叔钱穆的建议，选择了清华大学历史系，国学大师陈寅恪想招募他为弟子。但同年9月发生"九一八事变"，钱伟长是从收音机里听到这个消息的，拍案而起："政府讲不要抵抗，因为人家有飞机大炮。我听以后火了，下决心，我说我要学飞机大炮！"

一夜之间，钱伟长做出了一个大胆决定：弃文从理。钱伟长极具文史天赋，但物理只考了5分，数学、化学共考了20分，英文没学过，所以是0分。物理系主任吴有训一开始坚决拒绝其转学理工的要求，一直到后来被钱伟长的诚意打动，答应他试读一年。为了内心这个愿望，他极其刻苦，早起晚归，来往于宿舍、教室和图书馆之间，废寝忘食，克服了用英语听课和阅读的困难，一年后数理课程超过了70分。五年之后毕业时，他以优异成绩成为物理系最优秀的学生之一。

抗日与强国的愿望，把本该成为文史学家的钱伟长变成了现代中国力学之父。

我们今天常讲，兴趣与爱好是一个人最大的动力。钱伟长因国家需要、民族需要，兴趣爱好发生如此大的改变，由最初痛恨理科，最后成为力学大师。

2010年，钱伟长当选"感动中国年度人物"，颁奖词这样讲："从义理到物理，从固体到流体，顺逆交替，委曲不屈，荣辱数变，老而弥坚，这就是他人生的完美力学，无名无利无悔，有情有义有祖国。"

再看看爱国华侨陈嘉庚。陈嘉庚为支援抗战，捐款捐物无数，并在国民参政会上提出议案："日寇未退出我国土之前，凡公务员对任何人谈和平条件，概以汉奸国贼论。"这明显是对着当时有降日倾向的汪精卫而去。

陈嘉庚和汪精卫过去是莫逆之交，议案提交以后，作为议长的汪精卫认为太过尖锐，把提案改为"日寇未退出我国土之前，公务员不得言和"。

抗战时期，国内有几个人会开汽车？滇缅公路作为重要的战略运输线，要把物资运过来，我们却没有司机。陈嘉庚动员华侨机工，志愿去开车、修车，往中国运送物资。1942年2月，日军占领新加坡，山下奉文下令"新加坡华人减半"，就是要报复以陈嘉庚为首的新加坡华侨对抗日战争的有力支持。大家都知道1937年南京屠城，日本侵略者杀了30万中国人，5年后又杀了10万新加坡华人。2015年5月，我们到新加坡参加香格里拉会议，问当地媒体："你们知道新加坡屠城吗？"他们大都不知道了。

现在每年12月13日被设立为"南京大屠杀国家公祭日"，非常好，让我们永远不要忘记。今天新加坡热衷于邀请美国返回亚太搞"再平衡"，热衷于和日本搞关系，他们还记得当年遭的灾难吗？忘记历史的"往前看"，你有根吗？没有根，你能看到什么呢？

不只钱伟长、不只陈嘉庚。当年抗战有多少知识分子，如冼星海、邹韬奋、丁玲、艾青、茅盾等著名人物奔赴延安，总数达4万余人，前所未有。土地革命战争时期，在抗日军政大学，一个班里既有海外留学生也有文盲，真正是孔子"有教无类"的教育实践。

当年，人们既可以选择到西安、重庆的国民党通信学校、国民党军官学校——不但报销路费，还发津贴，发服装；也可以选择到延安"抗大"——路费自理，没有津贴，衣服只发一套。据当年的学员回忆：在"抗大"，吃的粮食自己背，烧的煤自己背，木炭也得自己烧；天热了在延河洗澡，先洗衣服，在河滩上晒个半干，上岸再穿上。

条件这么艰苦，人们还前赴后继往那儿跑，为了什么？2013年9月我给上海市委中心组讲课，上海市纪委书记（现任中纪委副书记）杨晓渡对我说："连战先生到上海访问，我直接跟他讲，不要一说抗战就是你们国民党。我不讲别人，就讲我的父母，他们都是江浙富豪的少爷和小姐，阶级属性跟你们是一样的。当年抗战，为什么他们都去了延安，而不去重庆，就是因为你们不抗日，一味后退。去延安就是因为共产党抗日。"

"黄河之滨集合着一群中华民族优秀的子孙。"正是抗日战争使中华民族真正实现了全民觉醒。日本侵略者占中国的地，杀中国的人，屠中国的城，对准整个中华民族而来，使这个民族第一次没有阶级之分，没有地域之隔，没有种族之别，没有统治与被统治之嫌，结成利益共同体、命运共同体、荣辱共同体，筑起国家与民族新的血肉长城。

在这一刻，中华民族真正发现，我们是一体的。不像过去，你好了我就不好，你赢了我就输，相互矛盾，相互对立。日本人不仅对国民党而来，不仅对共产党而来，而是对整个中华民族而来。中华民族的利益共同体就是在这一危难时刻结成的。在这段艰难的历程中，中国民众的觉悟程度、组织程度达到了前所未有的历史高度。

更为广泛深刻的组织动员，发生在农村。因为中国最广大的地区是农村，最多的民众是农民。埃德加·斯诺在《西行漫记》里写道："谁赢得了农民，谁就赢得了中国。"所以开辟农村革命根据地，动员组织依靠群众，是与日本侵略者决胜的关键。

毛泽东在《论持久战》中讲："中国的农民有很大的潜力，只要组织指挥得当，能使日本军队一天忙碌 24 小时，使之疲于奔命。必须记住，这个战争是在中国打的，这就是说日军要完全被敌对的中国人所包围，日军要被迫运载他们所需的军需品，而且要自己看守。他们要用重兵去保护交通线，时时谨防袭击。"

毛泽东看见我们拥有的最大能量、最大资源是民众，蒋介石看到过没有？国民政府中没有一个人能够认识到这一点。毛泽东《论持久战》中这句话被广泛引用："战争的伟力之最深厚的根源，存在于民众之中。"还有一句话说得更好，但却很少被引用："日本敢于欺负我们，主要的原因在于中国民众的无组织状态。"毛泽东看破了中国的问题，不是装备差，不是国力弱，最根本的问题是无组织。所以中国共产党最大的抓手，就是一定要把民众组织起来。

抗日战争中的民众动员，是中国历史上从未经历过的民众动员。日本侵略者发动战争使中日民族矛盾尖锐化，大大超过中国国内的阶级矛盾，使我们动员各阶层民众开辟了全新的广阔空间。这种动员的广泛性，使地主也要抗日，资本家也要抗日，就像杨晓渡书记说的那样，江浙富豪家的少爷小姐，也全都跑到延安去了。

全面抗战，使得中国共产党的动员能力发生根本性改变，为动员各阶层民众开辟了全新的广阔空间。当时各地的"战地动员委员会""民众动员委员会"纷纷建立，还有各种工作团训练班，广泛动员民众参军、支前、参战。

为了团结更多的人，土地革命当中"打土豪、分田地"改为"减租减息"。陕北士绅李鼎铭向毛主席提出精兵简政的著名建议。土地革命战争时期，李鼎铭曾是"打土豪、分田地"的革命对象，抗日战争中却成为陕北开明士绅。城镇中成立"青年救国会"和"民族解放先锋队"，农村中则组织起"农救会""妇救会"和"儿童团"。一个家庭中，可能父亲是农救会员，大儿子是工救会员，媳妇是妇救会员，小儿子是青救会员，孙子是儿童团员，在不同组织中为抗日救亡努力。

中国封建社会多少年，从未有过这种变化。共产党在这一历史进程中获得了最为强势的基层组织动员能力，而国民党则基本不会这一套。共产党在抗日战争中展现的最大能量，就是把人教育得有觉悟，把人组织得有力量。结果出现了日本侵略者始料未及的两个战场。

下面这部分全部引自日方的资料。

日本无条件投降以后，带回去的有关侵占华北的资料，由日本防卫厅防卫研究所编辑出版了《华北治安战》上、中、下三集。里面都是对当年华北战场的描述。

例一："对于重庆和中共两方，究竟以哪一方为真正的敌人模糊不清，在战场第一线应该以谁为打击目标，就更难判断了。尤其是中共势力，他和日军在长期训练中描绘的敌人，或者是迄今为止我们所接触过的敌人，无论在形式还是本质上都完全不同。"

例二："中共及其军队尽全力去了解民众，争取民心，不但日本，就连重庆方面，也远远不能相比。"

例三："凡我军进攻的地区，全然见不到居民。想找带路人、搬运夫乃至收集情报，都极为困难，空室清野做得彻底，扫荡搜索隐蔽物资很不容易。"

例四："共党地区的居民，一齐动手支援八路军，连妇女儿童也用竹篓帮助运送手榴弹。我方有的部队，往往冷不防被手持大刀的敌人包围袭击。"

例五："两名特务人员捉到当地居民，令其带路，当接近敌村时，带路居民突然大声喊叫'来了两个汉奸，大家出来抓啊'……冈村支队的一个中队，刚刚脱离大队分进之际，就被居民带进不利地形，使我陷于共军的包围之中。"

这是日本侵略者自己的描述。

后来很多日本军人回忆说：宁愿与重庆作战，重庆部队一打就退，就散，缴获很多武器，抓获很多俘虏，战果明显；在华北与共军作战就很难，刚一睡觉，他们就来了，出去找，又不知道在什么地方，特别难适应。

日军山口真一少尉与国共两党的军队都打过仗，他的比较与总结是："相较之下，与神出鬼没的共军每天进行令人紧张恐怖的战争，反倒不如打一次大规模的战斗痛快。其后我参加过老河口作战，回忆在中国的4年，再也没有比驻防在（冀南）十二里庄当队长时代更苦恼的。"

一个真实的故事，就发生在离山口真一少尉驻地不远的邯郸西部山区。

那天事情发生得突然，孩子们正在满村追逐玩耍，不知从哪里冒出来的日本鬼子，一下子把村子包围了。好几个正在开会的区委干部来不及走脱，都被困在村里，混在乡亲里面。

这是一个生命力旺盛的村子，全村五千人中，有一千多个孩子。日本人选中了突破口。他们拿出糖果，一个一个地给，"咪西咪西，顺便指指哪一个不是村里的人。"没想到一千多个孩子，没有一个接糖。日本人把他们攥紧的小手掰开，将糖硬塞进去，小手像推火炭一样把糖推出来，又重新紧紧攥上。日本人的糖掉在灰土地上。

哪个孩子不知道糖好吃？哪个孩子不知道如此"不识抬举"带来的生命危险？几十年过去，有人问当年其中的一个孩子：你们咋那么大胆？真的一点儿不害怕？已经白发苍苍的老者回答：谁也不是铜浇铁打的，咋不怕？可那糖不能接，一接，就成汉奸了！

老人没有多少文化，不会夸张形容，讲起来平平淡淡。他和当年那些小伙伴仅凭世代流传的道德，凭庄稼人做人的直觉，在大灾难面前坚守着那个棒子面窝头一样粗糙无华的意识——一接，就成汉奸了。

这种道德的感召和良心的威慑是如此强大，以致狂吠的狼狗和上膛的"三八大盖"都拿他们无可奈何。一千多个孩子同住一村，平日里少不了打架斗殴，相互间头破血流。但在支起来的机枪和塞过来的糖果面前，在"一接就成汉奸"这一结论上，他们无人教导、不需商量，竟然息息相通。

这是一代又一代遗传下来的基因，一种不须言传便能意会的民族心灵约定。按照过去的话说，即所谓的"种"。一千多个孩子，个个有种。任何一个民族，都不乏积蓄于生命中的火种。所谓组织动员，不是要用一些前所未闻的"大道理"来征服民众，而是激发出他们心底压抑已久的火种。点燃它，这个民族就不会堕落，不会被黑暗吞没，不会被侵略者征服。

这就是共产党在抗日战争中做出的最无可替代、最具特色的巨大贡献。这就是扬言"三个月就能灭亡中国"的日本侵略者的悲剧所在：原以为对手只是中国执政当局及其掌握的武装力量，结果发现不但要应对正面战场的正规军队，还要应对敌后战场上觉悟了的、有组织的、开始为捍卫自身利益英勇战斗的千千万万普通民众。中国人从来没有这样被广泛深入地动员起来、武装起来，从来没有过。中国共产党在抗日战争中做到了这一点。

今天仍有很多人在争论："谁领导了这场战争？谁才是中流砥柱？"台湾的郝柏村、马英九也提出这样的问题："两个战场究竟哪个作用大？国共各打了多少战役？双方各歼灭了多少对手？"各种社交网络也在传播这样的言论："共产党没做什么，国民党做了很多。"

这样说的人仅仅把抗日战争看作一场战场较量，一场军事冲突，以为能够像清点缴获物资一样，清点各自的功劳。事实上，这些看似"尖锐"的问题，没有一个能超越1938年的"蒋廷黻之问"。

不能忘却之六：为什么只有共产党才能回答"蒋廷黻之问"？

1938年抗日战争最艰苦的阶段，历史学家蒋廷黻在其撰写的《中国近代史》这本小册子中，发出了著名的蒋廷黻之问："近百年的中华民族根本只有一个问题，那就是：中国人能近代化吗？能赶上西洋人吗？能利用科学和机械吗？能废除我们家族和家乡观念而组织一个近代的民族国家吗？能的话，我们民族的前途是光明的；不能的话，我们这个民族是没有前途的。"

结论很明显：如果不能废除我们的家族和家乡观念而组织一个现代的国家，不能用科学和技术，不能赶上西洋人，即使赢得抗日战争胜利，等待我们的还有下一场灾难。

回答这个问题的资格，历史把它留给了中国共产党人。

整个抗日战争时期，中国共产党通过广泛的组织和深入的动员，使与世隔绝、自给自足的贫苦大众第一次认识了自己，认识了抗战，认识了中国，认识了世界，也认识了几千年不曾认识的自己拥有的力量。这一成果极大地推动了民众从传统的家庭观念、家族观念向民族意识、国家意识迈进，从而积极、主动地投身到伟大的民族解放运动之中。中华民族第一次形成全民共识：为了生存、发展、繁荣、昌盛并自立于世界民族之林，中国必须在封建半封建、殖民地半殖民地的社会肌体上，构建自己的新型民族国家。

从时间顺序上说，1912年成立的中华民国是中国历史上第一个现代民族国家。但是30余年实践证明，它不稳定、不持续、不繁荣，既不能完成民族救亡，也不能实现民族复兴。存在三十多年从大陆烟消云散，今天仅在台湾苟延残喘。中国迫切需要一个能够稳定、持续、繁荣，既能完成民族救亡，又能完成民族复兴这双重历史使命的政权和国家体制。

1949年诞生的中华人民共和国，是中国共产党人为苦难深重的中华民族献上的一份大礼。新中国不但从根源上消除了封建半封建、殖民地半殖民地的痕迹，而且从根源上清除了"一盘散沙"的涣散状态，中国人民被前所未有地动员起来、组织起来，形成利益共同体、命运共同体、荣辱共同体。

民族国家学说奠基者霍布斯（Thomas Hobbes）说："人人难以自我保存时，人们便自觉自愿放弃权利开始缔约，指定一人或多人组成集体，来代表他们的人格，将自己的意志服从于集体意志，将自己的判断服从于集体判断，在此基础之上实现联合，这就是国家。"

历史证明：只有新中国，才能真正实现中华民族的集体意志和集体判断。全民抗战中民众动员、民众组织、民众武装所蕴含的集体意志和集体判断，最终成为中华民族培育新社会的摇篮。

1962年在美国首都华盛顿一次酒会上，肯尼迪总统把时任"台湾驻美大使"蒋廷黻叫到面前询问："听说中文对'危机'有不同解释？"肯尼迪刚从一场惊心动魄的，差点儿导致美苏爆发核战的古巴导弹危机中缓过劲儿来。蒋廷黻则告诉肯尼迪，中文的"危机"包含两层意思："危"是指危险，"机"是指机遇。肯尼迪听后连声赞叹，认为中文对危机的解释最贴切也最准确：既包含危险，更包含机遇。

日本发动侵华战争是中华民族面临的最大危险，那么我们的机遇又表现在哪里？中华民族真正意义上的民族觉醒，是抗日战争给我们提供的最大机遇。今天回顾可以清晰地看到，没有民族危亡中实现的民族觉醒，没有全民抗战中结成的民众组织，没有反抗侵略中锤炼的战斗队伍，胜利肯定不会这样快地到来。

中国共产党本身，也在这一历史进程中完成了重大角色转换：由阶级的先锋队转变为民族的先锋队。过去的土地战争中共产党人"打土豪、分田地"，代表工人阶级和贫苦农民的利益；抗日战争中的全民动员、全民抗战则大不一样了，共产党不但属于本阶级，更属于全民族。

也正是这一有效的角色转换，使得中国共产党人在新中国成立时，已经不仅仅是阶级利益的坚定代表者，也最具资格地成为中华民族利益的坚定代表者。

美国人布鲁斯·拉西特（Bruce Russett）和哈维·斯塔尔（Harvey Starr）在《世界政治》（*World Politics*）一书中说："历史上，大多数国家都是在战争的经历中形成的。"中国同样概莫能外。用我们自己的话说，就是"打败侵略者，建设新中国"。哈佛大学教授约瑟夫·奈（Joseph Nye）说："一般来讲，大国的标志是有能力打赢战争。"同样讲得很好。正是万众一心、共赴国难的抗战胜利，使中国开始进入世界大国之列。

新中国成立前夕，毛泽东说："中国必须独立，中国必须解放，中国的事情必须由中国人民自己作主张，自己来处理，不允许任何帝国主义再有一丝一毫的干涉。"说出了一百多年来所有中国人的心声。中华民族在抗日战争中表现出来的深刻的民族觉醒，空前的民族团结，英勇的民族抗争，不但成为抗战取得胜利的决定性因素，更成为今天和今后实现中华民族伟大复兴的关键性支撑。

中华民族百年沉沦，历经苦难。1915年，留学美国的胡适写下一段话："拿破仑大帝尝以睡狮譬中国，谓睡狮醒时，世界应为震悚。百年以来，世人争道斯语，至今未衰。"

喻中国为睡狮的拿破仑，是法国科西嘉人。2014年3月，同样是在法国，在巴黎纪念中法建交50周年大会上，国家主席习近平也讲了一句话："中国这头狮子已经醒了。"

等待填满的容器与
需要点燃的火炬

> 我们是正义的吗？我们主持过正义吗？我们还将为正义奋斗吗？我们还能不能登高一呼云集者众？我们向全世界提供了丰富的物质产品，能不能也提供同样丰富的精神产品？

山寨思想武器，岂能解决中国问题？

这篇文章有三个关键词：话语权、正义、进步中国。

关于话语权，先讲个故事。2013年，由省部级领导干部和军队正军级干部组成的国防大学国防研究班，与我校防务学院外军军官组成的拉美班举行座谈。其间哥伦比亚一名上校发言说："中国人过去支持的哥伦比亚游击队，现在都在贩毒，让我们大受其害；你们现在发展很快，很有钱，不应该对哥伦比亚如今的局面做出一些补偿吗？"

他的问题一提出，我方学员一片哑然。与我共同主持座谈的防务学院领导出来打圆场，说中方学员中没有外交官，不了解这方面情况，这个问题不好回答。又说：我们现在改革开放，政策改变了，不会那样做了。

他讲完后，我主动要求做一些补充：

首先，中国的确支持过很多国家的民族解放斗争。国家要革命，民族要独立，人民要解放，这是20世纪的历史洪流。20世纪初成立"国联"（全称"国际联盟"，《凡尔赛条约》签订后组成的国际组织），成员国只有四十多个；21世纪初，联合国成员已经达到一百九十多个。也就是说，整个20世纪有一百五十多个国家获得独立解放，这是人类历史上从未有过的巨大进步。今天在座的很多军官，你们的国家与我们中国一样，都是在这一历史进程中获得独立和解放的。

其次，我问那位上校，你说中国支持哥伦比亚游击队，你知道我们还支持南非的曼德拉吗？今天曼德拉成了"诺贝尔和平奖"获得者，声名享誉全世界，东方、西方都把他捧到了天上，但当年这个"非国大"青年领袖、"非国大"军事组织负责人，有谁支持他、帮助他？在他最艰难的时候，中国给了他最大的支持和帮助。美国人、英国人当时在干什么？英国首相撒切尔夫人终生厌恶曼德拉。美国中央情报局给南非政权提供情报，导致曼德拉被捕，在监狱关了27年。除了南非种族隔离政权，美国当年还大力支持西班牙的佛朗哥、韩国的李承晚、伊朗的巴列维、智利的皮诺切特，以及南越的阮文绍、阮高祺，都是声名狼藉的独裁者，这些记录今天就忘记了？自己就居于道德高地了？美国当年实行种族隔离政策时，被追捕的黑人领袖威廉·罗伯特还到中国来避难，他的儿子小罗伯特就在人民大学附中上学，难道这不是我们中国人做的正确的事？我们没有愧对时代，没有愧对世界，我们主持了国际正义。

再次，我们支持过的人，是否有些后来去干了贩毒一类的事，那是他们自己的选择，自己负责，与我们当初支持的目的毫不相干。我们支持所有国家争取民族独立的艰苦斗争，这是我们的责任，也是中国在整个20世纪历史进程中发挥的作用。

总之，我们没有做错。用不着今天跟这个道歉，明天跟那个"对不起"，后天"请大家多多包涵"。我们为整个世界的发展和进步提供了正能量！

我讲这些的时候，哥伦比亚上校坐在那里，手扶着下巴，听得很专注，频频点头，没有继续追问。晚宴时，他过来和我握手，说很感谢，他没有想到我讲的这个角度。

现场一些同志后来说，听了哥伦比亚军官的提问，内心憋气，又不知怎么反驳。我这些话，把他们心里憋的这股气发出来了。

我认为，共产党人的社会正义，是话语权中非常重要的一部分。我们是正义的吗？我们主持过正义吗？我们还将为正义奋斗吗？

今天很多人对此发生了动摇，开始琢磨"忏悔"，还要出"忏悔"的书。有一批人，觉得中国共产党没有做一件好事。说"基本错了"是客气，说"根本错了""从头到尾都错了"才算彻底。于是出现所谓的"两头真"——参加革命前是真的，今天退休了是真的，中间跟着共产党干的这一段全成了假的。就像黄永玉画的那幅讽刺漫画：这个人的一生，正确＋错误＝零。

白活了。

还有刊物遥相呼应，热衷于以小博大、以偏概全，用小考证颠覆大历史，用局部之真颠覆历史之真，把民族解放、人民革命的大时代描绘为"大灾难""大悲剧"。这种扭曲心态，哪里还能感觉到一丝一毫的社会正义？

事实上，共产党从建立之日起，从"打土豪、分田地"到"为人民服务"，再到"实现共同富裕"，都体现了对社会正义的追求。这是我们的资本，是共产党民心归一的源泉。

我们所强调的"话语权"，当然需要语言技巧和传播技巧，但是最根本的影响力来自对社会正义的主持。这意味着什么？意味着需要挺身而出，需要大义凛然，需要在原则面前的坚定性。今天一说"以经济建设为中心"，好像只要经济能发展，就什么都可以做，这在无形之中，必然侵蚀我们对社会正义的追求，导致一系列问题的出现。

我正在写一部电视纪录片《血性军人》的脚本，其中一个典型，是军事学院战略教研室主任王三欣。这位我军优秀的教育工作者，最后倒在了讲台上。王三欣的理想是什么？是年轻时讲的两句话："向往当一个梁山好汉！""有时想当个打抱不平的英雄！"这是典型的那一代共产党人对正义的追求。哪像我们今天，路见不平，掉头就走，哪有什么拔刀相助啊！顶天立地的正义感消失了。

我们今天富起来了，钱包鼓了，衣服穿得好了，但是内心越来越自我，越来越羸弱。那一代共产党人对除恶的担当，对平等的向往，对正义的力挺，是共产党最强大的思想武器。共产党人一旦失去这种英雄气概，必然失去担当的精神，随之而来的，必然是绥靖的空气、委曲求全的空气、是非不清的空气、"活麻雀比死老鹰强"的空气。

2008年6月28日，我在贵州给省委中心组讲课。石宗源书记那天上午没来听课，因为正好发生了"瓮安事件"，他到前方紧急处理去了。

时任瓮安县委书记的王勤不抽烟、不喝酒、不打麻将、不进歌舞厅，抓经济建设很有成绩。当石书记找他谈话、追究责任时，他觉得十分冤屈，说："党的要求我都做到了，瓮安的GDP在7年内翻了一番。"石书记说，你现在不要讲 GDP，就说说县委、县政府、县公安局怎么都让人给烧了？

我觉得，这实际上是丧失了对社会正义的追求。以为经济发展就是一切，片面理解党的工作重心，用利益取代正义，把发展当作目标本身。就像恩格斯批评第二国际伯恩斯坦的话，"运动就是一切，目的是没有的"。只要发展、只要增长，可以不在乎正义，最后导致原则模糊不清甚至丧失，绥靖主义空气弥漫。"一切通过发展来解决"成为普遍的思路，"以空间换取时间"成为普遍的方式。包括对新疆问题、西藏问题的处理也是同样，增大投入、促进发展的确重要，但用钱来摆平一切的思路行不行？能不能摆平？我觉得不行。

在这个过程中，一些共产党人在原则面前失去了坚定性。我们对内在失去群众，不再像过去那样，登高一呼，云集者众；对外在失去发展中国家的拥护和支持。一段时间，我们集中精力搞大国关系，想加入富国俱乐部。几年前，在一个学术讨论会上，一个著名大学的著名学者公开讲，中国人要有富人心态，要加入富人行列，跟富人在一起，不要老跟穷人混。这种心态和论调，今天居然可以登堂入室，成为一种理论。

这让我想起 1997 年，我在美国驻华陆军副官胡伯中校的陪同下，参观西点军校。他是 1978 年的西点毕业生。西点军校纪念馆内陈列着两个模型：上甘岭 537.7 高地和 597.9 高地。胡伯中校指着模型对我说："我们当年学过这个战例。这两个高地，你们只有两个连守卫，我们七个营轮番进攻，就是攻不上去，我不知道为什么。"

这件事给我印象至深。当年志愿军两个连守住了高地，美军七个营轮番进攻，就是攻不上去。而在今天，思想战线也是这样的高地，我们有没有这样坚强的队伍？能不能在炮火硝烟中仍然让大家看到高地上的旗帜？好像没有。

大家今天看到的是，一些人在思想解放、社会多元的大旗下，主动地、全面地、大张旗鼓地放弃应该坚守的高地。"告别革命"，就是这种放弃的高度概括。"革命党向执政党转型"，是这种放弃的世俗注解——执政了嘛！潜移默化中，执政成为最高的目标，经济成为全盘的依托，权力成为最终的追求。最后只能导致被列为 2009 年最牛的网络语言："你是准备替党说话，还是准备替老百姓说话？"

如果共产党人到了这个地步——我是统治者，你们是被统治者，搞清楚你到底站在哪一边，在替谁说话——毛泽东当年解决的"中国的红色政权为什么能够存在"这个命题将再次出现：中国的红色政权还能存在吗？还将怎样继续存在？这是我们今天必须面对的历史性拷问。

一位军职干部告诉我，前几年"两会"，一位军队领导参加他们的小组讨论，推荐大家看一本书《忠诚与背叛》，就是《红岩》的内部本，讲地下党一些领导干部腐化叛变，出卖了基层组织。这位军职干部说："他讲这些话的时候，眼中泪花闪烁，我们当时都很感动。我回去马上要求机关给大家每人买一本。可是今天他也出问题了，而且就是腐化。我该怎么给干部战士们解释？"

他问得很诚实、很尖锐。一位高级领导干部，周围监督机制、制约机制都不健全的时候，如果再失去来自信仰和人格的约束力，就可能连自己也说不清楚是怎么一步一步陷入万劫不复的泥潭。

还有一次，我在一个省委讲课。结束后，书记问我："金教授，你今天讲了美国、日本、南海、东海、热比娅、达赖的问题，还有很多内部问题。你觉得所有危险中，最大的危险到底是什么？"

当时我没有太多时间思考，就凭自己的直觉回答："中国共产党的执政能力，不在美国、不在日本、不在达赖、不在热比娅，在我们自己。"中国共产党的命运，掌握在中国共产党人手里。中华民族的命运，掌握在中华民族手里。按小平同志的讲法：关键看我们自己"有没有本事"。

说到话语权，我们必须自问：是否还拥有强有力的思想武器？是否在精神上已经被人缴械了？除了经济增长，我们还有没有理想？还能不能登高一呼，云集者众？我们向全世界提供了丰富的物质产品，能不能也提供精神产品？

我们今天思想匮乏，到处寻找"思想武器"。杰里米·里夫金（Jeremy

Rifkin）的《第三次工业革命》（*The Third Industrial Revolution*）一度颇受追捧。中科院一位领导同志评价道："信息技术与能源结合就是第三次工业革命了？明显是忽悠嘛。"对这本并非严谨的书，我们如此重视，连里夫金本人都感到吃惊。不接地气地"山寨"别人的思想，就能解决中国的问题？

缺乏的不是思想，而是思想的力度

第二个关键词是"正义"。

正义离不开精神高地，离不开捍卫这一高地的斗争精神。共产党人最有力的精神就是斗争精神，不是维稳压倒一切，不是只讲和谐、不讲斗争。

1949年6月，被迫下野的蒋介石，在他的家乡检讨在大陆的失败，把共产党的优点概括为七条：第一，组织严密；第二，纪律严厉；第三，精神紧张；第四，手段彻底；第五，军政公开；第六，办事调查；第七，主义第一。老蒋打了一辈子仗，东征西讨、南战北伐，最后总结自己失败的原因，全在政治。

一方面，我们说老蒋作为一个政治家，经历了军事的全盘失败，也算成熟了。另一方面，由共产党的对手总结出来的力量，是真正的力量，最大的力量。这些力量，只可壮大，不可丧失。

1997年香港回归，今天在香港呼风唤雨的一些人一度都跑了，觉得共产党的斗争精神太厉害。后来一看没什么动静，说"井水不犯河水"，他们又都回来了。香港回归多少年了？经营多少年了？"一国两制"的前提是"一国"，我们一些人只记住了"两制"，忘掉了"一国"。

今天香港问题的关键是什么？是2017年的大选吗？我认为更关键的是"去殖民化"工作。任何一个曾被异族统治、而后获得主权独立的国家，都要进行大量"去殖民化"的工作——看看印度的去殖民化，看看韩国的去殖民化，再看看老蒋到台湾进行的去殖民化——而在香港，这项工作是长期以来都被忽略的。

要知道,"去殖民化"和"一国两制"完全是两回事。印度独立后,德里、孟买、加尔各答等城市,"英式拼法"全部改成"印式拼法"。老蒋到台湾后,日语教育取消,日本教材停用,也不许再叫日本名字。李登辉原来有个日本名字"岩里政男",老蒋不让他叫了,只好又改回李登辉了。今天的"台独"分子,不管是陈水扁,还是苏贞昌、蔡英文,都讲一口标准的国语。谁让他们讲的?老蒋让他们讲的。台湾人从小接受国语教育,这就是老蒋当年强制推行"去殖民化"工作的成果。

而我们在香港,几乎没有任何这方面的动作。维多利亚湾,今天还叫维多利亚湾。麦理浩径,今天还叫麦理浩径。行政体制、司法体制、教育体制、学校教材,都未触及。这是"一国两制"吗?资本主义体制也要进行"去殖民化"啊!《基本法》第23条立法无法通过,资本主义国家也不能允许国家分裂啊!国民教育教材无法实施,全世界所有国家都必须实行国家体制、宪法、国旗、国徽、国歌的基本教育啊!

在香港,越来越多地出现打着前殖民地旗帜游行的队伍,这真是其他获得独立的国家未曾出现的奇景。这一奇景,让人思索殖民地意识如何根除,必须从最基本处开始。

从某种意义上说,这类事情也是内地问题在香港的反映。别人都说我们有全世界最强的新闻管控能力,可是从中央电视台播送的一些节目可以明显看出,我们一些管意识形态的人不懂意识形态,以"维稳""和谐"为最高追求,导致意识形态领域斗争主动权有意无意放弃。很多党的领导干部不想抓、也不会抓党的建设,不想抓、也不会抓思想建设,不着力信仰的培育,不着力干部的监管,不关注社会公平。省委书记的工作重点也在招商引资、土地出让、项目开发上,最终导致党不管党,政不议政,忘掉正义,丧失纯洁,全部动力只剩下经济驱动。

《白鹿原》作者陈忠实讲过一句话,很深刻。他说:"我们今天缺乏的不是思想,而是思想的力度。"我们的思想已经太多了,东方的、西方的、古典的、现代的,什么都有,但没有力度。

什么叫"思想的力度"？毛泽东说："马克思的思想势如破竹，鲁迅的思想势如破竹。"势如破竹就是力度。同样，毛泽东思想也势如破竹。势如破竹的基础在哪里？第一，深深植根于中国大地；第二，能够找到解决这块土地上发生的问题的办法。我们今天舶来的思想、山寨的思想比比皆是，就是缺少根植于这块土地的思想，所以没有力度。

古希腊哲学家普罗塔哥拉说："大脑不是一个等待填满的容器，而是一个需要点燃的火炬。"中国共产党人最有价值的工作，就是做"点燃人们的大脑火炬"这件事。马克思列宁主义最有力的武器是批判，真理是在批判和斗争中实现的。而今天一些领导同志追求所谓"开明"的国际形象，倡导个人独立的人格，特别在意西方的评价。实际上是在精神上放弃武装，说重些，就是精神上被人俘虏，觉得人家在道德高地，我们在道德低地。

这还是带领中国人民站起来的共产党人吗？还能感觉到自己从事的事业是正义的吗？

共产党人不管职位高低，首先要做一个有正义感的人。你有没有正义感？有没有原则？能不能坚持这一原则？国际国内都是一样。你不主持正义，没有原则，有谁愿意跟你走？当今世界很多小国家不愿意跟你走，就是觉得中国人没有原则，关键时刻缺少挺身而出的精神。话语权，特别是国际话语权，很大程度上取决于你有没有一身正气。

我曾给《人民日报》写评论，引用抗日战争最黑暗、最困难的时候一位学者说的话："只要少数之中的少数，优秀里面的优秀，不肯坐以待毙，这个民族就总有希望。"共产党人就应该是这样的优秀分子。这样的共产党人，才能真正带领全民族前进，是人民的希望，而不是人民的包袱。真正的生命力，就是这样产生的。

承认"问题"的同时，不可否认"进步"

第三个关键词，是"进步中国"。从中国的进步来说，我们今天的机遇前所未有。可以从几个方面看：

首先，国力的全新起点。2004年中国经济总量超过意大利，成为世界第六大经济体。2005年连续超过英国和法国，成为世界第四大经济体。2008年超过德国，成为世界第三大经济体。2010年超过日本，成为世界第二大经济体。这是历史性的变化。

1978年小平同志访问美国，筹5万美元都作难，银行好不容易才拿出钱来。1988年春节，小平同志在上海，问时任上海市市长的朱镕基，财政节余还有多少。朱镕基市长实实在在回答："还有30亿。"小平说："好，我全拿走。"朱镕基市长急了，说："那我们上海春节怎么过？"小平说："你过不了春节，你知道全国还有多少个省市过不了春节？"

1978年、1988年，我们的财政状况就是这样捉襟见肘。再看看今天，全国每年财政收入都在10万亿人民币以上。回想一下，长安街上的自行车洪流从什么时候起，消失得无影无踪？十几年前，轿车进入家庭还是梦想。如今在上海，一副车牌8万元人民币，被誉为"全世界最贵的铁皮"。北京购车需摇号，撞大运，中签率0.8%～0.9%，我看还不如上海。上海的方式起码能增加公共积累，公共积累多了，还能改善交通。话虽这么说，各种缺陷、弊端也都切实存在，却不可否认这是中国取得的巨大进步。

第二，军力的全新起点。富国强军，是多少代中国人的梦想。国家底子薄，国防建设受经济发展水平制约，长期处在较低水平。小平当年设想，什么时候GDP能达到10000亿美元，就可以拿出100亿美元投入国防，由此大大改善装备，提升战斗力。现在，中国的国防投入已经达到小平同志当年设想的10倍之多。毛泽东设想的富国强军、邓小平设想的富国强军，在他们有生之年都没能实现，而我们今天正在实现。

随着国家经济快速发展和财政收入增长，我们已经走过军队建设的瓶颈期，进入了一个黄金发展时期。陆军、海军、空军、第二炮兵，武器装备明显改善，军人待遇显著提高，军事能力逐步增强。航空工业集团的老总林左鸣讲，我们以前和美国空军的差距太大，叫"望尘莫及"；今天距离接近了，可以叫"望其项背"；再用二三十年，要争取做到"并驾齐驱"。这是航空人的雄心壮志，也是国力、军力发展的全新写照。

第三，国际关系的全新起点。中国今天已经成为世界经济发展和增长的中心，国家经济状况、外汇储备、人民币汇率、股市行情、国内政策调整等，对外部世界的影响日益扩大，开始深刻地影响世界发展进程。

毛泽东时代，央行行长随便说，说什么都不会对国际上造成影响。今天不一样了，央行行长对公众和媒体发言，必须字斟句酌，稍有不慎，就会影响中国股市以及全球股市。这是中国国力提升的表现，我们如今塑造国际环境的能力非常强。

我们取得的进步是历史性的。能够就国家的过去、未来、问题、成就，进行如此深入的讨论，也是历史性的，过去不可能这样畅所欲言。所以，承认"问题中国"的同时，也决不否认"进步中国"。正如习近平同志所说，我们从来没有像今天这样接近民族复兴的目标，当然，也从来没有像今天这样充满巨大的风险。我们就像一个攀岩者，已经攀得很高了，但是要进入一个反斜面，通过去，才能登顶。

不是为了赢得赞誉
而是为了赢得战争

变革就是扬弃,就是创新,就是"消灭自己"。军事变革同样如此。谁又愿意消灭自己呢?但不变革不创新,就会被他人消灭。

军事变革从来不是为了赢得赞誉，而是为了赢得战争。这一变革从来不可能是一曲诗情画意的田园牧歌，必然是一场新旧之间的艰难较量与铿锵碰撞。

为什么不要田园牧歌而非要铿锵碰撞？

因为非变革不能胜利。

不变革就会被他人消灭

1806年10月，普鲁士军队在耶拿战役中兵败如山倒。卡尔·冯·克劳塞维茨评论说："它不只是一个风格过时的例子，而且是墨守成规导致的极端缺乏想象力的例子。"作为普军奥古斯特亲王的副官，克劳塞维茨在这场战争中丢人地被俘。这位后来成为西方军事战略鼻祖的人，刻骨铭心地把普鲁士军队失败的原因归结为三条：中高层军官很少认识到战争特征已经发生了根本性变化；军官们更关心自己的军衔和社会地位，而非训练与作战；士兵缺乏爱国心和军人精神。

克劳塞维茨的结论是："所有在1806年以前和1806年内注意普鲁士情况而不怀偏见的人，都会评论说，它只徒具其表，实际上已经没落了……人们听到机器还在轧轧作响，就没有人问，它是否还在工作。"

36年后，这场灾难轮到了中国。

1842年8月，大清王朝军队在兵败如山倒中结束第一次鸦片战争。近代史学家蒋廷黻评论说:"鸦片战争的军事失败还不是民族致命伤。失败以后还不明了失败的理由力图改革,那才是民族的致命伤。倘使同治、光绪年间的改革移到道光、咸丰年间,我们的近代化就要比日本早20年,远东的近代史就要完全变更面目。"

为什么那场改革晚了20年?蒋廷黻找出三条原因:中国人守旧性太重,承认有改革的必要极不容易;实行新政,科举出身的士大夫地位摇动,他们反对;中国知识阶级和官僚阶级最缺乏独立的大无畏精神。

最终结局通过一个又一个不平等条约让世界惊诧,如一家澳门报纸评论:"中国之装备,普天之下,为至软弱的极不中用之武备,其所行为之事,亦如纸上说谎而已。国中之兵,说有七十万之众,未必有一千人合用。"

从耶拿战役普鲁士王朝的溃败,再到鸦片战争大清王朝的溃败,可知变革之艰难,中外概莫能外。变革就是扬弃,就要创新,而扬弃和创新从某种程度上说,就是消灭自己。谁又愿意消灭自己呢?

但不变革不创新,就会被他人消灭。后来为世人称道的普鲁士军事变革就此开始,以总参谋长沙恩霍斯特为首领,克劳塞维茨任其办公室主任。普鲁士军事变革带来的成效,使其最终成为欧洲军事变革的典范。

后来为世人诟病的大清军事变革也就此开始,从八旗到绿营,从绿营到湘淮军,从湘淮军到小站新军,军制转换频繁,超过以往任何一个朝代。但没有一次是战前转制,皆因时机错过战败而被迫转制,结果仍然无法避免下一场失败。就如马克思在《鸦片贸易史》中所说:"一个人口几乎占人类三分之一的幅员广大的帝国,不顾时势仍然安于现状,由于被强力排斥于世界联系的体系之外而孤立无依,因此竭力以天朝尽善尽美的幻想来欺骗自己,这样一个帝国,终于要在这样一场殊死的决斗中死去。"

共产党让军队凤凰涅槃

缺乏历史自觉的王公大臣狼狈谢幕,极具历史自觉的新型领袖异军突起。以毛泽东为首的中国共产党人创建的新型人民军队，给中国军事带来天翻地覆变化的同时，也给世界军事以重大冲击。

中国革命的特点是"枪杆子里面出政权""农村包围城市"，最后夺取城市。其独特现象是在最发达的城市获取最先进的思想，在最落后的山村获得最勇敢的战士。"秋收起义"后，毛泽东把队伍拉上井冈山，有人说这是做"山大王"去了，叫什么革命？毛泽东说：我们这个山大王是特殊的山大王，是共产党领导的、有主义、有政策、有办法的山大王。还说：你们算一算，哪一个朝代消灭过山大王？哪个皇帝真正统治过这些地方？就是要找敌人统治薄弱的地方生存、发展，最后方能成大气候。

成大气候要找到敌人统治薄弱的地方，这是毛泽东的睿智。使先进思想在落后地区获得认可和普及，则是必须面对的艰难。在最勇敢与最有觉悟之间，间隔有巨大鸿沟。红军创建初期，队伍中存在的浓厚乡土观念、宗族观念、排外观念、享乐观念等等，形成革命的目标先进性与队伍组成的落后性这一巨大矛盾。

例如严重的乡土观念。朱毛会师组成红四军后不久，28团想去赣南，因为赣南人多。29团想去湘南，也是想回家。31团想去浏阳平江，同样因为家乡在那里。湘赣边界的同志则主张在边界游击，谁都不愿意到远离家乡的地方去打仗。乡土观念导致红军部队指挥调动困难，离开家乡就不行，甚至导致个别队伍成建制溃散。

再如顽固的宗族观念。在《井冈山的斗争》一文中，毛泽东说："社会组织是普遍地以一姓为单位的家族组织。党在村落中的组织，因居住关系，许多是一姓的党员为一个支部，支部会简直就是家族会议。在这种情形下，'斗争的布尔什维克党'的建设，真是艰难得很。"

长期的小农经济和散漫的生产生活方式，导致不适应严格的组织纪律。队伍刚刚组织起来，很快又散掉。今天50个人，明天是否还有50个人还成问题，来来去去十分自由。浴血奋战打下汀州城，见稻谷成熟便纷纷脱离队伍回家割稻，城防无人顾及得而复失。贺龙元帅回忆说："那时候的部队，就像抓在手里的一把豆子，手一松就会散掉。"

还有严重的享乐观念。认为革命就是改朝换代，你方唱罢我登场；本来是贫农,一旦选为苏维埃执委,也要千方百计找件长衫和马褂穿起来,要当富人,做人上人。部分士兵以为"打土豪、分浮财"就是共产,战场纪律、群众纪律变成耳边风。毛泽东在《井冈山的斗争》中说:"对没收及分配土地的犹豫妥协,对经费的滥用和贪污,对白色势力的畏避或斗争不坚决,到处发现。"

共产党领导的这支全新队伍,并不具有天然的先进性。中国历史上,农民由于不堪忍受剥削和压迫,揭竿而起、上山称王的从来不乏其人。最后不是落草为寇,就是接受招安,个别成功当上皇帝的,也只是重复封建王朝的新旧轮替而已。人民军队能否避免重蹈历史上农民起义覆辙,不成为"陈胜吴广第二""李自成第二""石达开第二",是中国共产党人军事创新必须面对的严峻历史考验。

把一支落后队伍改造成一支先进军队,在中国没有成功的先例。近代以来,认识到旧军事体制必须变革、着力创建新军的不乏其人,曾国藩的湘军、李鸿章的淮军都做过这样的尝试。但与旧体制千丝万缕的联系,使他们无法避免重蹈覆辙。

近代中国第一支新型军队是袁世凯在天津小站训练的"新建陆军"——后人称为"小站新军"。小站新军在军事变革方面展现了旧中国前所未有的力度,不但训练、教育、战术、操法等方面有全新改变,还开创性地用民本思想文化影响官兵心理素质和观念情操,在笼人心、聚士气方面开中国军队建设先河。但这支军队最终未能成为"新军",仍然回到旧军队巢穴,根本原因是袁世凯通过个人独断、拉帮结派、选人用人大搞"公权私恩",大力培植人身依附关系,为出卖人格良心、千方百计削尖脑袋挤进权势圈子的利益之徒大开方便之门,最终以北洋军阀集团的标签,留下祸国殃民的千古骂名。

袁世凯集团之后的蒋介石集团同样如此。黄埔党军的建立,本是中国军队建设史上划时代事件。清末民初以来,军队沦为私人争权夺利、割土争雄的工具,形成军阀混战、相互割据的局面。黄埔党军不仅意味着以党建军、以党控军,将党组织细胞渗透到军队的组织系统中,更以党员为士兵表率，对破除旧军队私有化弊端、改造旧军队有重大作用。但这些东西最终沦为一纸空文。

把党指挥枪变为"蒋指挥枪"，蒋介石通过"四一二"政变一夜之间就做到了。然后是枪指挥党。国民党的政治趋向、势力划分、派系倾轧，都由枪杆子最终决定。旧军阀衰亡了，新军阀产生了。国民党最终仍然落到党权屈于军权、军权屈于蒋（介石）权状态。"党国"变成"蒋国"，"党军"沦为"蒋军"，最终未能脱离新老军阀的历史覆辙。

真正完成对一支队伍脱胎换骨改造的，是以毛泽东为代表的中国共产党人。面对扑面而来的农民意识，对红军内部单纯军事观点、极端民主化、平均主义、流寇主义、盲动主义、军阀主义残余，毛泽东毫不妥协，坚决斗争，其间多次出现"真理往往掌握在少数人手里"的境况。这是一场少数先进分子对多数人的改造。没有钢铁一般的意志，没有义无反顾的决心，没有百折不挠的韧性，没有极富历史自觉的领袖集团，这支队伍不可能从1927年9月"三湾改编"走到1929年12月"古田会议"。

习主席说："古田会议使我们这支军队实现了浴火重生、凤凰涅槃。"其中的关键与核心，是通过"古田会议"确立"党指挥枪，而不是枪指挥党"这一根本原则，确立军队的无产阶级性质和"全心全意为人民服务"的宗旨，坚决实现少数先进觉悟者对大多数人的改造，最终使这支成长于传统环境的农民队伍，在错综复杂的矛盾中完成向先进革命军队转型的艰难痛苦的蜕变。

与军队建设创新几乎同步的，是这支队伍的战法创新。中国革命的最大特点就是武装斗争。"朱毛"红军以空前的变革精神，创造出"敌进我退，敌驻我扰，敌疲我打，敌退我追"十六字诀和"你打你的，我打我的""打得赢就打，打不赢就走"一整套战略战术。这是对旧军事传统最大范围、最深程度上的扬弃。它成为这支新型军队在战法上与其他所有军队的重大区别，使中国革命从小到大、从弱到强、从失败向胜利，焕发出前所未有的强大生命力。

美国人罗斯·特里尔（Ross Terrill）在其著作《毛泽东传》（*Mao: A Biography*）中说，毛的真正创造性在于他把三样东西结合在一起：枪、农民武装和马克思主义。这是中国共产党人的巨大创新，也是中华民族对世界军事的重大贡献。这就是为什么今天一说起以信息化为主导的军事革命，美国人总不忘提醒说：还有另一场军事革命——"毛泽东、格瓦拉的军事革命"。

警惕新一轮"落后要挨打"

我们昨天就是这样成功走过来了。

但今天正在面临前所未有的挑战。

20世纪中叶以来，空间技术、通信技术和计算机技术突飞猛进地发展，最近几十年的科技成果已经超过了过去两千多年的积累，人类社会正在面临有史以来最为深刻的变化。人们的生产方式、生活方式发生重大的变化，必然要反映到军事和战争中，甚至首先反映到军事和战争中。世界上很多东西可以复制，胜利却不可以。不明白新的方式，不懂得新的工具，不理解新的技术，不熟悉新的空间，前面等待的就是新一轮"落后挨打"。

今天，中国军事变革就外因来看，主要牵引力来自世界军事的日新月异——武器装备、作战方法、战争样式、军事思想、组织指挥等，都在出现革命性变化。就内因审视，则是国家经济结构变化导致国家安全结构变化带来的重大需求。过去深挖洞、广积粮、待别人打进来分区独立作战、陷对手于人民战争汪洋大海的局面，已经一去不复返。今天的中国必须在海洋、太空、电磁频谱空间和网络空间以及广阔的地缘政治空间维护日益扩大的中国国家利益。

与形势和任务相比，制约我们的还有一些客观情况。

一是信息感知能力弱，与维护国家安全的需要不适应。

二是战略投送能力差。随着战争形态演变，投送能力、信息力、火力成为军队有效作战能力的三大基本要素。战略投送能力的欠缺，不论应对传统安全威胁还是应对非传统安全威胁，长期成为制约我军完成任务的能力瓶颈。

三是战略威慑能力不足。威慑是制止对手于冒险之前的能力。其第一要素是实力，第二是决心，第三是让对手知道。三者缺一不可。事实证明，坐在家里坐不出威慑，开会开不出威慑，用贬损我军能力去消除"中国威胁论"也建立不了威慑。只有行动和展示行动的决心，才能产生威慑。就如抗美援朝战争结束后毛泽东讲过的那句话："中国人民有这么一条，和平是赞成的，战争也不怕，两样都可以干。"这种精神状态本身就是一种威慑。如果别人以为我们只能和平发展，只想和谐共处，只会委曲求全，就无法形成威慑。

四是作战组织指挥能力不强。核心还是小平同志当年指出的"两个不够"：干部指挥现代战争的能力不够，部队打现代战争的能力不够。其中关键是第一个。俄罗斯1994-1996年《车臣战争报告》中说："如果指挥员的判断错了，胜利的希望就变得渺茫，这时候只能靠浴血奋战的士兵来力挽狂澜。"这句话深刻指出了指挥员素质的重要。指挥员素质不高，士兵素质再好，打胜仗也难。

陈毅同志1947年底总结华东作战情况时，说过一段十分深刻的话：

"我们比战术是比不上人家的，如操场动作、内务管理、战斗动作等。我们愈往下比愈差，但愈往上比则愈强。如旅以上战役组织比人家强，纵队更强，野战司令部又更强，到统帅部的战略指导更不知比他高明多少倍。"

"一年来自卫战争的胜利，首先是战略上的胜利。虽然我们打胜仗靠同志们不怕牺牲流血的精神和大炮机枪，但主要是靠统帅部、陕北总部、毛主席的战略指导。"

陈老总这番话很值得回味。将强兵强，将弱兵弱，这是自古不变的道理。现代战争更在告诉我们：一支军队的素质由军官队伍素质决定。军官队伍素质由高级军官的素质决定。军队的高级军官，决定全军命运。正是从这个意义上说，真正有效的军事变革，最终是产生让优秀军事人才脱颖而出担当大任、集中精力于训练作战的军事运行机制；同时淘汰那些只想升官发财、特别贪生怕死的利益之徒。这方面的变革其实是完成历史欠账。

我们长期忽略了革命化与现代化之间横亘的那个不能跨越的阶段：正规化。必须通过正规化建设，堵塞军队建设转型中出现的漏洞。

军队正规化建设不能缺

十几年以前有机会在美国国防大学进修，其间访问了美军多所院校和军事机构，一些与信息化水平和装备水平无关的事情，反而给人留下更深印象。

一是社会化程度高，凡地方能做的就不用军人，专职司机、专职公勤人员、专职警卫员少之又少。

二是机构简练，他们没有营房部门，因为不需要解决房子问题。军官和文职人员都自己购买或租住房子。国防大学校长、院长的官邸，随任职命令搬进、卸任命令搬走，"铁打的官邸流水的官"，无须一建再建。军人住房津贴都在工资和补贴里，无须统一建房和分房，没有退役人员占房或离退休人员住房等问题，想拿房子搞腐败也搞不成。

他们也没有车管部门。美国国防大学总共就7辆车，1辆卡车拉设备，4辆面包车用于公务接待，2辆轿车，校长1辆，信息资源管理学院院长1辆，还是该学院从五角大楼合并到国防大学带过来的。国家战争学院院长、武装力量工业学院院长都是少将，也未配专车，上下班开自己的车。公车不但数量很少，使用还有严格规定。国防大学校长的司机跟我们讲，他每天就是一条固定路线：接校长上班，送校长回家，车必须开回国防大学。想绕路买东西或看望同事都不可以。如果被发现公车私用，最轻的处罚也是一个月停薪停职。时间长了，中将校长也觉得不方便，经常是下班后换上便衣开自己车走了。

三是军事单位的人权、财权十分有限。国防大学教官由各军种指派，文职人员由国防部统一安排，需要什么样的人向国防部申请，学校没有进人权和任免权。军官转岗频繁，两三年一调动，顶多干四年，在一个单位干半辈子完全不可想象，制度也不允许。他们把军事生涯形容为"move"（调动、搬家），通过不断"move"保持军人的新鲜感和创新活力，防止干部私有化，防止在一个单位长期经营，上下级之间产生人身依附关系。

财务方面则严格执行预算。当时美军固定化经费划拨已经占到总经费的97.8%，机动费很少，凡事皆靠预算。我们学习期间美方预算来时宴请一次，走时宴请一次，中间吃饭全部AA制。到陆战队大学参观，研究中心主任克罗夫上校热情招待，我们以为是对方请客。吃到最后，克罗夫掏出计算器，迅速算一下然后宣布"每人11.5美元"，大家都赶紧把钱掏出来数好放在桌上。他们这样做没有一点不自然，反倒是我们感到不好意思。

学习结束结算住宿费，国防大学竟然连开发票的地方也没有，专门派车把我们送到华盛顿军区驻地迈耶尔堡结账。管财务的文职官员告诉我们："国防大学所在的麦克奈尔堡，地皮、房屋都是华盛顿军区管辖的军产，国防大学没有权力进行任何财务结算。"原来，华盛顿军区的职责不是卫戍首都，是管理华盛顿地区所有美军的军产。不要小看这一职责，军产统归华盛顿军区管辖的所有军事单位，从五角大楼到各个军事机关和基地，想通过炒地皮、租房屋、开宾馆、弄门脸商店赚钱盈利，根本没有可能。因为房屋地产等固定资产与你完全无关，你没有任何资格，也不具备任何法人地位能把地卖了、把屋租了、把钱分了。

美国就是这样通过对人、财、物管理权限的周密设计堵塞漏洞，实现制衡，使军人没有或很少有其他领域可以分心，只有安心本职地训练与作战。

"他山之石，可以攻玉"。开展这些方面的变革与经费多寡无关，与装备新老无关，与信息化程度高低无关，属于军队正规化建设领域。我们特别需要弥补这一长期被耽误的课程。否则精神难以专一，工作不好聚焦，经费容易被挪用，训练与作战便要大受其耗。

实践与创新是改革关键

我们正在迎来国防和军队建设的黄金时期。

富国强军，是共和国几代领导人的梦想。小平同志说过：什么时候我们的国民生产总值搞到 10000 亿美元，那时候拿出 1/100 搞国防，就是 100 亿美元，就能大大改善装备提升战斗力了。今天我们国防投入已经达到小平同志梦想的 10 倍以上。建设一支与中国国际地位相称、与国家安全和发展利益相适应的强大军队已经是现实要求。它深刻地涉及力量的重新组合、战斗力生成模式的转变、过去的主角变成配角、过去的配角变主角这样重大的角色调整，对现有军事结构、现有军事观念冲击巨大。但它是这一代军人必须完成的光荣历史使命。再难也无从逃避，只能迎难而上。

变革的艰难，第一难在实践。马克思说：人的思维是否具有客观真理性，并不是一个理论问题，而是一个实践问题。一旦进入实践领域，很快会发现理论演绎和实践操作是完全不同的两回事。在实践领域，现实问题排山倒海般蜂拥而至：必须照看利益、兼顾平衡、关心进退、保持稳定……艰难的实践往往把完美的理论痛击得落花流水。

多少雄心勃勃的改革计划，被一个又一个"必须"捆缚得步履蹒跚。要打破这些"必须"，只有最后、也是最强有力的一个"必须"：必须夺取战争胜利。当前面那些"必须"让人心力交瘁的时候，只有最后这个"必须"，能够让我们真正振作起来。军队是干什么的？要军队为了什么？如果前面那些"必须"成为最后这个"必须"的障碍，还有什么成为"必须"的资格？

变革的艰难，第二难在创新。生吞活剥地翻译不难，照猫画虎地实行也容易。但亦步亦趋从来不是中国人民解放军的风格，而且亦步亦趋者只能永远亦步亦趋。美国人最先提出来"非战争军事行动"，我们今天还在热炒，对方却已经在 2006 年停止使用这一概念，代之以"全频谱军事行动"。美国人后来又推出"空海一体战"，我们不少人又一遍一遍不厌其烦地作深度解读，现在五角大楼又将它放弃，代之以"全球公域介入与机动联合"。

不管翻译得多么拗口或堆砌得多么怪异，有一点是肯定的，其中没有我们一些人期待的永恒真理，有的只是美式实用主义。当然也可以理解美国人。他们也在一步一步摸索，一步一步探索。如果世界上所有事情都简单到能靠远程精确打击、数字化部队和信息作战来摆平，美国何至于在伊拉克和阿富汗陷入今天的窘境。

我们的变革一定不是照别人的葫芦画自己的瓢。

我们一定要通过变革实现自主作战，以长制敌。

创新从来是我们的传统，是这支军队的生命线。

中国正在高速发展。我们正在从事前人没有从事过的伟业。中国人民解放军的职责使命、发展思路、能力需求、行动范围、运用方式都正在发生重大变化。我们比以往任何时候都更加需要继承和发扬军事创新这个优良传统，努力建立起一整套适应信息化战争和履行使命要求的新的军事理论、体制编制、装备体系、战略战术、管理模式。核心就是习主席那句话：始终坚持战斗力这个唯一的根本的标准，全部心思向打仗聚焦，各项工作向打仗用劲。

这是推动军事变革的最强劲动力，是这一变革的全部出发点和最终归宿点。

**除了胜利一无所求
为了胜利一无所惜**

军人绝不是为了让自己肩膀上将星闪烁去光宗耀祖,军人要用自己的热血和生命对国家和人民做出交代,这个交代就是通过夺取胜利报效人民、报效祖国。军人生来为战胜。

《军人生来为战胜》这篇文章发表以后，有人说题目的语言逻辑好像有问题。但我说，语言是干什么的？是表达自己内心的。我在写这篇文章时，内心最强烈的印象就是这 7 个字——军人生来为战胜。

我从来没有为一篇短文花费如此大的精力。

这篇文章也就一千多字，我就为了这一千多字的文章反复修改，每次修改肯定忘了时间，肯定睡不着觉，而且肯定容易发火。当时的感觉就是十倍百倍地讨厌任何干扰，其中的缘由是什么？可以说不言自明，也可以说一言难尽。

写作这篇一千多字的短文，我感受到的是中国军人的使命。

中国军人的命运既是历史的，又是现实的；既是过去的，也是今天的和未来的。

触动我写这篇文章的是当时在图书馆看到的一张表格：1936 年底世界各大国的陆军力量比较。

我看了表格后万分吃惊，一个军队的力量是从哪里来的？如果从人数来看：1936 年底，中国陆军 220 万人，世界第一；日本陆军 25 万人，世界第八。半年之后，日本即使想扩军到我们这个规模也来不及。但就是半年后的"七七事变"，让"世界第一"几乎亡于"世界第八"。

再往前看，1860 年，第二次鸦片战争英法联军进攻北京，火烧圆明园，用了多少兵力？英军 18000 人，法军 7200 人，全部兵力加起来区区 25200 人。以 25200 人的兵力长驱直入一个泱泱大国杀人放火，迫使其皇帝咸丰天不亮仓皇出逃到承德，这恐怕在世界战争史上也是一项纪录。

到了1900年八国联军入侵北京，更是达到一个高峰。英、法、德、美、日、奥地利和意大利军队，全部的力量加起来仅有18811人。就这么18811人，10天之内攻陷了北京。虽然当时北京到天津一带清军不下十五六万，义和团的团民有五六十万，但仍然无法阻止北京陷落，最终签订《辛丑条约》，赔款4亿5000万两白银。以如此少的军队索取到如此大的赔款额，这在世界战争史上也是一项"奇迹"。

我们经常声讨帝国主义，说它凶残成性、侵略成性、掠夺成性、嗜血成性，把它形容为凶神恶煞的恶魔。但我们从来很少检讨为什么自己这样软弱，为什么无法有效捍卫自身的利益。我们诅咒旧中国统治者腐败、卑躬屈膝、丧权辱国。为那部屈辱历史，我们长叹不已、挥泪不已、心潮澎湃不已，这些都远远不够。

我们今天一定要知道，战争本身就不是讲道理的。从过去的世界到今天的世界，都不是理想的世界。理想的世界是个讲理的世界，中国人经常讲"有理走遍天下，无理寸步难行"。可是看看，我们中国人讲道理，结果走到哪里去了？哪里都没走到。美国人走遍世界凭什么？11支航母编队、遍布全球的200多个军事基地，它不是"有理"走遍天下，而是"有力"走遍天下。这是今天国际政治的现实。

战争从来是不讲理的，从来不是谁有理谁就得胜。战争最讲究实力。当年义和团五六十万人为什么无法抵御18811人的八国联军？以"引魂旛""雷火扇""阴阳瓶""如意钩"这些所谓的"八宝什物"和八国联军的毛瑟枪对阵，肯定是以卵击石。战争史上，如果谁人多兵多，谁就得胜，恐怕中国早已无敌于天下。

没有先进的武器装备无法一战，有了先进的武器装备，胜利便唾手可得吗？那么甲午战争为何败了呢？

甲午战争中，北洋水师中的定远、镇远两条主力舰，排水量7300多吨，当时被列为"亚洲最具威力的海战利器"。而当时大清陆军装备的毛瑟枪、克虏伯炮，也绝不劣于日本陆军装备的山田枪和日制野炮，为什么甲午战争反而败得更惨？北洋水师全军覆没，日本联合舰队一条舰都没沉。这些教训不值得我们总结吗？我们怎么失败的？对手怎么得手的？

抗日战争爆发时，国民政府掌握的中国陆军主力步兵师装备步枪6000多支、轻机枪200多挺、重机枪75挺、迫击炮24门、步兵炮24门、野炮24门，堪称当时世界最先进的水平，不照样一溃千里？

胜利如果仅仅是人力与物力的算术和，旧中国的军队何至败得如此之惨。就像今天我们搞的兵棋推演，如果只是用人力、物力包括火力加以推演，那怎么也不至于推出这种惨败的结局。

我曾前往刘公岛参观，这里是甲午战争北洋水师最后的覆灭之地。丁汝昌、刘步蟾、林泰曾等清军将领纷纷自杀，他们表现出了军人最后的气节。但军人最高的标准是什么？是一死了之吗？在甲午战争纪念馆看到丁汝昌、刘步蟾等人，于北洋水师全军覆没前，纷纷自杀的时候，我在想，这些军人可以说是壮烈殉国，但军人仅仅为了死吗？老百姓花这么多钱做了装备买了铁甲舰，为了什么？最后一死就能了断吗？

军人的最高标准是胜利，不是死亡，不是自杀以谢天下。自战争诞生出"军人"这种职业，它就不是为了承受失败的。军人生来为战胜。但1840年以来的教训告诉我们，战胜法则如钢铁一般冰冷。战场的荣辱不是军人的选择，而是战争的选择。一支平素慕于虚荣而荒于训练、精于应付而疏于战备的军队，一支没有危机感、没有紧迫感的军队，一支没有军人枕戈待旦的军队，兵力再多、装备再好，也无有不败。

因此，在面对外敌入侵的时候，大清王朝军队的失败是一种必然。

一定不要忘记，在抗日战争即将爆发的年代，中国人怎么一忍再忍，忍到最后实在没有办法，才和鬼子拼了。在这之前，中国签订了大量不平等条约，外国甚至可以直接驻军中国国土，我们全都忍了。为了什么？为的就是苟且偷安。而苟且偷安的结果，就是"七七事变"，国家之间的战争竟然在卢沟桥爆发。

与之形成鲜明对照的，是抗美援朝战争。中国人民志愿军能够在新中国百废待兴之际,"雄赳赳气昂昂跨过鸭绿江",这是多么大的反差。是中国共产党,是中国人民解放军,是毛泽东,给民族精神带来了巨大的提振。

最近看到一位老先生写的文章,说当年我们出兵朝鲜,错了;第三次战役没有及时停下来接受联合国的停火议案,错了;抗美援朝最后的停火协议因为我们坚持战俘全部遣返,拖了一年多时间才达成,又错了。在这位老先生看来,抗美援朝战争我们是一错再错。打着"思想解放"的旗号,我们一些人的历史观已蜕变至此。

当年朝鲜战争美军参谋长、联席会议主席布莱德雷(Omar Nelson Bradley)曾经讲过一句名言:"如果把战争扩大到共产党中国,就会使我们在一个错误的时间、错误的地点,和一个错误的对手,打一场错误的战争。"这是美国人对中国出兵朝鲜的基本评价,也是中华民族自立于世界民族之林,用胜利让民族的脊梁骨挺立起来的最光辉的历史一刻。

今天我们有的人颤颤巍巍站出来,想颠覆这样的历史时刻。他们在总结志愿军出兵朝鲜的时候,恨不得把布莱德雷的话搬过来,说我们抗美援朝是在一个错误的时间、错误的地点,和一个错误的对手打了一场错误的战争。

中华民族怎么自立于世界民族之林的?没有敢于斗争、敢于胜利的精神行不行?没有人民军队的一往无前行不行?

京都大学一位日本教授讲过这样一番话,他说:"1949年,你们的主席毛泽东讲,中国人民从此站起来了,我们周围的日本人没有一个相信。看看你们那部糟糕透顶的历史:几千个、一两万个外国入侵者长驱直入你们的首都,你们就割地赔款。现在毛泽东一句话就站起来了?谁相信啊?但是1950年,你们出兵朝鲜把我吓了一跳(日本人最怕的就是美国人),你们竟然敢对美国出兵!你们不但出兵,而且竟然把美国从北面压到南面去了,我这才觉得,中国人真的跟过去不一样了,看来毛泽东讲的话有一些道理。"

民族自强自立,不是凭宣言,而是凭行动。"抗美援朝,保家卫国"这种坚决捍卫民族利益的行动,最终使全世界承认:中华民族站起来了!

国家养军队是为了什么？不是为了装潢门面，而是为了在关键时刻捍卫民族利益、捍卫民族尊严。

军人对国家、对民族最大的报效是什么？岳飞讲精忠报国，我觉得还不够明确。一死了之也可算报国，夺取胜利才是真正意义上的精忠报国。军人对国家对民族最大的效命，就是夺取胜利，这是军人最根本的职责。为了胜利一无所求，除了胜利一无所惜，这是军人最根本的职业精神。

总结我们这部历史，不是要到历史中去采摘耀眼的花朵，而是要到历史中去获取奔腾的地火。看看我们过去是怎么一败再败、一丢再丢，丧权辱国的条约又是怎么一个接着一个签订的？然后再看看新中国是怎么站起来的？从这个意义上，体会"军人生来为战胜"。

今天的军人，面对未来的复杂形势，其职责使命、职业精神、忧患意识全部聚焦于这一点：军队是为国家、为民族夺取胜利的。习近平同志在视察北京军区时，要求军队以全部精力聚焦打赢，能打仗、打胜仗，是军人最根本的职责。

这是与每一个中国军人生命相伴的真正使命。

最为勇敢,最为忠诚

唯有高扬布满弹洞的旗帜,使战火硝烟成为对自己的精神洗礼,才能让生死较量中磨砺的价值观念迸发出耀眼异彩。

中国有一句老话，叫作"铁打的营盘流水的兵"。从这句话中，能够想象出年复一年老兵复员、新兵入伍给营区带来的依依别情和浓浓生机，而军营则像一位严肃无语的长者，年复一年默默见证新老军人的往复交替。

除去流动的军人和固定的营盘，军中还有他物吗？

沈阳军区某师"董存瑞连"集合点名。连长大声念出名册上第一名士兵："董存瑞！"全体官兵血脉偾张集体回答："到！"声音响彻营区，震撼肺腑，撞击心灵。不管换多少位连长，每一位连长在队列前都这样大声呼唤。不管换多少茬士兵，每一个士兵在队列里都这样亢奋回答。

董存瑞——中国人民解放军的战斗英雄。当嘹亮的冲锋号吹响的时候，为了掩护冲锋的战友，他用左手托起炸药包，右手拉燃导火索炸毁桥型暗堡，用自己的生命为部队开辟前进道路。光阴流逝六十多年，部队任务转换无数，连队官兵更换无数，但这个营盘的官兵仍然用这一方式向世界证明：英雄与连队同在，官兵是英雄的传人。

这就是"铁打的营盘流水的兵"之外，军营里看不见、摸不着，又实实在在像空气一样存在的精神魂魄和价值观念。任时光交替，它都在一代又一代军人中流传不息，在潜移默化中完成对一代代军人的感召、激励和导向，最终汇集成中国军人共同的精神家园。

精神家园之精华，即军人的核心价值观。

军人的核心价值观是军人精神的内核。当今世界，任何一支能够支撑自己国家自立于世界民族之林的军队，必然具有自己的核心价值观念。作为一种客观存在，它的精神容量极大，也许穷尽所有词汇都难以完全彻底表述出它的内涵和外延，但我们可以通过反复深入地思索去认识它、感悟它、逼近它，最终揭示它。这一过程中，最为重要的是把握这支军队胜利的本源。

与一支失败的军队很难谈军魂、核心价值观。因为他们总处于丧魂落魄的状态，他们的旗帜被缴获，他们的队伍被打散，他们的营盘被摧毁。这种情况下，他们的价值观念难保不成为一地散落的碎片。

正是基于这一事实，我们说，唯有胜利才能让军人高扬布满弹洞的旗帜，才能使战火硝烟成为对自己精神的洗礼，进而让在生死较量中磨砺的价值观念迸发耀眼异彩。所以，唯有胜利，才能成为军人核心价值观念的牢靠依托的根本来源。

正是从这个意义上讲，概括中国军人核心价值观的过程，实际上也是探索这支军队为什么能够从小到大，从弱到强，从失败到胜利的过程。从1927年"南昌起义"建军到1949年夺取全国政权，这支军队只用了短短22年时间。速度之快、战果之大，令世界震惊。是靠运气和机缘吗？

在周围白色恐怖的严重压迫下，"南昌起义"两万多人的队伍，最后只剩八百余人。时近隆冬，仍然单衣短裤，有的还赤着脚，无医无药、无粮无弹，有多少人看好这点儿微薄的力量？后来这点力量在江西苏区刚刚发展壮大，又立即面对五次"围剿"，不得不突出重围跋山涉水，爬雪山、过草地，进行艰苦卓绝的二万五千里长征。紧接着是抗日战争、解放战争、抗美援朝战争……真是"雄关漫道真如铁"，历史给予中国工农红军——八路军、新四军——中国人民解放军最严酷的考验和磨炼。

从"星星之火，可以燎原"到"钟山风雨起苍黄，百万雄师过大江"，这支军队以空前的英勇和空前的牺牲摧枯拉朽、横扫千军，打出了一个光灿灿的新中国。在其后的历次边境自卫还击战和各种抢险救灾行动中，这支军队都以空前的忠诚和果敢，完成了一系列艰巨的任务，保卫了一个亮闪闪的新中国。

空前的英勇、空前的牺牲、空前的忠诚、空前的果敢，汇聚成"忠诚于党，热爱人民，报效国家，献身使命，崇尚荣誉"20个字，它是多少代中国军人的精神归宿点和行动出发点，更是这支军队的精神源头和胜利密钥。

当今世界，任何一支强大的军队，无不具有自己独特的精神本源。第二次世界大战中，横扫半个欧洲的苏联红军如此，今天以物质和装备称雄世界的美国军队同样如此。

一次偶然的机会，我读到美国独立战争期间乔治·华盛顿将军写给国会的信件。在一封信中他这样描写当时的美国军队："我们得病的士兵没有衣服穿，我们健康的士兵没有衣服穿，我们被英国人俘虏的士兵也没有衣服穿！"（Our sick soldiers are naked. Our healthy soldiers are naked. Our soldiers who have been captured by the British are naked!）

这一事实确实令人震惊：今天世界上经费最充裕、装备最先进的美国军队，当初为了争取国家的独立与解放，曾经竟也如此艰难地与殖民者战斗。随后在1861-1865年的南北战争中，为了维护国家统一，美国又付出了62万名军人死亡的重大代价，超过其参加第一次世界大战、第二次世界大战和朝鲜战争三场战争的死亡人数总和。这是美国为独立、自由和统一付出的巨大代价。认识这些代价，你才能真正认识以"荣誉、责任、国家"为基础和支撑的美国军人的核心价值观念。

军人核心价值观是军人道德观、事业观、人生观、世界观的综合和浓缩。如果说军人的爱憎应该最为分明的话，那么它就在告诉我们爱什么、恨什么。如果说军人应该最为勇敢、最为忠诚的话，那么它就在告诉我们为什么要勇敢，为什么要忠诚。

它具有约束性，能够强化军人的精神支撑，规范军人的精神追求；它具有释放性，能够对一代又一代的军人产生巨大的感召力和凝聚力。战友在变化，营房在翻修，装备在更新，唯一不变的是中国军人的价值追求：能打仗，打胜仗！

我们从哪里来？
我们向哪里去？

近代以来中华民族太多苦难，太多挫折，太多失败，最缺乏的就是胜利。没有品尝过胜利美酒的民族，精神永远苦涩萎靡。一定要记住那些顶天立地的英雄，他们通过胜利，给中华民族肌体注入了全新的激情、尊严与血性。

很多人问我：你是一名研究国家安全战略问题的学者，为什么出现这样大的思路变化，写了《苦难辉煌》这本书？

这个问题不太好回答，因为我也这样多次问过自己。简单说，最初出自一种感觉，随后这种感觉越来越强烈，即中华民族正面临关键性的历史进程。我们取得了很大的建设成就，具有了很好的物质基础，但也面临着很多全新的矛盾和全新的问题。人们思维活跃，社会思潮激荡，选择空间可以说前所未有，不同选择的后果却又大相径庭。我作为一名研究战略问题和国家安全的学者，应该关注、思索，甚至解答这些问题。

关注容易，思索也不难，真正要解答，却何其艰难。仅仅凭借我们今天的认识、水平和能力，是远远不够的。历史是现实的一面镜子。近代以来，中国那段最为艰难曲折、最为惊心动魄的追求、选择和奋斗史，其中的养分太多了，值得好好思索的东西太多了，值得警醒和借鉴的东西也太多了。对这笔巨大的财富，因种种原因，我们并没有很好地开掘。现有的开掘又多被认为是观念说教，难引起广泛持久的注意。这就是我最初提笔的冲动。

对任何一个国家、任何一个民族来说，多一些"我们从哪里来？""我们向哪里去？"的设问，多一些对国家和民族命运的追溯和探寻，有助于拓展人们思维的深度和宽度。尤其对大国来说，这一点更为珍贵。

美国两百多年的国家史，被开掘利用得那样充分，使每一个美国公民都能清晰感觉到自己的根基。苏联卫国战争不过四年，文卷却浩如烟海，足令今天的俄罗斯人坚信和平与强军密不可分。中国的崛起已经举世公认，面临的挑战也空前严峻，如何在纷繁复杂的世界中，实现我们的坚守和完成我们的担当，需要汲取多方面的营养。

近代以来，中华民族一直在追赶时代发展潮流。今天的改革开放和社会主义现代化建设，正是对一百多年来，中国人民争取民族独立、实现国家富强这一伟大事业的继承和发展。历史从来没有被割断，也不可能被割断。我们一代又一代人，都在为了这个目标，做着前人没有做过的事情。

我坚信，今天为中华民族复兴而默默工作与坚韧奋斗的人们，一定能够从先辈们的奋斗中吸收丰富的营养。不论我们如何富强，也永远不要改变国歌中这一句："起来，不愿做奴隶的人们，把我们的血肉，筑起我们新的长城！"不论我们如何艰难，也要永远记住《国际歌》中这一句："从来就没有什么救世主，也不靠神仙皇帝。"

如果我们不仅站在了前人创造的物质财富肩膀之上，而且站在了前人创造的精神财富肩膀之上，未来我们去完成的，才是真正意义上的中华民族的伟大复兴。

这些想法成为我写这本书的强劲驱动力。

真实历史也许永远无法全部再现，但可以通过努力无限趋近

下决心写之后，问题随之而来：怎样写？

中国革命牵涉的线索非常多，涉及的方面非常广，历史本身就是复杂的。对历史的简单图解，无助于人们寻找社会演变的真谛，更不要说进一步的把握和驾驭了。尤其是近代以来，中国的一切无不与纷繁复杂的国际变局相联系。

林则徐是中国人当中"睁开眼睛看世界之第一人"，他看到的是什么？是大英帝国坚船利炮的鸦片贸易，是令国人铭心刻骨的鸦片战争。应该说，近代以来，中国人的世界眼光，就是在不尽的屈辱与灾难、不尽的冲突与战争中熬炼成的。关起门来，事情肯定会变得简单。但当这扇大门再也关不上的时候，谁能够拒绝扑面而来的环境冲击与事件震荡所产生的空前复杂性？

近代以来，中国的命运与东方的命运、世界的命运早已紧紧相连，不

可分割，如同今天全球化进程中，中国的发展离不开世界一样。最显著的表现，就是20世纪中国国民党、中国共产党、联共（布）与共产国际、日本昭和军阀集团这四股力量，以中国大地为舞台，发生的猛烈碰撞。从工农武装割据、二万五千里长征，到1949年新中国的诞生，皆是这四大力量强烈挤压碰撞的结果。

在这一历史进程中，中国共产党人以马克思列宁主义、中国国民党人以三民主义、日本昭和军阀集团以法西斯主义，在东方这块土地上展开了一场舍生忘死的残酷较量。各方之间斗争局面极为复杂，矛盾冲突空前尖锐，策略转换也极其迅速。每一方的领袖和将领都在冲突与较量中，淋漓尽致地展现自己的全部能量，从而在历史上留下深深印痕。

中国革命史是一部万水千山般恢宏壮阔的史诗。展现这些宏大的场面，一直是我心中的梦想。如果读者从《苦难辉煌》这本书中感觉到面前是一条蜿蜒流淌的山溪，可以任其俯仰自如地击节欣赏，那就是我的失败。所以我采取了大幅度调动读者视角的表现方式，以多条线索纵横穿插，以多个人物命运相互比较，力图让读者触摸到、感觉到那幅广阔雄浑的历史画卷。

尤其是今天，我们具备了前人无法具备的一些优势条件。

首先，获得了审视那段历史的足够距离。就像看一幅油画，太近了，看到的只是一块一块的笔触。退到一定距离，它的光线、它的纵深、它所展示的全部意境，才能历历在目。

其次，拥有了日益丰富的资料，包括各方面大量档案资料的解密和珍贵细节的披露。这使我们在材料的占有和掌握上，优于先前的研究者；在材料的分析运用上，又不会像后来者那样，因距离太远产生疏离和隔膜，只能掺杂进大量的主观揣度。

从这个意义上讲，真正从宏观上把握、驾驭、描述那个狂飙突进的年代，是我们这一代人的优势，也是我们这一代人的宿命。至于个人是否有足够的水准，真正能在读者面前展现那幅宏大的历史卷轴，本人并没有十分的把握。真实的历史也许永远无法全部再现，但我们可以通过种种努力无限地趋近。

我认为自己竭尽了全力。

中国革命胜利不是来自神的轻松赋予，而是来自人的艰辛奋斗

书中涉及的大量历史事件和人物，其他书籍中早有很多描述，但我始终觉得这笔财富没有被很好地开掘。改革开放30年，使我们有了审视世界和审视自身的新视角。我们今天有足够的时间，足够的空间，足够的冷静，对过去作全方位的审视。

我并没有着意去想怎样写出新意，只想回答长久盘旋于脑中的一个问题：一个1921年成立的政党，一支1927年创建的军队，二十多年时间里，从小到大、从弱到强、从失败到胜利，夺取全国政权。而对手掌握全国资源，掌握国外援助，掌握一切执政者所能掌握的优势，竟然在二十多年里全盘崩溃、灰飞烟灭。这个党和这个军队的力量真谛在哪里？

一边写，一边不断设问、辩论和反驳。我只想真实、客观地去展现这个党和这个军队所具有的力量和这个力量的来源。接触的资料越来越多，越加感到中国革命的胜利不是来自神的赋予，而是来自人的奋斗。不是来自天赐的机缘，而是来自千千万万人的英勇献身。

例如我们常说"毛主席用兵真如神"。1956年9月，毛泽东在中共八大预备会议第二次全体会议上，描述了一生中打过的四次败仗。两次发生在被描述为"用兵如神"的四渡赤水。真正了解了那段经历，你就会明白：历史从来都是在挫折中轰隆前进的，伟人不是不犯错误的人，而是犯了错误能够及时纠正的人。

"遵义会议"请回来的毛泽东，不是一尊万无一失的神，而是一位随时准备坚持真理、修正错误的实事求是的人。从土城战斗失利后立即放弃北上渡江计划改为西渡赤水，到古蔺、叙永一带受阻马上采纳彭德怀、杨尚昆的建议改取川滇黔边境，皆可见红军"打得赢就打，打不赢就走"的

机动灵活战略战术又回来了。

中国共产党人的伟大与非凡，毛泽东作为这个党的领袖的伟大与非凡，并不在于是否能够发出神一般的预言，而在于是否能够迅速修正自己的失误，然后迅速采纳别人的正确意见，以"实事求是"作为共产党人最富生机和最为鲜活的灵魂。

如果有人问：那个年代毛泽东同志最伟大之处在哪里？我的回答是：那种极为珍贵的"历史自觉"。所谓"历史自觉"，既包含对历史运行规律的深刻领悟，更包含对社会发展前景的主动营造。

"十月革命"一声炮响，给我们送来了"马列主义"，送来了组织指导，甚至送来了部分经费；但没有送来"工农武装割据"，没有送来"农村包围城市"，没有送来"枪杆子里面出政权"。无须讳言，当时国民党和共产党都接受过共产国际和苏俄援助，国民党得到的比共产党要多得多。而毛泽东同志开创的"建立广大农村根据地""走农村包围城市道路"，其中一个没有被揭示出来的重大意义，就是使中国共产党不但获得了政治独立，更获得了经济独立。

红色根据地和农村革命政权的广泛建立，不但在政治上开辟了中国共产党人自己的理论领域，在军事上建立了中国共产党人自己的武装力量，在经济上也摆脱了对"共产国际"的依赖。"打土豪、分田地"既是红色政权政治动员的基础，也成为中国共产党人经济独立的基础。这确实是了不起的事情。

毛泽东在最为严重的白色恐怖之下，在各派军阀的连年混战之中，为中国共产党人找到了最广阔的发展天地。这块天地不但摆脱了敌人，也独立于友人，使中国共产党人真正获得自主的基础。

所以中国革命具有这一独特现象："红色首脑"最先在发达富裕的上海租界建立，"红色政权"却最终在贫困落后的山区、边区扎根。如果不产生在现代化的大城市，中国共产党不可能获得先进的思想体系，不可能获得后来众多的领导精英。而如果不分散到贫困落后的边远山区，红色政权便无法获得充足的给养，红色武装也无法获得坚韧顽强的战士，中国共产党也就失去了立足的根基。

以毛泽东同志为代表的中国共产党人的最大历史自觉，就是从来不将马克思主义绝对化，也从来不将自身经验绝对化，而是立足中国大地，根据中国的实际，用中国的办法解决中国的问题。这是这个党能够克服种种艰难险阻、取得种种成功的最大优势所在。在这一基础上，才真正探索出了一条符合中国实际的革命道路。

真正的英雄具有深刻的悲壮意味：播种，但不参加收获

我在书中描绘了国共双方的众多将领，印象深刻的太多了。写他们的时候，我不由得产生一种"神游"的感觉，似乎飘随在他们上面，看着他们在历史舞台上表演威武雄壮的"活剧"。

举两个今天已经鲜为人知的红军战将为例：一个是红十军团21师师长胡天桃，另一位是红一军团2师4团团长王开湘。

1935年初，由红十军团组成的北上抗日先遣支队，在浙江怀玉山失败，胡天桃负伤被俘，蒋军悍将王耀武负责审讯。

第一次见面，王耀武就惊呆了。他回忆说："这位师长的上身穿着三件补了许多补丁的单衣，下身穿两条破烂不堪的裤子，脚上穿着两只不同色的草鞋，背着一个很旧的干粮袋，袋里装着一个破洋瓷碗。除此以外，别无他物，与战士没有什么区别。"时值严冬，天寒地冻，若不是被他人指认出来，王耀武绝对不相信前这个人就是与之多次交手的红军师长胡天桃。

1959年，新中国成立10周年前夕，王耀武作为首批特赦战犯被释放。在文史资料中，一笔一笔记录下当年他与胡天桃那场令他震惊的谈话：

王：蒋委员长对你们实行宽大及感化教育，只要你们觉悟，一样得到重用。

胡：我认为只有革命，坚决打倒帝国主义、封建主义及军阀，中国才有办法。

王：我们也希望国家好，也反对帝国主义的侵略。你说国民党勾结帝国主义，有什么根据？

胡：国民党掌握着军队，不抗日，却来打内战，还请帝国主义的军官当顾问，这不是勾结帝国主义是什么？

王：共产主义不适合国情，你们硬要在中国实行，这样必然会失败的。

胡：没有剥削压迫的社会才是最好的社会，我愿为共产主义牺牲。

王：你知道方志敏现在什么地点？

胡：不知道。

王：方志敏对未突入封锁线的部队有什么指示？

胡：不知道。

王：你家在哪里，家里还有什么人？告诉我们，可以保护你的眷属。

胡：我没有家，没有人，不要保护。

胡天桃后来被押解到王耀武的上司俞济时那里，也无多余的话。

俞济时：你是红军的高级人员，不会不知道红十军团的情况吧？

胡答：我不知道，你把我枪毙了吧。

胡天桃被枪杀了。

那场谈话中表现出来的共产党人的意志与决心，却让王耀武想了几十年。王耀武当年一身将校戎装，在寒冬中与衣衫褴褛的红军师长胡天桃，谈论国家命运和个人生死。思想交锋中，王耀武不是胜利者。

另一位是红一军团2师4团团长王开湘。一军团是中央红军的主力部队，2师4团则是主力中的主力。王开湘当年34岁，是中央红军中一员猛将，"遵义会议"前后任红4团团长，在艰难曲折的长征途中一路先锋一路烈火，飞夺泸定桥，强攻腊子口，为红色铁流斩关夺隘，使红4团威上加威。

即使过去多年，今天到泸定桥头驻足参观的人们，看着那13根铁索，依然能感觉到"大渡桥横铁索寒"的惊心动魄。而另一处天险"腊子口"，山口仅宽30余米，两边全是悬崖陡壁，周围尽为崇山峻岭，除此便无路可走。

当时红4团担任主攻，团长王开湘亲率两个连，从右侧攀登悬崖陡壁，向敌后迂回。黑夜中正面拼杀正酣，一颗白色信号弹腾空而起，王开湘迂回成功！三颗信号弹又腾空而起，红军部队发起总攻！与冲锋号声、机关枪声和呐喊声伴随的，是王开湘在拂晓晨曦中的大声呼唤："同志们，天险腊子口被我们砸开了！"

第二天，彭德怀经过战场，见 50 米一段的崖路上，手榴弹弹片铺了满满一层，有的地方还厚厚地堆了起来，连这位久经沙场的红军宿将也连声感叹："不知昨天，我第一军团这些英雄怎样爬上这些悬崖峭壁投掷手榴弹的！"

能在如此困难的情况下，闯过如此天险的队伍，怎能不是真老虎！

此时，离王开湘告别这个世界，只剩下 2 个月。没有纪念碑的他披着硝烟矗立在那里，钢浇铁铸，像一尊永远不倒的战神。

每每写到这里，我都为这些顶天立地的英雄热泪盈眶。人类在繁衍，英雄却不能复制。在那支翻越万水千山的队伍中，像胡天桃、王开湘这样的战将难以计数。他们没有活到胜利的那一天，没有赶上评功、授勋、授衔，没有来得及给自己树碑立传，也没有机会返回家乡光宗耀祖。他们穿着褴褛的军装，带着满身战火硝烟，消失在历史的帷幕后。他们是真正的英雄。

真正的英雄具有深刻的悲壮意味：播种，但不参加收获。这就是民族脊梁。

没有品尝过胜利美酒的民族，精神永远苦涩萎靡

今天再回顾那段历史，社会上各种观点非常多。有人认为，中国共产党人的胜利是历史的偶然，是利用对手的失误，利用国际形势提供的一些机缘。持这些说法的人应该看一看中国共产党人走过的艰苦卓绝的历程。

1927 年"四一二"政变，共产党人横尸遍野、血流成河。李大钊、罗亦农、赵世炎、陈延年、李启汉、萧楚女、邓培、向警予、熊雄、夏明翰、陈乔年、张太雷等多名领导人相继遇害。严酷的白色恐怖中，组织被打散，党员同党组织失去联系。彷徨动摇者纷纷脱党，有的公开在报纸上刊登反

共启事，并带人捉拿搜捕自己的同志。

陈延年因手下的交通员出卖而被捕。赵世炎则被中共江苏省委秘书长带领"包探"上门抓获。曾为朱德夫人的贺治华，仅为一笔美金和两张出国护照，就出卖了政治局常委罗亦农。抓捕罗亦农时，她还在用德语与租界巡捕侃侃而谈。

当时，蒋介石不加怀疑地认为：共产党垮了。随着"海陆丰起义""南昌起义""秋收起义""黄麻起义""广州起义"相继被镇压，他更认为共产党作为一支有组织的力量基本被消灭，剩下钻山为"匪"的小股队伍已不足为患了。

历史给中国共产党人以最严峻的考验。1934年第五次反"围剿"失利，中央红军被迫长征后，这样的考验再次出现。红十军团军政委员会主席方志敏、红十军团长刘畴西、中华苏维埃人民教育委员会委员瞿秋白、赣南军区政治部主任刘伯坚等人，被捕获枪杀。中华苏维埃工农检察人民委员何叔衡、中央军区政治部主任贺昌等人，在战场上牺牲。

比牺牲更加严重的是叛变。

最先是被蒋介石称为"红军瓦解先声"的前红十六军军长孔荷宠叛变。接着中央军区参谋长龚楚叛变，闽北分区司令员李德胜叛变，瑞金红军游击司令部政委杨世珠叛变，闽赣分区司令员宋清泉叛变，湘赣省委书记兼湘赣分区政委陈洪时叛变，闽浙赣省委书记兼闽浙赣分区司令员曾洪易叛变，赣粤分区参谋长向湘林叛变，闽赣分区政治部主任彭祐叛变，红十军副军长倪宝树叛变。

中国革命太难投机了，所以才有如此触目惊心的嬗变和大浪淘沙的淘汰。历史给中国共产党人的磨难，超过所有其他政治团体和党派所承受的考验。说中国共产党人胜利依靠"机缘"的人，怎么解释30万红军长征到达陕北不足3万，却将长征变成了宣言书、宣传队和播种机，实现了惊天地泣鬼神的"凤凰涅槃"？

不靠机缘而靠不屈不挠的奋斗，才使中国革命获得了最为稳固的基础。其成功不是像"十月革命"来自一夜暴动，也不像东欧社会主义在苏联坦克帮助下建立，而是数十年英勇奋斗、流血牺牲的结果。1949年全国解放时，党员人数为400万，有名可查的党员烈士就有370万，但绝大多数共产党员没有看到五星红旗升起的那一天。这就是中国共产党人执政的资格，是苏联、东欧社会主义纷纷垮台，而中国社会主义岿然不动的基础。

在近代中国，任何一个宣称能够对国家发展、对民族命运负责的政治团体，如果不能产生、集合这样一批为其宣称的"主义"抛头颅、洒热血而义无反顾的先驱者，就不能赢得前仆后继、舍生忘死的追随者。其宣言哪怕再冠冕堂皇，也只是一纸空言。

还有一种说法，主张中国要"告别革命"，甚至"辛亥革命"也不应该搞。他们认为最理想的路径是1898年"戊戌变法"成功，实现君主立宪，那么中国可以不流一滴血，发展可能比现在还要快，甚至早已繁荣富强了。

持这种说法的人至少有三个失误。

首先，历史潮流不可抗拒。孙中山说："历史潮流浩浩荡荡，顺之则昌逆之则亡。"宣称这一潮流根本不该发生的人，不过是在扮演立于岸边、长吁短叹的无聊看客。

其次，永远不要以为腰包鼓起来就能自立于世界民族之林。近代以来，中国积贫积弱，从物质到精神莫不如此，不但塑成了自身"东亚病夫"般的孱弱，而且骄纵出别人"华人与狗不许入内"的癫狂。以为"君主立宪"是直达国家富强捷径的人，从其创始者康有为先生"若不跪拜，留此膝何用"一语中，也能悟出，在这一体制下，中华民族是否能够挺直长期弯曲的脊梁。

其三，能够真正自立于世界民族之林的民族，皆兼备物质、精神双重强大的条件。战略家克劳塞维茨把精神力量的来源归结为两大要素：苦难和胜利。在苦难中积聚，用胜利来洗礼。试看胜利对美利坚民族、俄罗斯民族、大不列颠民族、法兰西民族的精神养育作用，就知其至关重要。没有品尝过胜利美酒的民族，精神永远是苦涩萎靡的。

近代以来中华民族太多苦难，太多挫折，太多失败，最缺乏的就是胜利。纵使"戊戌变法"成功，国家从此"告别革命"，按照君主立宪的方式走下来，今天除去低眉顺眼地加入别人的集团，做人家听话的学者、好伙计，又有什么资格奢谈独立自主。用拜金主义、温情主义和虚无主义诠释历史不难，想挥动自己的手臂书写历史却绝非那样容易。靠忍耐忍出一个优秀民族，人类历史上，从无此例。

我们还有一些学者，以所谓"寻找新视角""还原历史真实"为由，以小博大、以偏概全、以细节否定总体，用小考证否定大历史，解构我们的历史，解构我们的英雄。

有的说《辛丑条约》是西方对华的合理条约，慈禧太后"量中华之物力，结与国之欢心"是正确的做法。有的说所谓"长征"是落败逃亡，真正演绎的不是什么"革命理想高于天"，而是残酷的"适者生存"法则。还有人通过大量使用日本方面和台湾方面的资料，"考证"平型关作战是共产党方面夸大其词；又通过选择性运用我们自己的资料，"考证"抗日战争中，毛泽东一是保存实力，二是反蒋摩擦，三才是抗日。

这些打着"揭秘""回归真相"的所谓"学术成果"，实际上是利用蓝色"考证"颠覆红色"历史"。这种所谓"纯学术"，实际上是在意识形态领域完成颠覆的纯政治。

自古便有"要亡其国，先亡其史"之说。

苏联解体，与此关系极大。

而反过来看，要兴一国，也必先兴其史。

1840年以来，中华民族的经历不可谓不丰富。放眼全球，哪一个国家曾经有过如此起伏跌宕的波折？如何认识和对待自己这部千曲百折的历史，我们缺乏的不是思想，而是思想的力度。没有力度的思想，无法穿透历史与现实的纷繁烟云。没有力度的思想，每经历巨变，都不由自主地全盘否定过去，企图推倒重来。

按照这种思维方式去认识，中国近代史、现代史、当代史就成了一部不断从这个极端跳向那个极端、不断自我否定、不断自我抛弃的历史，到头来两手空空，一无所有。这种只见断层、不见积累的思维方式，除去别有用心的故意，印证的也只能是一个国家、一个民族的不成熟。

从这个意义上看，中国共产党人通过艰苦卓绝斗争获得的一系列惊天动地的胜利，不但使中华民族达到了前所未有的历史高度，探测到前所未识的时代宽度，而且培养出一大批天不怕地不怕、神不怕鬼不怕的共产党人。告别了长期沿袭的颓丧萎靡之气，完成了中华民族的精神洗礼。所以曾经通过《阿Q正传》等著作强烈抨击国民性的鲁迅，在红军长征到达陕北后特意致电："在你们身上，寄托着中国与人类的将来。"

通过数十年艰苦卓绝、前赴后继的英勇奋斗，中国共产党人已经给中华民族的精神元素中注入了一些全新的因素。把这些全新因素真正总结、概括出来，一定会成为未来中华民族精神家园的重要组成部分。

从1840年到1949年，我们以百年的时间完成了国家救亡。

从1949年到2050年，我们还要以百年的时间完成民族复兴。

中华民族的命运在这200年内，发生了和将要发生何等波澜壮阔的变化，这一伟大变化又是多少代人流血拼搏和牺牲奋斗的积累成果。我们的思维，我们的认知，我们的理论，必须跟上我们波澜壮阔的实践。我们拥有巨大宝贵的历史财富。真正善于认识，善于总结，善于积累，就一定能够站在巨人的肩膀上，避免幼稚、浮躁与浅薄，走向沉稳、厚重与成熟。

孙中山说："做人的最大事情是什么？就是要知道怎样爱国。"

毛泽东说："中国必须独立，中国必须解放，中国的事情必须由中国人民自己作主张。"

邓小平说："我是中国人民的儿子，我深情地爱着我的祖国和人民。"

张学良说："我是个爱国狂。国家要我的命，我立刻就给；要我脑袋，拿去就可以。"

因为他们这样的心声，以及在这样心声指引下投入全部生命的实践，他们被中华民族的历史永久铭记。

时代完全不一样了，我们还需要这样的心声吗？

如果没有这样的心声，这个时代又会属于谁呢？

今天世界形势变化太快了，国家发展步伐太快了，人们生活节奏也太快了。如果没有由历史积淀形成的国家品格，我们该怎样在大千世界中，争取中华民族的未来？而评断一个国家的品格，不仅要看它培养了什么样的人民，还要看它的人民选择对什么样的人致敬，对什么样的人追怀。

中华民族历尽苦难，苦难不等于辉煌。唯有通过一批一批先驱者忘我奋斗、总结经验、夺取胜利，才能如此。

那个时候的人
那个时候的党

在青年人是一种追寻和发现,在中年人是一种激荡与重温。大家又看到了一批不为官、不为钱、不怕苦、不怕死,只为胸中的主义和心中的信仰的人。

一天傍晚，我吃完晚饭回办公室，当时路上很清静，只见远处一名青年军官骑车匆匆而来。离我近了，我示意他不必客气停下，他却从车上纵身跃下前冲几步，喘息未定，劈头就是一句："金教授，书中'会理会议'那段提到的×××是谁呀？"他所说的书，是《苦难辉煌》。

再早一些，有一位研究生来找我签名。他递过来的《苦难辉煌》就像一本已经看过多少年的旧书。周边磨破，页码卷曲，几乎每一页都画有红笔、蓝笔、钢笔、铅笔的印记，多处页眉边还写有密密麻麻的感受。可以看出来，这是反复翻阅、反复标注的结果。他站在那里，几分腼腆、几分自信地对我说："可能没有人把这本书看得这么细。"

《苦难辉煌》出版后很长一段时间，只要我在办公室，几乎天天有人找上门来签名。少则十几本，多则几十本。有自己带来的，也有托人转来的。有一年春节前，甚至有位学生满头大汗地提着一个大提包进来，提包里塞的全是《苦难辉煌》。我一本一本签好后问他："提包太重，是不是托运回去？"他笑着说："不行，托运太慢，同事、战友、亲戚都在等着呢。"望着他上身歪斜、拎着沉重提包离开的背影，我真想象不到他该怎么挤上春运的火车。

当时，一位报社负责人告诉我一组他们了解到的数字：通过Google搜索书名有686万条，百度搜索有32000条，雅虎搜索有11000多条，全国最大的中文网上书店当当网，《苦难辉煌》占据军事文学排行榜第一名，被评为"五星级图书"。当当网读者评价该书为四星以上的占90%，表示喜欢此书的占98.8%。这位报社负责人说："网上反应表明，这本书的影响非常大。"

事先预料到《苦难辉煌》会引起强烈的社会反响吗？说实话：没有。

事先估计到会有那么多青年人喜欢看这本书吗？也没有。

这本书并非无懈可击。比如，最初写石原慎太郎是日本昭和军阀著名人物石原莞尔的儿子，就属明显错误。写到国民党将领周浑元时，还有这样一段话："遗憾的是，今天查遍能找到的人名辞典、历史辞典、军事辞典、有关国共两党情况的工具书，竟然始终找不到给毛泽东造成很大麻烦的周浑元的简要情况。他是哪里人氏？他有一个什么样的军旅生涯？他在何处而终？此人跟着薛岳，长追红军两万余里，但来也无影，去也无踪。"

就为这段话，我不知收到多少读者来信。有资料的复印件，有亲笔抄录并注明出处的手迹，还有提供了更多相关资料的目录。共同目的，就是为本书做出补充。这些事情的确让我始料未及，这些素未谋面的读者让我深受感动。大家在力图使这本书更加完善。今后再出修订本，成绩一定是千千万万读者的。

如果说这本书拨动了很多人的心弦，引发大家讨论书中的内容、议论书中的人物、评论书中的观点，我个人以为来自以下几个因素。

首先，《苦难辉煌》描绘了一个热血时代、青年时代。

20世纪，在世界的东方，最激动人心的话题莫过于"救国与革命"，最震撼人心的使命莫过于"使中华民族从东亚病夫变为东方巨龙，从百年沉沦走向百年复兴"。俄国爆发了推翻罗曼诺夫王朝的"二月革命"和实现无产阶级专政的"十月革命"。中国则爆发了推翻爱新觉罗王朝的"辛亥革命"和实现人民民主专政的"新民主主义革命"。日本也爆发了一场将国家和民族引入法西斯道路的"昭和革命"。

中国国民党、中国共产党、联共（布）与共产国际、日本昭和军阀集团这四股力量在东方大舞台互相交叉，互相影响，互相矛盾，互相冲撞，导演出一幕又一幕威武雄壮的"活剧"。那是一个狂飙突进的时代，也是一个年纪轻轻就干大事、丢性命的时代。

无一人老态龙钟、德高望重；无一人切磋长寿、研究保养。列宁不到

54岁去世；斯大林42岁当上总书记；蒋介石39岁出任国民革命军总司令；中国共产党创始人之一李大钊不到38岁就义；毛泽东34岁上井冈山；周恩来29岁主持南昌起义；米夫25岁在共产国际提出"中国民族资产阶级的软弱性"，指出中国革命的资产阶级民主革命性质；博古24岁出任中共临时中央总负责人；聂耳为今天作为国歌的《义勇军进行曲》谱曲时，还不到23岁。

那是一个需要热血的时代。需要热血的时代，便只能是年轻人的时代。如网友留言："渺小与伟大、卑贱与高贵、阴谋与阳谋共存；冷血与热血、低潮与高潮、失败与胜利交织。波澜壮阔，伟哉中华！"

其次，《苦难辉煌》展示了那个时候的人，那个时候的党。

一个1921年成立，最初只有五十多名党员的党，28年后竟然能够夺取全国政权。一支1927年"南昌起义"建立、最后只剩约八百人的队伍，22年后竟然能够横扫千军如卷席，百万雄师过大江。这个党、这支军队在广大人民群众真心实意的支持下，曾经表现得如此虎虎有生机，曾经具有如此咄咄逼人的力量！

无须讳言，现在我们党内出了不少腐败分子。这些人忘掉了自己的根本，在各种利诱面前丢弃原则，背叛入党誓词，出卖党和国家机密，损害人民利益。这些人动摇了我们的根基，阻断了我们的血脉。还有一些人高高在上，当官做老爷，不知道我们这个党是怎么走过来的、是靠什么夺取政权的，竟然堂而皇之地说出"你是准备替党说话，还是准备替老百姓说话"这类荒谬透顶的语言。另外还有一些人，能够勤恳工作，能够谨慎做人，但觉得事业与主义离现实太远，没有多大吸引力；职务变动一次，地位就变动一次，待遇也变动一次，这才是最真实、最实惠的。什么主义、信仰、理想，虚无缥缈得可以放到一边了。

可以设想一下，如果当年革命者换成持这样想法的一批人，中国革命还能否成功？基于此，我想告诉大家：我们曾经拥有一批顶天立地的"真人"。他们不为钱，不为官，不怕苦，不怕死，只为胸中的主义和心中的信仰。我们今天的所有收获，都包含有他们当年的辛苦播种。他们永远是我们这个党、这支军队、这个民族的真正脊梁，我们永远不能忘记他们。

那个时候的人，那个时候的党，今天很多年轻人可能已经不知道了。原本知道的一些中年人，后来也逐渐淡漠了。我有一位校友，夫人几近失明，他竟然把这本52万字的书从头到尾给夫人读了一遍，夫人听得感慨万千。如一位网友所说："商业大潮的汹涌已荡涤了国人的灵魂，谁还为思想而累，为激情而歌？"

人们阅读《苦难辉煌》产生的感慨，在青年人是一种追寻和发现，在中年人是一种激荡与重温。大家又看到了那个年代，又看到了那一批不为官、不为钱、不怕苦、不怕死，只为胸中的主义和心中的信仰的人。你可以说他们不富足，不充裕，不美满，不宽容，不开放，不安宁，但你会惊叹他们的光荣与梦想，他们的热血与献身。

今天不论是全面建设小康社会，还是实现伟大的民族复兴，我们难道就不需要这样一批义无反顾、英勇奋斗，以追求真理、服务人民为己任的共产党人吗？从这个意义上说，《苦难辉煌》不仅是对过去的重温，更是对未来的呼唤。

一位网友说："这本书留给匆忙的我们、物欲的我们、缺乏信仰的我们很多思考，避免走得太快太远后，忘掉了当初出发的理由。"他说得很对。我们永远不能因为匆忙、因为物欲、因为不信、因为太快太远，忘记了出发时的初衷。

第三，《苦难辉煌》揭示了信仰的力量。

20世纪90年代，美国未来学家阿尔文·托夫勒（Alvin Toffler）写了一本《力量转移》（Power Shift）。他认为力量有三种基本形式：暴力、财富和知识。"其中知识最为重要，由于暴力和财富在惊人的程度上依靠知识，今天正在出现空前深刻的力量转移，从而使力量的性质发生了深层次的变化。"

托夫勒忘记了还有一种力量，甚至是一种贯穿所有现代力量的力量：信仰。同样是德国人，你说是马克思有力量，还是希特勒有力量？马克思困窘时，连自己的衣食住行都成问题。希特勒的力量却几乎横扫了整个欧洲。但后来希特勒的力量像冰雪融化一样消失得无影无踪了，马克思主义却改变了多少个国家和民族的命运，今天仍对世界产生重大影响。谁更有力，不言自明。所以有谚语说："那统辖思想的，比统辖城池的更有力量。"

统辖思想的力量，就是信仰。

中央党校一位领导把《苦难辉煌》能够在大范围产生共振归结为两点：一是作者对革命史的强烈审美冲动；二是作者压抑不住的英雄情怀。他剖析得十分透彻。但说到底，是这部英雄史使然，是这些"给人以星火，必怀火炬"、为理想和信仰献出自己全部的先烈使然。这些天不怕地不怕、神不怕鬼不怕的共产党人，通过他们前仆后继的斗争，完成了中华民族从未有过的精神洗礼。

他们是一批为理想与信仰献身的真人。如果说真理是一支燃烧的火炬，那么率先举起这支火炬的，是真人的手臂。一部波澜壮阔的中国近现代史，如果没有从孙中山到毛泽东再到邓小平这样一批又一批真人前仆后继、追寻真理、救国救民，很可能我们至今还在黑暗中摸索和徘徊。正是他们点燃了一代又一代中国人的心中之火，才使我们至今未曾堕落，未曾被黑暗吞没。

2010年4月，我去了南沙群岛。即将登上永暑礁的那个晚上，应官兵要求，我在军舰的后甲板上给大家讲了一课。甲板上坐着的，是马上就要登上礁盘，完成数月艰苦执勤驻守任务的海军官兵。我讲苦难与胜利是军队武德的来源；讲新世纪中国国家利益的发展变化；讲西藏边防乃堆拉山口一声"报告首长"嘴唇就开裂流血的战士；讲新疆生产建设兵团边境团场，有一位每天早晨一个人升国旗的农工。我问听课的战友，也问自己：我们内心每天升起的，是否也是一面祖国的旗帜？

编队指挥员提议，最后由我带领大家连呼三遍："祖国万岁！"当时真是全场振奋，带有青春气息的强烈声波，在漆黑的夜晚向远方荡漾。

那是个十分寂静的海区，周围没有一条船，没有其他任何人能听到我们呼喊。但我不怀疑，这呼声会深深印进守礁官兵的心中。那是一个巨大的、让人热血沸腾的青春气场。我现在还记得那一张张年轻的面庞。

毛泽东曾经把年轻人比作八九点钟的太阳。他说："世界是你们的，也是我们的，但是归根结底是你们的。"中国在高速发展，社会在日益进步，一代一代人在迅速成长。一位兄长兼战友在座谈会上说：要不了多长时间，我们的位置、我们的工作都要转让给今天的"80后"和"90后"，这是不可抗拒的历史规律。在这个过程中，能不能把我党我军历史上那些最有价值、最有感召力的部分，最能凝聚我们党、我们国家、我们民族的强大精神元素传下去，使我们的事业永葆青春活力，是我们今天这一代的责任。

他说得很对。这是我们的共同责任。

不会再现的传奇

他们那一代人，本为赤脚农民。若无那场狂飙突进的革命，一辈子也就是面朝黄土背朝天。这场革命正是通过改变这些人的命运，进而改变了整个中国。

20世纪80年代末,我与刘忠将军曾经有过一次邂逅。

当时,我在国防大学图书馆采编室当资料员。一天,一位身材不高的老人步履蹒跚地来图书馆送书——他自己写的《从闽西到京西》。后来,我在《苦难辉煌》一书中写下了当时的场景:

"薄薄的回忆录印刷粗糙,错别字不少。这位1955年授衔的中将自己一个字一个字地改、一本一本地改。改完后用纸把书包好,送到国防大学图书馆,布满老年斑的手一遍遍抚摸着封面,用难懂的福建口音叮嘱要好好收藏。图书馆人员礼貌、客气,也好奇这位穿深蓝便服的老人为何对一本小薄册子如此执着与认真。"

那个亲手接刘忠将军回忆录的"图书馆人员"就是我。接过这包书,首先表示感谢,接着登记注册,送走老人后简单地翻了一下,然后编目、入库、上架,并未有太多注意。

直到1994年开始写作《苦难辉煌》,写到中央红军长征中最为惨烈的湘江之战,查阅资料时,我才把这本小册子翻出来,才发现当年到图书馆送书的那位行走不便的老者,竟然是红军长征先锋中的先锋,在湘江之战中,他的举措本应使红军避免重大牺牲,然而功亏一篑。

湘江之战,中央红军牺牲重大:红八军团番号撤销;军团政治部主任罗荣桓冒着弹雨蹚过湘江时,身边只剩下一个扛油印机的油印员。红五军团34师、红三军团6师18团被隔断在河东,全部损失。中央苏区著名的"少共国际师"(红军长征途中,由平均年龄18岁的年轻人组成的部队,归红一方面军直接指挥)基本失去战斗力。红军队伍从江西出发时的86000余人锐减为 30000 人。

当时走在中央红军最前面的一军团侦察科长刘忠，率领军团便衣侦察队首先渡过湘江，发现全州城是空城。而谁先抢占全州，谁就在湘江之战中据于有利地位。刘忠立即建议跟在后面的一军团 2 师 5 团从速过江，占领全州。

刘忠曾在 5 团当过政委，这是一支能打的部队，反"围剿"作战中曾荣获中革军委（全称"中央革命军事委员会"）授予的"模范红 5 团"称号。但现任团长陈正湘做不了主。率领 5 团的 2 师参谋长李棠萼，觉得要听指挥部命令，须先向军团首长报告。

行军作战要求"兵贵神速"，也要求"一切行动听指挥"。到底怎么掌握，全在指挥员自身。可以想象，当刘忠写到这一幕时，心中那种半个多世纪也无法湮没的感慨：

"2 师李棠萼参谋长率 5 团已进到界首村停下，未渡湘江。我向他面告，全州城无国民党正规军，建议 5 团速渡湘江，进占全州城。李棠萼犹豫不决，说须电报军团批准才过湘江，占全州。我再次建议机不可失，进全州城后再电报军团首长，他不同意，于是立即电告军团。军团首长下午 2 时回电：渡过湘江，进占全州。"

此时李再率部随刘忠赶向全州，已经晚了。军机稍纵即逝：湘军前卫已经进城，正在城外占领阵地布置警戒。就差了那么一点儿。但失之毫厘，差之千里。

从作战层面分析，红军在湘江之战中损失巨大。中央纵队过于笨重缓慢，未能有效利用湘江缺口是其一。一军团 2 师 5 团未能坚决抢占全州，也是其一。

后来湘军刘建绪部就是利用全州这个前进基地，向坚守渡口的一军团阵地发起猛烈攻击，激战中甚至冲到了军团指挥所。军团长林彪、政委聂荣臻、参谋长左权都拔出手枪参战，指挥所变成战斗最前沿，军团指挥员变成普通战斗员。

如果当时按照刘忠的建议，果断占领全州再行报告，一军团不至落到如此险境。林、聂也不会向中革军委发出那封让周恩来、朱德倍感紧张的急电:"如敌人明日以优势猛进,我军在目前训练装备状况下,难有占领固守的绝对把握。军委须将湘水以东各军,星夜兼程过河。"出现中央红军长征以来最为惊险的一幕。

了解这些,你才能明白为什么半个多世纪过去,提及当年李棠萼贻误战机、失去控制全州的机会,刘忠依然耿耿于怀。令他动情的不仅仅是个人失误,更是这一失误背后,付出多少战友鲜血和生命的代价。

军团参谋长左权后来宽解过刘忠:"若占领全州城,通过敌封锁线可能会顺利些。但因蒋介石的大兵已到全州地区,广西军从桂林北进,加以我军的长途行军作战,疲倦不堪。这是主要原因,不能归罪李棠萼同志个人。"

左权讲这些话时,李棠萼已经牺牲了。李棠萼是黄埔六期生,参加过广州起义、湘南起义,任过一军团作战科长,经历过中央苏区历次反"围剿"斗争。穿越毛尔盖草地时,牺牲于敌人的冷枪之下。左权后来担任八路军副总参谋长、前方指挥部参谋长,也于抗日战争中牺牲。

不能说左权讲的没有道理。但是在那个生死系于瞬间的千钧一发时刻,从李棠萼身上,还是让人遗憾地看出"审时度势、机断专行"这八个字对一个优秀指挥员来说,是多么难能、多么可贵。这是刘忠到了晚年仍然念念不忘的地方,也是其回忆录中,最令人扼腕、最值得思索的部分。

这本回忆录中的这一段,给我留下至深印象。我后来经常想起当时送完书后,刘忠老将军衰弱蹒跚离去的背影。

使我万般感慨的,不是刘忠曾经获得的"一野十大虎将""威震敌胆十军长之一"等荣誉,而是他们那一代人,本为赤脚农民,若无那场狂飙突进的革命,一辈子也就是面朝黄土背朝天。这场革命正是通过改变这些人的命运,进而改变了整个中国。他们在这场决定自己命运进而决定国家民族命运的决斗中浴血征战,纵横天下,不怕牺牲,前仆后继。他们从小到大,从弱到强,从失败到胜利,从奴隶到将军。他们造就了胜利,胜利也造就了他们。他们是旧中国与新中国交替这样一个极其特殊时期的产物,是充满传奇的永远不会再现的一代人。

我们这些后人，只有在他们一个个纷纷离去的过程中，才一步一步真正明白了他们对国家、对民族的巨大历史意义。

他们的最大特色，是至死不渝的忠诚。

他们的最高追求，是无可替代的胜利。

他们全都获得了。

令我们永远荣耀。

唯有真人能自觉

中国革命最大的幸运，就是拥有一大批极富历史自觉的领导者。当队伍丢了魂的时候，他们就是队伍之魂。

我写《苦难辉煌》的初衷就是想探索中国共产党力量的来源。

我自己非常好奇，一个党1921年成立，五十多个人，28年以后竟然能夺取全国政权；一支军队1927年"南昌起义"建军，最后剩约八百人，22年之后又能百万雄师过大江；尤其到了今天，中国国力迅速增长，经济总量连续跃升，由世纪之初的世界第七，到现在的世界第二。当初建党的那些领导同志绝对想不到中国共产党如今能搞成这么大的局面。

讲到苦难、讲到辉煌，中国共产党的资格从哪里产生的？我们把中华民族近200年的历史命运归纳为"百年救亡、百年复兴"。从1839年林则徐禁烟开始，到1949年新中国成立，整整110年时间，先进的中国人，不管是什么主义、什么方法、什么道路，就是为了完成这三个字——救中国——挽救民族命运于危亡。虽然我们党1921年成立，但最后给救亡的命题打了一个结、做了一个了断的，就是共产党领导的新民主主义革命，是毛泽东在天安门发出的那一声"中国人民从此站起来了"。

从1840年到2050年，前100年是为了救亡，历尽坎坷，各种探索；后100年的任务是发展中国，也是历尽坎坷，不惜探索。核心的一条就是怎么把中华民族的命运从过去那种东亚病夫、任人宰割、任人欺凌的环境中解脱出来。

其实我们离过去那个时代并不很远，对于怎么让中国走向现代化，走向一个富强的国家，我们进行了大量的探索。德先生（民主）和赛先生（科学）在中国都没有胜利，马克思主义获得了成功，这是中国的选择，历史的选择，中华民族的选择。

近代中国：各种主义的试验田

近代中国就像一个病入膏肓的病人，为了治好这个病，我们有点病急乱投医，什么都试过，什么药方都吃过，都没有搞成。

像洪秀全的太平天国，开出的救中国的药方是基督教义的中国化，即把上帝耶稣变成了天父天兄，而用这套东西改造中国是不可能的。所以曾国藩镇压太平天国最有利的旗帜，不是湘军的战斗力，而是曾国藩高举的那个大旗——保卫中国的名教，呼吁中国不能让太平天国搞乱了。

曾国藩、左宗棠、李鸿章镇压了太平天国，他们不是不知道中国存在的问题，他们开出的药方是"洋务自强"。他们认为，中国是"器不如人"，机器制造、科学技术出问题了，所以救中国要首先从"赛先生"入手，搞洋务运动。洋务运动历时30年，甲午战争失败，洋务运动破产，洋务运动也没法救国。

之后，康有为、梁启超搞了戊戌维新，提出中国不是"器不如人"，而是"制不如人"，制度层面出问题了，所以要走君主立宪的道路，但是君主立宪也没有弄成。

再往后，孙中山的建立共和也是改制。辛亥革命推翻了封建统治，但成果被人篡夺了。有个片子叫《走向共和》，充满了遗憾。这个片子揭示得还是不够，把没有走向共和的罪责都推到袁世凯身上，说他篡夺了共和的成果。但问题是袁世凯在1916年就死了，他死后12年我们试验共和，北京9易政府，24次内阁改组，换了26届总理，军阀混战，生灵涂炭，最终没有搞成。

康有为、梁启超、孙中山，都是从制度层面改造中国。到了"五四运动"，已经不仅是改制了，要从思想文化层面改变中国，那时提出的"打倒孔家店"，与今天遍布全世界的孔子学院形成多么大的反差。"五四运动"认为中国传统文化导致中国走向现代化失败，一切罪责都是它，还提出新文化运动，提出汉字的罗马字母化，认为汉字是导致中国走向现代化的障碍，导致中国积贫积弱的障碍。你看，找替罪羊都找到汉字身上去了。

我还记得郭沫若当时为新文化运动写的白话诗，就是一定要打破唐诗宋词的格律，那种把中国人思想给框死的诸如七律、五律、七绝、五绝的严格对仗。郭沫若写的白话诗其中有一首是歌颂水的："伟大的水呀，氢二氧一！"化学分子式直接进到诗里去了。

从这里可以感觉到，大家为了寻找走向现代化的路径，用药之猛。大家都上来把把脉，中国这个肌体到底出什么问题了。各种"主义"都来了——无政府主义、自由主义、权威主义、法西斯主义、三民主义……全部齐上，都在中国进行试验。

这时候出现了社会主义。

中国共产党：斯大林眼中的"人造黄油"

社会主义理论最初传到中国的时候，是非常边缘的。作为中国思想界的泰斗，梁启超在中共成立之前就认为社会主义不行。他说社会主义"在他日生产事业相当发展之后，容或有采择之余地，今日提倡，绝非时也"。没有社会化的生产，没有社会化的管理，谈什么社会主义？

中共成立之后，孙中山也认为社会主义搞不成。1923年，孙中山与共产国际代表越飞发表联合宣言。《孙越宣言》在中国近代史上影响很大，其中写道："孙中山博士认为，共产主义秩序，乃至苏维埃制度不能实际上引进中国，因为在这里不存在成功地建立共产主义或苏维埃制度的条件。"

纪念辛亥革命100周年时，有些文章把孙中山写得比共产党还共产党，描述他对社会主义的向往，我觉得这不是历史唯物主义。

孙中山年轻的时候对社会主义有过兴趣，中年以后他已经抛弃了社会主义。虽然共产国际支持中共成立，在理论上帮助，思想上指导，经费上还援助，但共产国际代表越飞先生完全同意孙中山的看法，也不相信中共能搞成。

除了支持中共，共产国际也支持孙中山的南方政府，主要是想在中国培植一个反对派，牵制北洋军阀政府，让他们不能肆无忌惮地反苏。至于这两个力量谁更有可能在中国夺取政权，他们认为是孙中山的南方政府。

越飞的后台老板、苏俄领导人斯大林在中共成立之后就讲了，"在中国没有真正的共产党，或者可以说没有实实在在的共产党。"所谓"真正的共产党"是指工人阶级的政党，而中共是清一色的小资产阶级知识分子，最后叫"小资产阶级知识分子与农民的结合"，并非真正的无产阶级力量。斯大林后来还讲："中国共产党人对共产主义来说，就像人造黄油对黄油一样。"他的意思是中国共产党不是正牌黄油，而是人造黄油，是冒牌的。

在大革命时期，斯大林最看好的是蒋介石，他把蒋介石称为"中国革命的罗伯斯庇尔（法国大革命的领袖）"，认为在中国真正能成事的是他，而不是中国共产党。不仅是斯大林，列宁也持相似观点。列宁的亲密助手、第三国际的总书记季诺维也夫讲过，列宁最看好的是日本革命，认为日本革命是中国革命的附属物。虽然我们常说，"十月革命一声炮响，给我们送来马克思列宁主义"，但马克思当时不在世了，从列宁到斯大林没有一个认为十月革命这声"炮响"在中国会产生多么大的影响。这就是中共成立的现状，支持的、反对的都不看好。

这个场面不太像我们一些宣传片所拍摄的那样：中共一大最后的会议在嘉兴南湖开完，船上射出一轮红色的光芒，一条红色的飘带飘到井冈山、飘到延安、飘到北京，我们获得伟大的胜利……这些描写是很浪漫的，但与现实相去甚远。

中共成立不像耶稣诞生，据说耶稣降生时有一团红色霞光，中国共产党诞生时肯定没有。不仅不被看好，也不被在意。第七次中美国防部工作会晤的时候，我们和美国人谈，要求美国减少以至最终停止对我沿海抵境侦察，将美国对我沿海抵境侦察活动上升到了与对台售武同样的量级，严重干扰和影响中美两军以至两国的关系。美国人后来在私下怎么回答的？他们说，我的侦察力量总共就这么多，侦察了你就侦察不了别人，所以我侦察你，表示我在意你，因为你不可忽视。

且不说这个道理通不通,只说这种"在意",在中共成立的时候是没有的。这一点很要命。所有的意义都是事后的总结,现在搞成了很大的局面,当年成立就有"重大的现实意义和深远的历史意义"了。反之,也就悄无声息了。

中共一大:半数以上代表脱党

当年中国共产党成立的时候,中国有三百多个政治组织,每天成立的和解散的一样多,谁知道这个党能存在多久?不但支持者和反对者不在意,实际上连建党的中坚人物都不太在意自己亲手组建的这个党。党史上不可忽略的两个人物——南陈北李——南面的陈独秀,北面的李大钊,都没有参加中共一大,这是中共党史上颇为遗憾的一笔。

电影《建党伟业》对此的解释是:陈独秀去了会和共产国际代表吵架,为了回避冲突,所以没去;李大钊则是为了"南陈北李"保持一致,既然陈独秀不去,他也不去。当然现在只能如此解释,但确实不是当时的真实情况。

当时陈独秀在南方政府出任教育厅厅长,正在筹款,他自己讲,"人一走款子就不好办了",所以没有去参加中共一大。李大钊又是为什么没去呢?因为当时北洋军阀政府财政困难,停发了北京八所高校教职员工的薪金,这八所高校成立了联合索薪委员会,李大钊是索薪委员会的重要负责人,整天开会,忙于追讨工资,所以也没时间到上海。

现在看来,陈独秀要盯贷款,李大钊要讨工资,这两项任务与中共一大辉煌的历史地位相较,不是拿芝麻比西瓜吗?然而这就是真实的历史原因。今天说起来,大家当然都恨不得能亲身见证那个时刻,当时可不是这样,大家都有很多其他事要忙。

其实陈独秀没去开会,还有另外的原因。陈独秀不是为了回避共产国际的代表,而是回避李汉俊。中共一大召开地点在上海石库门,李汉俊的哥哥李书城的房子。陈独秀一听说在李汉俊家开,就不愿意去,因为他和李汉俊不和，见面就吵架。

李大钊不去也有另一个原因。中共一大是1921年7月23号在上海开的，上海这时候闷热不堪，当年可是没有空调的。而李大钊是河北人，最怕热，每年暑期都在河北北部避暑，所以也不想去。

这些理由今天看来都很小，当时却是实实在在的理由。

中共一大13位代表中，最年轻的一位是北京小组代表刘仁静。他怎么能当上中共一大的代表？因为李大钊不去，北京小组空出一个名额。刘仁静自己也讲，"虽然空出一个名额，但北京小组还有多位资深党员，轮不着我"。

那么他首先征求邓中夏的意见，问邓中夏去不去。邓要到南京参加中国少年学会的会议，没时间到上海。今天大家会觉得这个理由难以置信，南京和上海离得多近呀，可是邓偏偏就选择到南京参加那个相对比较成熟的组织——中国少年学会一年一度的年会，而不到上海。

除了邓中夏，北京小组还有另外一位资深同志罗章龙。刘仁静又问罗章龙去不去，罗也不去，因为他要去长辛店开工人座谈会，搞工人运动。

刘仁静在回忆录里写："这个莫大的光荣，就这样历史地落在了我的头上。"虽然刘仁静最后被党开除，但也流芳百世了，不管什么时候介绍中共一大13位代表，就得介绍他。而随着时间推移，邓中夏为何许人也，罗章龙为何许人也，恐怕新一代党员都忘记了，但刘仁静，大家不得不记住。

我在《苦难辉煌》里写，1979年张国焘在加拿大去世，他是中共一大代表中最后一位谢世的。书出版后，我才发现自己写错了，刘仁静于1987年在北京被公共汽车撞死，他才是最后一位。刘仁静身体非常好，85岁那年，一天早上到北师大操场参加晨练，横穿马路的时候，被22路公共汽车头班车撞出7米远，不幸身亡。这位司机师傅何等的过错，把中共一大最后一位代表给撞死了。

中共成长的艰难之处，仅看中共一大代表各自的走向就知道。哪里像我们所想象的，一成立就是幸运儿，一成立就是满身的霞光？完全不是。

这个党刚一成立，就是走的走，散的散。1922年陈公博脱党，1923年李达脱党，1924年李汉俊、周佛海脱党，1927年包惠僧脱党，1930年刘仁静被党开除，1938年张国焘被党开除。13位代表中，连脱党带开除，总共7位，占半数以上。

其中，陈公博、周佛海当了大汉奸，被国民政府判处死刑。中共一大代表成为大汉奸，是一种什么样的历史命运？中共一大执行主席张国焘，宣布大会开始、宣布中国共产党成立、宣布大会闭幕都是他，最后却在国民党军统戴笠手下当特务，给戴笠出谋划策怎么搞垮共产党。这又是一种什么样的历史命运？

再加上建党不久后牺牲的，王尽美1925年病逝，邓恩铭1931年牺牲，何叔衡1935年牺牲，陈潭秋1943年牺牲。最后，从头走到尾的只有毛泽东和董必武两个人。

我认为，仅仅从中共一大13位代表各自的走向，都能看出这个党何其艰难，从成立就处在中国政治舞台的边缘。而中国共产党能够从中国政治舞台的边缘走到东方政治舞台的中心，毛泽东居功至伟。全党没有一个人的功劳能够超过他。

毛泽东：解决"红色政权之所以存在"的关键命题

为什么小平同志讲，如果没有毛泽东，中国革命可能至今还在黑暗中摸索？因为小平同志知道，毛泽东超越我们党的其他领导人，包括陈独秀、瞿秋白、李立三、王明。他第一个解决了"中国的红色政权为什么能够存在"这个关键的命题。

今天如果不看毛泽东1928年写于井冈山的这篇文章，我们自己回答一下中国的红色政权为什么能够存在，可能会得出很多标准的教科书式的答案：第一，马克思主义的光辉指引；第二，中国共产党的英明领导；第三，广大人民群众的衷心拥护；第四，工农红军的英勇奋战……

当我们回答完了，再返回去看看毛泽东怎么回答的，你就能够明白毛泽东如果像我们做经验式、教科书式的回答，中国革命是搞不成的。有马克思主义，有党的领导，有人民群众拥护，革命就必然胜利吗？为什么马克思、恩格斯最希望的德国革命从来没有发生，列宁最希望的日本革命也没有发生，而谁都不看好的中国革命轰轰烈烈地搞成今天这个样子，并且改变世界格局？其中最关键的是什么？

大家看毛泽东对中国革命的分析，他说："一国之内，在四围白色政权的包围中，有一小块或若干小块红色政权的区域长期地存在，这是世界各国从来没有的事。这种奇事的发生，有其独特的原因。而其存在和发展，亦必有相当的条件。"

那么这个"独特的原因"和"相当的条件"又是什么呢？毛泽东讲："它的发生不能在任何帝国主义国家，也不能在任何帝国主义直接统治的殖民地，必然是在帝国主义间接统治的经济落后的半殖民地的中国。因为这种奇怪现象必定伴随着另一种奇怪现象，那就是白色政权之间的战争。"毛泽东分析中国的红色政权为什么能够存在，最为关键的就是白色政权之间的战争。

请注意，毛泽东在这里没有提到马克思主义，没有提到党的领导，没有提到人民群众的拥护。他立足中国大地，分析中国国情。我们在分析的时候，引用的都是一般的特点、一般的规律，而毛泽东寻找的是中国社会特殊的特质和特殊的规律。

红色政权分布在各个白色政权的结合部，而红军长征又充分利用了蒋介石与各地军阀的矛盾。比如利用蒋介石与广东军阀陈济棠的矛盾，与陈济棠达成秘密协议，通过前三道封锁线。第四道封锁线湘江之战极其残酷，8万红军过湘江只剩3万。我在《苦难辉煌》中描写湘江之战那段并不很长，但有同志说是把湘江之战写得最透彻的一次，因为援引了大量桂系的资料和国民党方面的资料。

红军队伍过湘江本来过不去。广西军阀白崇禧部队由南向北，湖南军阀何键的部队由北向南，把湘江完全封死了。红军长征队伍到湘江的前一周，白崇禧突然调整战线，把南北战线调整为东西战线，全力平复广西，把湘江闪开 60~80 公里宽的口子。

白崇禧为什么这么做？我引用的是白崇禧在广西高级军事会议上的发言。他说：老蒋恨我们比恨朱毛更甚，我如果把红军完全堵住，朱毛过不了湘江，必然掉头南下进入我广西，老蒋的中央军就要跟进广西，在解决朱毛的同时，把我广西也解决了。不如留着朱毛，我们战略回旋余地还大些。

白崇禧突然之间调整战线，着眼点是红军绝对不能进广西，湘江你们就赶紧过去吧。

白崇禧喜欢共产党吗？1927年大革命失败，上海"四一二"反革命政变，真正的主导者就是白崇禧。我们过去一说"四一二"，往往和蒋介石联系在一起。那段时间，蒋介石在日记里记载了他矛盾的心情。如果跟共产党翻脸，影响共产国际对北伐的援助，影响枪支弹药经费。到底翻脸还是不翻脸，老蒋犹豫不决，最后在日记里写："勉强听取白兄之意见。"白崇禧当时任上海警备司令，他说一定要翻脸。从白崇禧开始杀共产党人。共产党人对白恨之入骨，我们早期把对手称为"白匪军"，这个词就是由白崇禧这里来的。

到了1934年，"白匪军"在红军到达湘江前突然闪出一个口子，是为了我们吗？当然不是，他为了自己。所以毛泽东讲，我们只需知道中国白色政权的分裂和战争是持续不断的，则红色政权的发生存在并日益发展便是无疑的了。

30万红军长征，到陕北只剩2万多人，老蒋说只差几周时间就能把红军全部剿灭了，却发生了西安事变。红军、张学良的东北军、杨虎城的西北军三位一体，中国整个局面大改。这不是白色政权之间的分裂和战争吗？中国共产党人真正认识到这一条，才认识到中国社会的缝隙，才能像庖丁解牛一样，游刃有余地从这缝隙中把刀切进去，把牛分解了。

这就是毛泽东最胜人一筹之处。只有他窥破了中国社会这个特点，其他领导人没有这样的论述。因为他们跟我们一样，是从革命的一般规律而不是特殊规律来分析认识的。

为什么毛泽东当年在井冈山只有几个人、几杆枪，就敢说"星星之火可以燎原"？他的信心建立在哪里？就建立在对中国社会的深刻分析之上。有这个分析，有白色政权的分裂和战争，才有工农武装割据，才有农村包围城市，最后夺取城市。马克思主义普遍真理与中国革命开始具体结合，毛泽东思想由此产生。

后来，由于毛泽东的作用太重大，我们在相当一段时间里把他神化了，如同是跟着一尊神走向革命胜利，从而忽略了我们的艰辛探索，甚至忽略了毛泽东本人的艰辛探索。

1956年中共八大二次会议上，毛泽东自己讲："我是犯过错误的，比如打仗。高兴圩打了败仗，那是我指挥的；南雄打了败仗，是我指挥的；长征时候的土城战役是我指挥的，茅台那次打仗也是我指挥的。"毛泽东承认一生中打过四次败仗，两次发生在"四渡赤水"。他不认为自己是神。

遵义会议刚刚开过，毛泽东获得军事指挥权，低估了川军的战斗力，红军遭受很大损失，被迫一渡赤水。一渡赤水这一仗，连朱德这么脾气敦厚的人，也大发其火。一渡赤水打败了。二渡赤水遵义战役获得大胜，也不是毛泽东同志指挥的，是一、三军团自动配合，谁也没有想过打大胜仗。

三渡赤水之前，毛泽东鉴于二渡赤水的大胜，头脑有点发热，提出要全歼国民党中央军周浑元纵队，赤化贵州，且说话很硬："必须按照我说的做，否则就不干了。"当时党内的民主气氛很浓，争论也很激烈，进行了民主表决，少数服从多数，把毛泽东的全体指挥权给表决掉了。这一段我们党史军史一般都不提。

毛泽东同志当天晚上非常苦恼，提着马灯去找周恩来，说服了他。周恩来是党内军事的最高指挥，通知各军团首长头天下午的表决作废，毛泽东指挥权自动恢复。可是毛泽东指挥打周浑元又打败了。

我觉得，遵义会议以后，我们并没有像现在宣传所讲的那样，"从胜利走向胜利"。会议是一种总结，一种展望。我们掩盖了会议之后的大量探索实践，把中国共产党的胜利看得太简单，把领袖的磨难看得太简单了。

三渡赤水之后，毛泽东变得分外实事求是。南渡乌江，突破金沙江，北上大渡河，充分听取各军团首长的意见。而且当时军委二局破译了国民党军队调动的密码，我们掌握了国民党军队调动的主要方向，两个因素叠加，最终把红军带出困境。

毛泽东不是神，但他有非常深刻的历史自觉。什么叫历史自觉？第一，对社会运行规律的深刻领悟，即毛泽东对中国社会特质的准确把握。第二，对历史发展前景的主动营造。毛泽东终其一生从不相信命运的左右，从不服从所谓规律的摆布，他一生在掌握主导，主张小人物打倒大人物，不安分，不安稳，不甘心，绝不甘于现状。就是这种高度的历史自觉，使毛泽东从边缘位置，最后走到中共中央的核心。

朱德：给队伍一个魂！

朱德由一个旧军人，变成新式军队中国人民解放军的第一军人，也是凭这种历史自觉。

朱德当年当过滇军的旅长，后来当了将军。按照过去说法，衣锦还乡没问题了，还闹什么革命呀，但他一门心思要加入中国共产党。到上海找陈独秀想入党，被婉拒了。陈独秀跟身边人说：我们党可不能让军阀参加。

朱德在国内入不了党，就满世界找党，听说中共有个旅欧支部在法国，朱德就约了孙炳文等几个好友乘船到法国，想在法国加入中国共产党。在法国马赛登岸，餐馆吃饭时，别人告诉他们旅欧支部的负责人张申府、周恩来去了德国，朱德又追到德国，最后硬是在柏林入了党。这就是朱德的历史自觉。如此执着，放着滇军的旅长、师长不当，满世界找中国共产党要加入。他为了什么？为了心中的理想。

加入中共后，回国参加"八一"南昌起义。起义中他是个边缘的人物，没有进入起义的核心班子前委（设于前线的高级领导机构，全称"前敌委员会"或"前线委员会"）。总前委书记是周恩来，前委委员有张国焘、李立三、叶挺、贺龙、刘伯承、聂荣臻，连郭沫若都是前委委员，朱老总却不是。为什么？因为南昌起义朱老总带的兵力太少了。起义主力叶挺11军8个团，贺龙20军6个团，朱德率领南昌市公安局500人不到，而且都岁数较大，成家立业了。南昌起义部队南下，这500人几乎全部跑光，舍不得老婆舍不得孩子，朱德成了名副其实的光杆司令。

周恩来讲话很有策略，他说朱德是一个很好的参谋和向导。陈毅讲，朱老总在南昌起义的时候地位并不重要，也没有人听他的话，大家只不过尊重他是个老同志罢了。所以朱德没有进入南昌起义的部队总前委，也没进领导班子。分配他什么任务？开路。因为前面挡道的都是滇军，朱老总当过滇军的旅长，让朱老总走在最前面跟他们搞关系，让他们把路让开。

后来，起义部队穿过江西，进入广东，主力南下作战，当时是设想把海丰、陆丰夺下来，获得港口，取得苏联武器和经费援助。所以，朱老总由开路变成殿后了。这时候交给朱老总的是叶挺11军25师共3000人，掩护主力南下作战。其实他只是个名义指挥，25师师长、党代表都在。这殿后的任务就像冯小刚的电影《集结号》一样，如果得不到上级有效通知，就不知道什么时候后退，部队伤亡可能会很大。

但是朱老总的运气不错，没有出现《集结号》那样的场面，三天三夜的殿后有效顶住了国民党的追击，掩护了主力部队南下作战。朱老总最后收拢部队，准备带领剩下的两千多人南下与主力会合。这时南下部队的一些官兵却跑回来报告：主力全军覆没，领导者分散突围了！

南昌起义两万多人的主力全军覆没，就剩殿后的两千多人了，怎么办？有人说主力都散了，我们还留在这儿干什么？散伙算了！那时候站出来的是朱德。面对一支不是自己的队伍，朱德站出来说：我们不能散，我们手中还有枪，我们有人有枪就有办法！一些同志后来回忆，反正大家走投无路，勉强听取了这位老同志的意见，就先跟着他干，等他没有办法时，再走不晚。

那时是8月，天气很热，战士都穿着短衣短裤，如果跟着朱老总走到10月底还是短衣短裤，就非常不合适了。这支队伍明显装备不足，没有给养，没有食品药品，没有弹药，人越走越少。走到江西安远天心圩，全部南昌起义官兵只剩800人，高级领导干部或先辞后别，或不辞而别，25师师长、党代表全部走了。中央接到报告："师长、团长均皆逃走，各营、连长亦多离开。"师以上军事干部只剩朱德一人，团级军事干部只剩王尔琢，政工干部只剩陈毅，队伍面临一哄而散之势。

这真是南昌起义部队的关键时刻，若这800人散掉，南昌起义的成就将片甲不留。最后这800人，可以说是残兵败将，也可以说是燎原的火种，全在领导人的一念之间。25师师长、党代表认为是残兵败将，搞不成了。幸亏有个朱老总。虽然这部队不是他的，朱老总认为它是火种，他不走。不但不走，他站在天心圩一土坎子上，对还没有走的人讲："大革命失败了，我们起义队伍失败了，但是我们还要革命的。同志们要革命的跟我走，不革命的可以回家，不勉强！"朱老总当时还对部队讲，我们现在就像1905年的俄国人，俄国1905年革命失败，1917就成功了，我们也一定会迎来我们的1917年！

后来那些留下来的老同志回忆，其实台下官兵没有几个人知道俄国的1905年是怎么回事，但是大家都从朱德身上感觉到了信仰的力量。这800人是一支丢了魂的队伍，朱老总给了他们一个魂！

我们今天常讲"信仰危机"，信仰不是一个可以教育的问题，而是一个率先垂范的问题。你信，大家就跟着你信。这800人没有一个人相信革命能够胜利，朱老总相信，这800人就跟着他信了。陈毅后来讲："朱总司令在群众灰心丧气的最黑暗的日子里，指出光辉的前途，这是总司令的伟大！"

危机毁灭权威，危机诞生权威。当年四散撤退的南昌起义领导人，谁能想到起义过程中这个不是开路前锋就是殿后、一直担任边缘任务的朱德，能够收拢南昌起义残部，坚持斗争，从而成为中国人民解放军第一军人？每一个自愿留下的人，都从朱德身上感受到了革命一定胜利的信念，领袖就是这样产生的。南昌起义失败了，朱老总的全部价值就体现在失败的危机中。

这800人是中国共产党埋葬蒋家王朝的基本班底。1955年中国人民解放军授衔，十大元帅之首的朱德、十大元帅之三的林彪、十大元帅之六的陈毅、十大将军之首的粟裕，1927年10月，都曾站在天心圩800人的队伍里。《中国人民解放军战史》这样评价："八一南昌起义"队伍在极端困难的情况下能够保存下来，朱德为中国革命事业做出了重大贡献。

参加过"秋收起义"的谭震林同志在新中国成立后讲了一段非常公平的话，他说，如果南昌起义的部队不能上井冈山，而我们井冈山只有秋收暴动这一点力量，很难坚持下去。秋收暴动的主要力量是湖南的农军、浏阳的学生，和井冈山"山大王"王佐、袁文才的队伍结合，战斗力很弱。谭震林同志讲，我们当时在井冈山，今天下山打这个也打不过，明天下山打那个也打不过，只好退守山上，凭险踞守。"南昌起义"的队伍由朱德带上井冈山，军官几乎都是黄埔军校毕业，士兵清一色是北伐铁军的队伍，井冈山由此战斗力大增！

"文化大革命"之初，红卫兵一定要取消"八一建军节"，认为南昌起义失败了，怎么能拿失败的起义作为建军节呢？要以秋收起义作为建军节，具体说就是9月30日"三湾改编"。当时周恩来什么话都不好说。周恩来是南昌起义前委书记，南昌起义后来失败，周恩来分散突围了。朱德也不好说，朱德收拾起来上井冈山的是南昌起义的残部。最后毛泽东出来说，建军节不能改，还是南昌起义的日子。跟谭震林讲的话一样，毛泽东深知中国人民解放军战斗力的来源。

中国人民解放军陆军17个集团军，其中的头等作战主力，军史都能追溯到井冈山时期红四军28团——南昌起义的队伍，至今是中国人民解放军陆军核心战斗力的发源。一句老话说，"人的一生纵然漫长，但关键的时刻只有几步"。朱老总做了这件事，即使以后什么事情都不做，他也是谁都颠覆不了的中国人民解放军的泰斗。因为这件事太关键、太具有初创性、太不可复制了。

虽然我们今天也在搞信息化军队，还编了一些非常复杂的概念，美国人却不认为中国人民解放军要按照美军的模式建军。美国国防部发布的2007、2008、2009年《中国军事力量报告》，描述中国人民解放军战略战术时，标题下面是一段话："你打你的，我打我的。"这句话是朱德最先提出来的。今天很多中国军人可能忘记了，美国人没有忘，美国人认为中国人一定要按照这个套路搞下去。著名的十六字诀——敌进我退，敌驻我扰，敌疲我打，敌退我追——被美国人称为"毛泽东、格瓦拉的军事革命"，颠覆了从孙子到克劳塞维茨以来，西方、东方所有胜败的标准。十六字诀是"朱毛"的共同创造——朱德提出，毛泽东完善。

满世界找中国共产党，在"南昌起义"最黑暗的时候，一定坚持到底，这种极其珍贵的历史自觉，使朱德同志由一个旧军人变成新中国的新式军队的第一军人——中国工农红军总司令，中国人民解放军总司令。

周恩来：聚焦党内力量，无可取代

我们下面看周恩来同志的历史自觉。

过去曾有一个时期人们对周恩来同志夸赞甚多，但最近海内外披露的书刊、杂志、网络上的解密，又对周恩来同志非议甚多。我觉得不管夸赞还是非议，很多人没有抓住周恩来同志的实质。大家常说周恩来同志勤勤恳恳、任劳任怨、鞠躬尽瘁、死而后已，他仅仅只有工作精神吗？周恩来有一个非常大的特点：终生为了组织牺牲个人。

尼克松有一段评价，不太着边，但也着了点边。他说"毛泽东是一团烈火，而周恩来是一个控制火势的人"。更合适的比喻是什么？一个手电筒照十几米，光芒尽失，而一束激光能在几公里之外烧蚀钢板。激光的能量来源于高度聚焦。周恩来在中共党内终生从事的事业，就是通过大量艰苦细致的组织协调，完成党内力量的聚焦，把脾气各异、兴趣各异、志趣各异的领导人集中起来，心往一块儿想，劲往一块儿使，为党提供软性的力量，这是无人可取代的。

长征之初，毛泽东曾经给中央写信说，要求带领一、三军团的部分领导和红九军团的20师留下来，坚持苏区斗争，欢迎中央再回来。毛泽东为什么写这封信？

首先，当时不叫"长征"，叫"战略转移"。转移去向也不是很远，从江西转移到湘鄂西与贺龙、萧克会合，转一小圈再回来。谁也没想到一开步走，走了两万五千里，直到新中国成立才回来。第二，毛泽东内心不愿意和上海来的中央领导同志搞在一起，包括博古、张闻天、王稼祥、任弼时和周恩来。他们从上海到苏区，毛泽东领导职务也丢了，反"围剿"

也失败了，被迫战略转移了。毛泽东想一个人留下来，把苏区收拾好，"欢迎中央再回来"。第三，毛泽东也低估了蒋介石经营江西的决心，蒋介石这一回是志在必得，一定要拿下江西，毛泽东如果留下来，必然九死一生。留下来的领导人包括方志敏、瞿秋白、何叔衡等纷纷牺牲。

毛泽东当时也不是先知先觉，他把信交给了中共中央主要负责人博古。博古当年才28岁，非常年轻，看了信不知道该怎么办，于是把信交给周恩来。周恩来看完信只说了一句话："我去找他谈。"

周恩来连夜骑马从中央所在地瑞金，赶到毛泽东的驻地于都，两个人关起门来谈了整整一晚上。到底谈了些什么，毛泽东终生没有透露只言片语，周恩来也没有和任何人提过长征以前他与毛泽东有这么一次彻夜长谈。只有周恩来带的三个警卫有所回忆：两位领导同志在屋里谈话，外面下大雨，斗笠、蓑衣、绑腿、鞋子全湿了。他们着急，想谈完话赶紧走，但里面老谈不完，于是开门去倒水。门一开，两位领导同志就什么话都不说了，倒完水出来，把门拉上，两个人再接着说。具体的谈话内容，警卫一句话也没听见。

第二天一早，周恩来带着三个警卫返回瑞金，见到博古，博古询问情况，周恩来就讲了一句话：他同意跟着走了。这句话很简单，但改变了中国的历史和命运。如果毛泽东不跟着走，红军长征会是一种什么样的长征？前面还能有遵义会议吗？红军真的能走出困境吗？如果毛泽东要留下来，他的生命安全能得到保障吗？

这是周恩来于中国革命独特的、巨大的贡献。

周恩来同志晚年病重，叶帅交代周身边的护士、警卫：总理肚里话很多，他一定要说的，你们把它记下来，昏迷中讲的话都要记下来。结果直到周恩来去世，护士、警卫交上来的都是白纸，周恩来什么都没说，昏迷中也没说，全部带走了。他一生个人服从组织，为了组织牺牲个人，把一个共产党人演绎得淋漓尽致，给我们留下了最佳榜样。

遵义会议后，周恩来与博古还有一次重要谈话。1946年，博古飞机失事牺牲了，牺牲之前多次对其好友潘汉年讲过周恩来与他那次彻夜长谈。

那次谈话影响了博古的一生。

遵义会议开过，博古不适合继续担任中共中央主要领导了，要让张闻天同志出来承担，但博古不愿意交权。中央的"两个挑子"依然跟着博古，一个挑子是中央印章，一个挑子是中央文件。直到1935年3月5日，长征队伍走到云南一个叫鸡鸣三省的地方，周恩来与博古彻夜长谈，核心是劝博古交权。

周恩来从头到尾没有一个字批评博古，而是开宗明义：你我都留过洋，你是留俄的，我是留日、留法的，我们这些吃过洋面包的人，对中国的国情都不是那么了解。自从我领导的南昌起义失败，就知道中国革命靠我们这些人搞不成，要找一个真正懂中国的人当领袖。毛泽东就是这样的人，他懂中国，我们共同辅佐他把这个事情搞成。

第二天一早，博古就将"两个挑子"全部上交中共中央。后来，在毛泽东与张国焘的斗争当中，博古坚决站在毛泽东一边。在毛泽东与王明的斗争中，博古也不站在王明一边，而站在中立位置，把王明气得要命，因为他和博古在莫斯科关系很密切。这是周恩来同志极大的历史自觉。

蒋介石：唯独缺了"运气"

如果说一个党也能讲运气，毛泽东、朱德、周恩来这几位领导人的结合，是中共党内天大的好运。他们互相弥补，互相完善，使党的领导队伍臻于完美。当然，这种臻于完美，并不是只讲和谐，放弃斗争。他们当初都处在最富创造力的年纪，毛泽东三十六七，周恩来三十出头，朱德四十出头，互相之间磕磕绊绊少不了。

我看不惯当下电视剧里的领袖，尤其是毛泽东，不管谁扮演都成一个固定的模式：毛泽东不出来，其他常委都不出来，毛泽东一出来，大家都跟着出来了；毛泽东不说话，大家都不吭气，毛泽东一说话，大家都说讲得好，我们执行吧。真实情况并非如此，不是只有一个领袖，其他人都是应声虫。

毛泽东与朱德之间没有过斗争吗？1929年红四军七大、八大，朱德取代毛泽东的领导；红四军九大，毛泽东写关于纠正党内错误思想的著名文章，矛头直指朱德而去。这是多么严重的斗争，多么巨大的分歧。

毛泽东与周恩来之间没有过分歧吗？1932年苏区宁都会议周恩来取代毛泽东领导，周恩来为此终生检讨。1976年，这三个人先后去世，直至此时，毛泽东与朱德还有些误会没有消除，与周恩来还有些疙瘩没有解开。

那又怎么样呢？这影响我们对党的判断吗？今天有人说这个党是毛派，是周派，是朱派，是不对的，我们应该看的是中国共产党作为一个整体的力量。我们今天回避领导人之间的矛盾斗争，将他们写得一团和气，以为就是这么和谐过来的，那党的生命力在哪里？战斗力在哪里？

俄国马克思主义理论家普列汉诺夫讲过："他们虽是普通人，有普通人的七情六欲和优点缺点，但成了历史的发起人，因为他们的见识比别人要远些，他们的愿望比别人要强烈些，由此他们既普通也不普通。"中国共产党就是这样一个有力的领袖团体，我们才能战胜那个空前强大的对手——蒋介石集团。

被战胜的蒋介石集团，绝不像过去的电影里表现的样子：歪戴个帽子，叼个烟卷，拿个刺刀到老乡家里去挑老母鸡。那是一种形象上的丑化。蒋介石集团是中国近代以来一个空前有力的集团，蒋介石这个人在相当一段历史时期内所向无敌。通过收买、驱逐、行刺、战争等手段，使众多对手纷纷倒地。他赶走许崇智，软禁胡汉民，孤立唐生智，枪毙邓演达，刺杀汪精卫，用大炮和机枪压垮冯玉祥、阎锡山、李宗仁、白崇禧、陈济棠，用官爵和"袁大头"收买石友三、韩复榘、余汉谋。中国政治舞台从古到今十八般武器他样样会使，而且技艺精湛。原本不拿他当回事的人，最后纷纷被他弄翻在地，中国近代谁都不是他的对手。

当然，老蒋也挺倒霉，他之不幸就在于撞上了毛泽东同志。如果没有毛泽东，没有中国共产党这个领导集体，一切都是他的，谁都阻不住他。有位美国作家写了《蒋介石传》，说蒋具备成为历史伟人的大部分因素，比如意志、思想、能力、手段，唯独缺了一项——运气。

如果中国共产党没有历史上这批伟人，我们不可能创造今天这样的伟业。他们之所以由普通人成为伟人，关键在于他们是真人，真心实意地追求内心、追求真理的真人。

举个例子，虽然陈独秀犯了右倾机会主义错误，但他是一个敢爱敢恨敢作敢为的人。电影《建党伟业》中的陈独秀，我总觉得跟他本人差距很大。黄建新导演说，演员前额很像陈独秀，我说光前额像不行，气质也得像啊。

陈独秀当年在北大当教授，见辛亥革命后还有人留辫子，硬把别人按倒在地上，把辫子给剪了。这像传统意义上的北大教授吗？我们讲中国知识分子坐而论道，只能生活在象牙塔里，出了象牙塔就肩不能扛、手不能提，陈独秀可不是这样，不但肩能扛手能提，出手还能跟别人打架。

陈独秀生在安徽安庆的大户人家，家境殷实，又有个经商的二叔，腰缠万贯。二叔没有儿子，要把资产留给陈独秀继承，派两个伙计到北京去找他。这是天上掉馅饼的好事啊，多少人求之不得，陈独秀却很不高兴。他当时正在办《新青年》杂志，一门心思要革命，连二叔都不认，轰两个伙计快走：我跟他没什么关系。两个小伙计不甘心地说，北京还有几处房产，少东家你是不是先看看？未料想陈独秀勃然大怒，说你们赶紧滚，我要消灭私有制！

这些事今天听来很好笑。我们已经有了《物权法》，保护私有财产的安全。但我们必须知道，曾有这样一批共产党人，为了心中的梦想，赴汤蹈火，义无反顾。正是从这个意义上讲，人必须有梦想，否则与行尸走肉没有两样。怀抱理想主义去做事业，多数时候可能头破血流，而一旦取得成功，必定是一个伟大的事业。

共产党人为了心中这个梦，付出了多么巨大的代价。从世界政党史看，没有一个政党像中共这样，一级级的领导人被屠杀。周恩来说，敌人可以在三五分钟之内消灭我们的领袖，我们却无法在三五年内造就一批新的领袖。

大革命失败，一方面领导人大量牺牲，一方面叛徒大量出现。江苏省委书记赵世炎被江苏省委秘书长逮捕枪毙，陈独秀的大儿子陈延年继任江苏省委书记，又被江苏省委交通员带人上门抓捕。牺牲的最高领导人是政治局组织局主任罗亦农，级别相当于政治局常委。他是被朱德的前夫人贺治华出卖的。

贺治华与朱德同志生过一个孩子，后来离开了朱德，找了党内一个叫何家兴的人。大革命失败，两个人觉得在国内待不住，要到德国去定居，就为了两本到德国的护照和3000美元，出卖了罗亦农。贺治华还带人上门抓捕，一边抓人一边与德国巡捕侃侃而谈，练习德语。党人的信仰在那一刻变得多么廉价，也多么昂贵。

其实，贺治华带人冲进罗家时，罗并不在家，他的夫人急中生智，把门口的花盆推倒了，暗示家里有情况。但是那天下着蒙蒙细雨，罗亦农打着伞低头躲雨，没注意门口的信号，一进来立即被捕。

同样是那天，罗亦农原本约了小平同志在家中谈话，小平同志晚到3分钟，幸免于难。如果小平同志正点到了，中国的改革开放事业将会如何，难以想象。中国革命就是充满了这样的戏剧性和偶然性。没有共产党人的努力奋斗和英勇牺牲，偶然永远不会变成必然。

晚到的小平同志看见贺治华在与德国巡捕谈话，立即向周恩来报告：贺治华叛变。周恩来得到报告后非常谨慎，经过调查了解，证实贺治华确实叛变，就派特科（中共中央特别行动科）下面专门处决叛徒的红队采取行动，将何家兴打死在床上，贺也在床上挨了一枪。红队报告贺治华被击毙，其实她只被打瞎了一只眼睛，后躲回四川老家，不知所终。

这是中国共产党革命史上最为残酷的一幕。中共所经历的地狱般的熬炼，世界上哪一个政党经历过？列宁在"十月革命"前被捕流放两次，托洛茨基被捕流放两次，布哈林被捕流放三次，加米涅夫终生流放，斯大林被捕流放七次。在中国，可能吗？一次就让你有去无回。

蒋介石的政治术语中从来没有"流放"二字，全都是"见电立决""斩立决""立决"。中共中央总书记向忠发被捕叛变，国民党警备司令部抓到中共中央头号人物，很高兴，立即电告蒋介石，蒋介石连电报都未仔细看完就立即批示：就地枪决。

中国革命的残酷性谁能比呀！

两个叛徒：弄潮者，亦被潮流所弄

革命就是大浪淘沙，高级领导干部叛变比比皆是。

中共中央特科负责人顾顺章被捕叛变，上海中央局负责人李竹声、盛忠亮被捕叛变。红军长征开始，中央军区参谋长龚楚叛变，红十六军军长孔荷宠叛变，湘赣省委书记陈洪时叛变，闽浙赣省委书记曾洪易叛变，闽北分区司令李德胜叛变，闽赣分区司令宋清泉叛变，赣粤分区参谋长向湘林叛变，闽赣分区政治部主任彭祐叛变，红十军副军长倪宝树叛变，瑞金游击司令部政委杨世珠叛变。

任何革命都有投机，中国革命太残酷了，他们实在坚持不到最后，级别再高也只有一走了之。

有两个大叛徒的故事值得一提。一个是龚楚，一个是张国焘。

龚楚是我党最早从事农运的三位领导者之一，另两位是彭湃和毛泽东。1928年，龚楚带领朱德上井冈山与毛泽东会师，资格老，功劳大。所以朱毛会师后，湖南省委任命毛泽东担任红四军省委书记，常务委员会由毛泽东、朱德、龚楚三人组织，可见龚楚的地位。当时中央红军不称为"朱毛红军"，而称为"朱毛龚红军"。但是1934年红军长征，龚楚作为中央军区参谋长留守南方，却叛变了，带领广州军阀陈济棠，围歼北山游击队，将北山游击队一网打尽。

到了1949年大陆解放，龚楚被迫在广州，以一个国民党中将随属专员的身份投诚起义，投诚的对象是林彪——当年龚楚担任红军高级领导人时，手下的一名营长。林彪此时已是第四野战军司令，带领四野解放两广，曾是龚楚的下级的下级的下级的下级。龚楚投诚了，还想见见当年这位"下级的下级的下级的下级"，而第四野战军司令不可能见一个国民党的随属专员。所以林彪的下级的下级的下级——一个师长就把他给处理了。

龚楚觉得非常没有面子，跑到香港去，在那里写了本书叫《我与红军》。

书里对昔日在红军队伍中的老资格津津乐道，却对如何叛变国民党、围歼北山游击队等事讳莫如深。人虽然在香港，心却惦记着大陆。直到20世纪80年代，最高人民法院免除了对国民党前军政人员的刑事追究，龚楚连续给国家主席杨尚昆、国家副主席王震、邓小平等中央领导人写信，要求回来。中央批准了龚楚回国定居。1991年，他回来了。他的家乡广东乐昌县考虑到可以通过他招商引资，也提供了很好的安居条件。

龚楚一辈子给别人带路，先给共产党带路，又给广东军阀陈济棠带路。他回来的时候，所有利害相关人都不在了。"朱毛龚"中的朱毛不在了，项英、陈毅不在了，陈济棠、余汉谋也不在了，只剩下他自己。入党与脱党，忠贞与叛卖，打白军与打红军，投降与再投降，出走与回归，人生90年成了他一剂难以下咽的至苦之药。

龚楚一辈子是个弄潮儿，什么时髦干什么。革命时髦革命，反革命时髦反革命，革命又时髦了又革命。但是一辈子弄潮，一辈子也被潮流所弄。《羊城晚报》报道，小平同志从北京给他打了电话，龚楚握着电话听筒老泪纵横。电话听筒两边，当年一个是军长，一个是政委；现在一个是中国改革开放的总设计师，另一个是寻找根须在哪里的一片落叶。

龚楚1995年7月在乐昌去世。他怎么看待自己的一辈子？正如西方人所讲，中国革命使多少人获得了名誉，又使多少人丢掉了名誉。

再来分析张国焘。

张国焘和毛泽东，当年都是中共党内极具领袖气质的两个人物。他们首先都是青年知识分子出身，其次也都非常好地完成了知识分子与工农的结合：毛泽东在中央苏区取得了农民出身将领的衷心拥护，拥有至高无上的权力；张国焘在鄂豫皖苏区，也取得了农民出身将领的衷心拥护，拥有至高无上的权力。他们领导的是土地革命战争时期搞得最成功的两个苏区。再次，他俩都要摆脱共产国际另搞一套——此前的党的领导人，包括陈独秀、瞿秋白、李立三、王明等，都在共产国际控制之下——而毛泽东与张国焘则提出要走中国革命自己的道路。毛泽东有一套，张国焘也有一套，都要走自己的那一套，都有非常鲜明的特点。

他俩早年还曾经在北大相遇。毛泽东早年最大的梦想就是上北大，一直没有实现，直到1918年他老丈人杨昌济把他介绍到北大图书馆，干了5个月临时工。张国焘是当时的北大学生会主席。学生会主席和临时工的地位差别还是很大的。后来，两个人共同参加了中共一大。前文提到过，中共一大"南陈北李"没有去，张国焘当选大会执行主席，宣布中国共产党成立，而毛泽东只是大会的书记员，负责记录大家的发言。书记员与大会执行主席地位差别也是很大的。

我曾经到上海中共一大会址参观，现场有个长条会议桌，15尊蜡像围着会议桌"开会"，做得栩栩如生。但好几位领导同志对现场的摆放提出了意见：毛泽东的蜡像站着宣读文件，其余坐着的蜡像或仰视，或侧视，可是怎么连大会执行主席都在仰视书记员？这是有问题的。

纪念馆的馆长解释称，此前不少领导同志也提过相似的意见，说"这样的摆放不是历史唯物主义"。他们当初设计场景时，确实想突出毛泽东同志，就做成了这个样子，再改也难，成本极高。如果维持现状不改，可以这样解释：书记员宣读会议记录时，大家都在认真聆听核对，看跟自己的讲话有没有出入。这倒也能讲得过去。

的确，毛泽东早期在党内的地位与张国焘相去甚远。中共一大开完，中央执行委员会一共三个人：总书记陈独秀，组织委员张国焘，宣传委员李达。他们就相当于中央政治局常委了。张国焘从中共一大到六大，一直是中共中央政治局常委，在中央核心层，而毛泽东一直处在边缘没有进去。

毛泽东领导井冈山斗争，井冈山上面有湘赣特委，湘赣特委上面有湖南省委，湖南省委上面才是周恩来、博古、张闻天他们在上海的中共中央。一直到1927年"八七会议"，毛泽东才被增补为政治局候补委员，但增补了一个半月就给开除了，理由是让他带队打长沙，他却把队伍拉到井冈山去了，这是"右倾逃跑"。

然而，就是这个与毛泽东相比拥有巨大党内优势、有领袖气质、有资格、有实力、有思想、有办法、比毛泽东还年轻5岁的张国焘，1938年叛逃了。

1938年国共合作，张国焘的公开身份是陕甘宁苏维埃主席，借道西安拜祭黄陵跑了。周恩来、李克农从延安追到西安，从西安追到武汉，想办法把张国焘找出来，弄到八路军武汉办事处，关起门来与他长谈。

周恩来做党内思想工作的能力无人能比，唯独这次失败了。张国焘说，周恩来，你不是把李克农带来了吗？你就在办事处把我打死。你打死我，我走不了，你不打死我，我出门就要走。周恩来能打死他吗？他可是长期以来中共中央的主要负责人之一，红四方面军的主要领导人。周恩来最后只好说，你走可以，党开除你。张国焘说开除就开除，坚决走了。

其实，不是不能走，只是不要这么绝情。"文革"期间有一句话叫"自绝于党，自绝于人民"，什么叫"自绝于人民"我不知道，"自绝于党"我从张国焘身上看出来了。他走到戴笠营下当了个室主任，告诉戴笠中共高层不同派别的矛盾和斗争，决策过程和习惯，以及怎么对付他们。从1921年宣布中国共产党成立，到1938年出走，张国焘在中共坚持斗争17年，在离胜利还有11年的时候，他坚持不住走掉了，根本没想到这个党能够取得全国政权。

到了1947-1948年，张国焘也看出来中国共产党即将获胜，开始刻意拉远与国民党的距离，可是晚了。1949年中共夺取大陆政权，张国焘躲到香港。当年他做事太绝，毫无回旋余地。1967-1968年，红卫兵闹到香港，把张国焘吓坏了，又辗转躲到了加拿大。1979年12月，张国焘病逝于加拿大多伦多的养老院。

我觉得，人在辞世之前，总会回想起一生中最辉煌的历史。张国焘在最后的时刻，是否会记起44年前的1935年6月，一、四方面军会合，他骑一匹白色骏马，在十余名警卫簇拥下飞驰两河口，毛泽东率领政治局全体委员走出3里路、立于蒙蒙细雨中恭候的情景。毛主席什么时候出门欢迎过党内同志啊？只有1948年在城南庄欢迎粟裕，毛主席出门和粟裕同志握了手，此后此前，毛主席见党内同志大多都在屋内，大多还是靠在床上。唯有欢迎张国焘这次破了例。

毛主席对张主席的党内认知、资历、能力和手中的实力表现出了极大的尊重。张国焘不激动吗？张国焘回忆，在马背上看见政治局诸位委员在雨中欢迎，立即翻身下马，冲上前去，和诸位委员一一紧紧拥抱，热泪盈眶。但是，问题发生在热泪盈眶之后，张发现一方面军实力不足，怎么人这么少？

当天晚上张国焘与老朋友周恩来聊天，天南海北，聊到最后，才装作不经意地问周恩来，你们现在到底还有多少人？周恩来一下子警惕了，感到张国焘的野心外露。周恩来讲，大约还有几万吧。真实情况是1万人都不到，只好吹吹牛了，没有办法。

一、四方面军会合，四方面军给一方面军（当时称中央红军）最高的礼遇，很多四方面军的老同志回想，中央红军在他们心中颇有些神秘色彩。中央红军要来了，四方面军排好队，让他们从中间通过，接受检阅。而当一方面军出现的时候，四方面军大吃一惊：一伙叫花子，衣衫褴褛不堪，枪支长短不齐，没有一件重武器。怎么搞成这样了？

四方面军8万人，一方面军不到1万人。毛泽东说，我1万人指挥他8万人不合适的，四方面军的同志要进入政治局、中央委员会和中革军委。后来一、四方面军分裂，我们今天称，"张国焘南下走向失败、走向黑暗；毛泽东北上走向胜利、走向光明"，其实把当年艰辛的探索全部掩盖了。

毛泽东带领7000中央红军北上时，可没有感觉到一点儿光明，在甘肃召开的俄界会议对形势做出了最严酷的评估。毛泽东讲，到了与苏联接近的地方，为求生存，不得不准备将队伍打散，做白区地下工作。

俄界会议决议到了榜罗镇会议，很快又被翻牌。榜罗镇打下来，红军缴获国民党当地的邮局，毛泽东通过天津《大公报》看见阎锡山发表的讲话，"陕北十县赤之有五六，再不设法剿灭，势成燎原之势。"才知道陕北还有块根据地可以落脚，不用到接近苏联的地方去了。所以，红军不是一开始长征就决定要到陕北建立根据地，是经过多少艰难探索，撞得头破血流，磕得鼻青脸肿，最后才发现这一线光明。

两名忠将：咄咄逼人的真老虎

与叛徒形成鲜明对比的，是党内一些忠心耿耿的将领。

毛泽东带队伍到了陕北，才知道张国焘的红25军已经把陕北根据地完全控制，他们从鄂豫皖苏区直接打到了陕北。当时陕北正在搞肃反扩大化，高岗、刘志丹、习仲勋都被抓起来，这叫山重水覆。也就是说，如果红25军军长徐海东不服从中共中央，而听命于张国焘另立的"中央"，红一方面军将再次陷入绝境。

在这种情况下，毛泽东给徐海东写了一封信，借2000大洋渡过难关。借钱是一方面，试探是另一方面。徐海东接到毛泽东的信，问红25军的供给部长还有多少钱，供给部长说还有6000多大洋，徐海东大笔一挥，给了中央红军5000大洋，自己留1000，够了。并附了一封信说，红25军完全服从中央红军指挥，服从党中央指挥。毛泽东心里一块石头落了地，后来反复讲，徐海东是于中国革命有大功的人。

徐海东同志戎马一生，重伤九次，解放战争时期因在大连养伤，没有参加。新中国建立之后评衔，徐海东同志自谦道："我就算了，没有参加解放战争，评不评都可以。"毛泽东坚持为徐海东评衔大将，而且位居第二，仅次于粟裕。后来毛泽东也始终尽可能地照顾徐海东，从来不让徐海东承担陕北肃反扩大化的责任。

徐海东和毛泽东的关系发生改变，主要是在1956年中共八大以后。毛泽东提出少奇、小平同志在一线，自己在二线。高级领导干部都反对毛泽东退居二线，唯独徐海东同意，两人由此产生了一些隔阂。徐海东作为一个军人，真心实意地觉得一线、二线的配置对党有利，为此在"文革"中没少吃亏，斗他的就是他的工作人员，直到中共九大召开。

毛泽东非常念旧，不会忘记历史上给党的事业做出重大贡献的人。九大主席团的座次全被分配完了，毛泽东突然想起来，为什么没有徐海东？周恩来马上布置军委通知徐海东。军委有些"造反派"认为，徐海东病得躺在床上都起不来了，肯定不参加。而当徐海东听说毛泽东点名让他参加九大主席团，眼泪都流下来了，表示一定要参加。

我们今天仍然可以看到九大主席团的照片，所有位子全部坐满，左上角的走廊上放了一张轮椅，坐着一个老人，戴着鸭舌帽，穿着大衣，裹着围巾，那就是徐海东。

陈赓也是忠心将领的典范。

陈赓毕业于蒋介石最为看重的黄埔一期，与蒋先云和贺衷寒并称"黄埔三杰"。陈赓任东征军的连长，所带部队战功卓著，被蒋介石称为"总司令部警卫连"，就是老蒋的卫队。

有一次，陈赓率部与广东军阀林虎作战，林虎军队出击速度非常猛，黄埔军全线后退，把老蒋一个人留在重围之中。老蒋当时差点儿举枪自尽，陈赓冲上来背起他便跑，跑了3里路，到一条小河边，把他放在一条船上渡过河去，救了蒋介石一命。

后来，蒋介石想重用陈赓，却被拒绝。陈赓看不起蒋，看不起他的校长，看不起他的司令，为什么？陈赓去世早，没有来得及留下原因。直到2008年前后，台军一位退休将领到大陆访问，此人当年是陈赓的下属，也做过蒋介石的贴身侍卫，称陈赓为"我的老班长"。他的一番话，才为我们揭开了谜底。

他说，我的老班长当年看不起蒋，也没什么大不了的原因，就为一件事：蒋在指挥作战之余，总是打开收音机收听上海股市行情。仅凭这一点，陈赓认为蒋不是一个真正的革命者。真正的革命者怎么会总想着赚钱呢？

陈赓决心离开蒋介石时，提出一个让人无法回绝的理由：老母病重。陈赓说，蒋那么聪明，我骗不了他，他知道我真的要走，生气了，说：你走吧，再也别回来！

陈赓走了，去苏联学习，回国后参加"八一"南昌起义，后来到上海辅佐周恩来做地下工作，1932年调任红四方面军参谋长，在鄂豫皖苏区指挥作战，于一次战斗中身负重伤。

这里有个插曲：有一次陈赓的大儿子陈知建接受北京卫视采访，拿出他家的传家宝：陈赓去世火化后，从骨灰中拣出的两个弹头。其中一个弹头是步枪子弹，弹头爆裂了，陈知建说这是步枪在很近距离内射击的结果。

陈赓在鄂豫皖苏区作战身负重伤后，苏区无法救治，把他送去上海一所骨科医院治疗。伤愈将要归队之时，因叛徒出卖，陈赓被捕。

蒋介石听说这一消息，大喜，立即命令将陈赓押送南京，亲自审讯，还没进门就大声问："陈赓在哪里？陈赓在哪里？"陈赓随即抓起桌上一张报纸遮住脸。蒋进门看到这一幕，悄悄绕到左面，陈赓就把报纸慢慢挡到左面，蒋又悄悄绕到右面，陈赓又把报纸挡到右面。一个来回，蒋明白了：陈赓不想见自己。老蒋脸色铁青，出门跟身边人说："这个不行，这个不行！"陈赓最后从上海脱逃。

老蒋一生杀共产党人无数，唯独放过陈赓，因为陈赓救过他的命。这是中国传统伦理道德最基本的底线。这条底线，老蒋也不敢僭越，不然对历史难以交代。

近代以来，没有哪一个政治团体像中国共产党这样，拥有如此众多为了心中的理想抛头颅洒热血、前赴后继、义无反顾、舍生忘死的奋斗者。他们不为官、不为钱，不怕苦、不怕死，只为主义，只为信仰。一个党、一个军队最大的力量就在这种信仰。那个时候的人，那个时候的党，是一只咄咄逼人的真老虎——这是我非常真心的一句话。

民族复兴：最大的力量在信仰

历史给予中国共产党的磨难超过其他所有政治团体和党派，也由此磨炼出一大批一心一意为民族奋斗和牺牲的共产党员。当年他们之所以振臂一呼云集者众，就因为他们最富牺牲精神，最能够英勇奋斗，代表了最广大中国人民的利益，也成为今天共和国的基础。

国防大学副教育长谭恩晋讲过这么一段往事。他是1947年在北平入党的，那天晚上，他被负责同志叫到城墙根底下，问：怕不怕死？他说不怕。那位负责同志便说：好，从现在起你就是中国共产党党员了。这是真正的"一句顶一万句"。

今天的入党手续要复杂得多：个人申请、组织考核、大会通过、上级审查。忙活半天也没有完全搞清楚这个人为什么要入党。今天入党的好处也很多，拥有更多资源，更方便晋升。于是党员总数也远超当年，达到了8000万。

我经常讲，党的力量和党的人数没有绝对的关系。以苏共为例，2万布尔什维克夺取全国政权，200万布尔什维克取得卫国战争胜利，2000万布尔什维克却解体了。所以，8000万人又怎么样？8000万人中，真心实意为党谋利益的有多少？只想通过入党为自己谋利益的有多少？这是非常值得我们考虑的。

少奇同志讲过一段话："共产党什么也不怕，美帝国主义怕不怕呢？我们不怕。蒋介石的飞机大炮怕不怕呢？我们不怕，从来就没有怕过。但共产党怕一件事，就是怕脱离群众，脱离群众就会像希腊神话中的安泰一样，在半空中被人勒死。"少奇同志的话值得我们永久铭记。

淮海战役，共产党如何不败？前方只有十万部队，而推粮食、运伤员、推炮弹的民工有六七十万。国民党将领杜聿明讲，国军从徐州出来，走到哪个村子，都是老百姓全部跑光、粮食全部被埋、水井全部被封的局面，又如何能不失败？所以总书记后来反复讲，要多交普通工人农民的朋友，多交普通知识分子的朋友，你才有力量的来源。一定不能忘乎所以。如果丢掉这些，最后会满盘皆输的。

今天，信仰危机成为一个普遍存在的问题。很多共产党人认为，共产主义实现起来遥遥无期，索性什么都不信了，先让自己富起来吧。实现共产主义为了什么？共产党人奋斗的最根本目的是什么？

毛泽东同志领导革命有很大的功劳，指导建设有很大的失误，但是中华民族的自由、独立、富强是毛泽东同志毕生的追求、毕生的信仰。

小平同志不也一样吗？"我是中国人民的儿子，我深情地爱着我的祖国和人民。"小平同志一生最大的梦想就是香港回归以后，能够踏上香港的土地去看一看，但他没有等到这一天。广东省委的同志回忆，小平同志1992年到深圳，在蒙蒙细雨中，站在海关一个山坡上看香港，呆呆地看了5分钟，谁都不好上去劝他。

从毛泽东到邓小平，这些领导人对中华民族的感情，仅仅是为了来自西方的某种主义吗？马克思主义、共产主义、社会主义，这是我们达到目的的手段。而我们的目的，是中华民族的救亡和中华民族的复兴。不仅共产党人怀有这个目标，张学良也曾讲："我是个爱国狂。国家要我的命，我立刻就给，要我脑袋，拿去就可以。"

时代不一样了，但我们仍需要这样的心声，这样的情怀。如果没有这样的心声和情怀，这个新时代又属于谁呢？今天的社会发展之所以出现极大的不平衡，之所以趋向于"散"，按照"国际冲突学"理论，是因为差异要导致矛盾，矛盾要引发冲突，冲突会导致危机，危机要造成分裂。如何避免孙中山在20世纪初提出的警示，"四万万中国人，一盘散沙而已"？

中华民族在拥有物质财富以后，更要建设共同的精神家园。如果仅仅将宝押在物质发展层面，指望物质发展能解决一切问题，实际是进入了一个新的误区。

人均国民收入在700～1500美元之间的时候，社会转型剧烈，矛盾冲突剧烈，我们说，过了这个阶段就好了；人均国民收入达到1000美元以上时，我们又说，1000～3000美元之间是个剧烈社会调整期，出问题也是正常；现在人均国民收入4200美元了，并且向着6000美元迈进，问题却比过去更多。

任何民族的发展都要倚靠物质、精神双轮并重。一个轮子大，一个轮子小，车子只能原地打转。只有精神与物质相互匹配，车子才可以选择前进方向。今天我们物质轮子很大，精神轮子很小。

北京长安街北面，曾经落成一座孔子雕像，这座雕像在"两会"上一度引起热烈争议，后来很快又消失了。这个现象提示我们：走向未来靠什么？还靠孔子吗？尽管孔孟学说是中华民族的瑰宝之一，是我们发展的基础，但毕竟不是全部。

中国共产党通过自己的努力奋斗，给中华民族的文化注入了很多全新的因素，但还没有能力把它总结出来，这是我们的问题。而民族复兴走向未来，需要的正是近代以来产生的精神养料。如果今天的意识形态领域还要依靠孔子来统领，实在太遥远也太薄弱了。

从1840年到2050年，中华民族的命运已经发生和将要发生何等波澜壮阔的变化，而这一伟大变化又是多少代人流血拼搏、牺牲奋斗的成果。此时此刻的我们，拥有中华民族走向复兴最有利的物质条件，和最巨大的国际影响。

我们的思维和理论，唯有紧跟这一惊天动地的过程，真正地认识、总结、积累，才能站在前人的肩膀之上，避免幼稚、浮躁与浅薄，走向沉稳、厚重与成熟，去完成真正意义上的民族复兴。

战略文化：国家与民族的生命力之源

为什么人类四大文明起源中的印度文明消亡了，巴比伦文明消亡了，埃及文明消亡了，中华文明还依旧存在？文明中所渗透的战略文化要素，被证明是国家和民族的精神生命力之源。

东方追求和合慎战，西方追求冲突征服

国际上有一个通则，越是简单的概念越难加以定义。因此，有关"文化"的定义很多，但并没有一个公认的准确的说法。大致可以解释为：一个国家、一个民族在特定的生活区域，所形成的历史传统、生活习惯、语言习俗、意识形态等。

什么叫"战略文化"呢？就是文化与战略的结合。所谓战略，是一种对事物长远的总体的筹划和把握。渗透于战略决策、战略思维和战略规划中的文化因素，实际上是一个思维的平台。中国、美国、俄罗斯、日本、印度……国家的文化背景不同，历史情结不同，战略文化也就各不相同，与各国现实政策、国情、政府追求去向都有关。因此，研究一个国家的战略形成，应从它的文化背景、历史情结入手，这是一个更为深入的层次。

战略文化之所以重要，因为它可以说是一个国家和民族的生命力的源泉，决定了国家和民族的生存发展，能有多大作为。《圣经》上有句话说："没有远见，只有枯萎。"在这里，"枯萎"也可以表示一个国家、民族的消亡。

短视的民族不会拥有长久的生命力。古往今来的几大文明，印度文明消亡了，巴比伦文明消亡了，埃及文明消亡了，中华文明依旧存在。因此，必须保持远见，必须从长远和总体上来筹划国家的生存和发展，而不是急功近利，把资源消耗殆尽。

当然，并非只有大国才有战略文化，有些小国也不可小看。

比如以色列，一个600万人口的小国，从公元1世纪到2世纪开始被

罗马人驱逐，在1948年建国以前，有过一段长达1700年～1800年的历史时期，流离失所，且不断遭遇世界上的"排犹运动"，在"二战"期间达到了高峰。就是这样一个国家，最后还能聚在一起。美国、英国等大国的支持是一方面，从民族的内生力来看——正是以色列的战略文化，不是个人的，而是整个民族形成的，包括犹太教所起的作用——使这个民族在近2000年的时间里没有溃散，在长期艰困的情况下，继续维持了它的生存和发展。

我们中华民族，国家这么大，历史这么悠长，要争取我们的未来，一味沉醉于过去的五千年历史和四大发明是不行的。我们应该具有前瞻性、进取性、对抗性的战略文化。适应它，我们才能真正立足于今天的世界。

中国战略文化的基础是"天下观"。以天下为己任，绝不安于自身的温饱。所谓"天下"包含两个意思：一个是中国，一个是四方。因为古中国人并不知道地球是圆的，也不知道有那么多国家，但是知道我们不仅仅有中国，还有四方邻居。所以，当时的中国，"天下"指的就是中国和四方的集合体。

"天下观"之后，又产生了"和合思想"，其中的"和"与"合"字，在甲骨文里就已经出现了，比《孙子兵法》出现的时间还要早。今天我们讲的和谐、和平，就是从前面这个"和"的概念里面来的。合作、联合则是从后面的"合"字引申而来。因此，后来的共赢、和平、和谐、和谐社会、和谐世界等概念都可以从古中国人的思想中找到根源。

公元前诞生的《孙子兵法》是中国战略文化的集大成者。两千多年来，它不仅影响了我们，也对世界产生了深远影响。《孙子兵法》中讲："兵者，国之大事，死生之地，存亡之道，不可不察也。"每讲到武装冲突和战争问题，无不渗透"谨慎""慎战"的中华战略文化。

"天下观""和合思想""慎战思想"早已渗透到了中国的战略文化里面，对我们产生了根深蒂固的影响。但是，其他国家的战略文化和我们不一样。印度著名思想家、哲学家泰戈尔曾讲过："冲突与征服是西方民族主义精神的精髓，它的核心绝不是合作。"实际上，西方战略文化的核心就是"冲突与征服"，不管是"十字军东征"，还是美国从东部最初的13个州变成今天的50个州，它的精神不是首先和你讲合作，而是征服。

"十字军东征"，第一次失败第二次，第二次失败再第三次，他们就是要把基督教撒向世界。中国也有宗教——佛教，只不过它是从印度传来的，它在战略文化中也起很大的作用。佛教教中国人什么？行善。当然包括基督教、伊斯兰教在内的任何宗教都是以超度、求善、做善事为共同的基本的要求，但是在佛教中，我们绝对没有东征西征、南讨北伐，也绝对没有为了推行宗教而滥杀无辜、杀人如麻。我们的原则是信仰自由。

1776年，美国建国之初，第一面国旗上只有13颗星，代表着当年拥有的13个州。而今天的方块内含有50颗星，代表今天的50个州。征服的欲望推动着美国人先后攻打了印第安人、墨西哥人和西班牙人。今天的美国人对印第安人非常好，在美国各州，有些印第安人的部落，凭借医保和社保，即使不工作也可以享受非常高的待遇。为什么？因为他们的祖先全被征服，全被大规模地驱赶甚至毁灭。被杀得只剩下这点儿人了，所以把他们保护得好好的。

由此看来，西方精神的基础就是冲突和征服。这也是中国式战略文化和美国战略文化的很大差别。那么由它又派生出来什么呢？当我们讲"和合"的时候，美国讲的是"实力"；当我们讲"有理走遍天下，无理寸步难行"时，美国人讲的是"有力走遍天下"。现代国际关系学的鼻祖，美国人汉斯·摩根索（Hans J. Morgenthau）讲过一句话："用力量界定的利益概念，是现实国际政治永恒的准则。"力量到哪里，利益到哪里，没有力量不要谈利益。

没有力量，你拿过去也不是你的。有力量，不是我的我也能让它变成是我的。这是美式战略思维：冲突的守则、征服的守则和力量的原则。此外还有"实用主义"。

西方人，尤其是美国人经常将"人权"挂在嘴边。"茉莉花革命"发生后，"人道主义干预""人权高于一切"讲得很多，但结果是：中东一片乱局。今天的人道主义干预适用于什么地点？适用于北非、中东这类地区。第一，地下有丰富的油气储藏；第二，战略位置极其重要。为什么不在西撒哈拉实行人道主义干预？索马里现在很贫穷、很落后，为什么也没见任何人道主义干预力量进去？克林顿曾经派遣美国的维和部队进入索马里，但很快就撤出来，因为死了十几个人，更因为他意识到索马里是块"鸡肋"，既没有资源，又没有重要的战略意义。这就是"美式的实用主义"。

今天，一讲到美国，很多人觉得它就是道义的制高点，但是我们也许忽略了一点：它的实用主义所扮演的角色。"人道主义"今天已经成了全世界最便宜的一面大旗。最容易引起大家的共鸣的，就是"登高一呼，云集者众"，让大家相信我所做的都是正义的。

但是我们不要忘记，就在短短三四十年前，20世纪50年代至80年代初期，美国在支持什么人？伊朗的巴列维、韩国的李承晚、越南的阮高祺、西班牙的佛朗哥、智利的皮诺切特……全是大独裁者。为什么？因为这些人能够在全世界范围内维护好美国的利益。美国才不会真正在乎你有人权还是没有人权，是专制还是民主，它唯一在乎的是你的所作所为是否符合美国利益。当然，今天独裁已经站不住脚了，必须支持新的力量，但是核心绝不会是为了利比亚的这些所谓的"民主"利益，最终必然是为了美国的力量和利益。

现在美国所区别和界定的永久性的国家利益，是美国战略思维的基础，也是其战略文化的核心，其中并没有"人权"一说。它主要讲三条：第一，确保美国在全球的行动自由，就是美国想去哪里就去哪里。第二，掌控所有重要资源，包括石油、天然气，以及各种各样美国所需要的资源。第三，掌控所有的战略要地，阻止敌对力量控制关键区域，比如：霍尔木兹海峡、马六甲海峡；控制所有重要通道，比如：博斯普鲁斯海峡、直布罗陀海峡。

美国界定的根本战略利益追求，没有意识形态的色彩，没有一定要搞垮社会主义，也没有一定要资本主义的旗帜全球飘扬，因为连美国自己也觉得那是瞎扯的事。实际上，它的核心就是维护美国的利益。当然，这个利益主要是通过控制来实现，控制不了就征服，征服不了再谈判，再合作。能单赢就单赢，不能单赢只好双赢，双赢也是美国赢得多一点。

这就是东西方战略思维的差别。

没有哲学家的民族，也没有思想家和战略家

日本和中国虽然同是东方，但两者之间的战略思维也存在着非常大的差别。

首先，我们讲"天下""和合""慎战"，日本讲"武士道"。它是由日本的国教——神道——派生出来的，因此，"武士道精神"实际上是日本战略文化的核心。同样是东方国家，中国重"文"，而日本恰恰相反，他们"重武轻文"，特别崇尚武士精神，效忠精神。为了心中的"主义"，他们可以肝脑涂地，甚至切腹自尽。为了达到目的，不是谈判，而是使用武力，而且这种武力还包括袭击珍珠港。从战术层面来看，"珍珠港事件"是一次很精彩的突袭，把美军太平洋舰队全部摧垮。但从战略上来说，那是偷袭，很卑劣。

日本这种"重武轻文"的观念导致他们"轻伦理，重胜负"，这也是日本战略文化的一点。"南京大屠杀"是日本人对中国人犯下的滔天罪行，给中国人带来了难以磨灭的长久影响。然而，日本人能灭掉全体中国人吗？灭不了。不仅灭不了，还对中日关系带来严重的后果——两个民族从此交恶，中国人难以忘记这段悲剧。当时的日本急功近利，一味地滥杀无辜，为了眼前的所谓"胜利"，不计后果。这正是日式战略思维一个非常大的特点。

另外，按照日本学者所讲，日式战略思维又叫"状况中心说"，也就是特别重视眼前发生的问题，并集中全力解决，因此缺乏远视，甚至没有。日式战略思维为什么没有长远的战略思维？因为日本没有哲学。不少日本人获得过工程的、技术的、电气的、文学的诺贝尔奖，也出过非常多的歌星、舞星或战争统帅，但是日本没有哲学家、思想家。

无论东方还是西方，都有这样一个观点：一个国家、一个民族没有哲学，就太浅薄了，就不可能有长远的追求。不管是社会科学还是自然科学，都是研究社会运行规律的，而哲学则是研究人的思维规律，甚至研究世界规律。日本没有哲学家，因此也不可能产生大思想家和大战略家。

今天的日本政府在七八年之内，走马灯似的换了十几个内阁和首相。

对此，作为盟友的美国都已经不耐烦了，因为同样的话要反复解释说明。也正因为日本没有大政治家、大战略家，像石原慎太郎这种鼓噪之辈才能如此地"有市场"。

这种现象说明，如果一个国家没有自己的哲学理论，其战略文化基因便注定了先天不足。哲学的贫乏导致战略文化的贫乏，战略文化的贫乏导致急功近利、实用主义的泛滥，而实用主义的泛滥必然导致民族在长远经营的过程中出现问题。

从这个角度看，今天的日本与韩国、中国、俄罗斯等国的领土纠纷问题，以及日本从20世纪80年代的良好发展到90年代的一落千丈，都可以得出一个结论：选择战略方向的时候，日本的眼光并不独到。所以，在新一轮的发展中，美国的信息化迅速赶超日本，并将其远远地甩在身后。

过去学东方、学中国，今天学西方、学美国，所有东西学来很快，但学完之后没能很好地内化为自己的新东西。这才是同为东方的战略文化，但中日之间差别巨大的真正原因。

谋略是聪明，战略是智慧

提到战略文化，可能很多人会把它与"谋略文化"相混淆，但两者不是同一个概念。

讲到谋略文化，中国人会立即联想到《孙子兵法》所讲的三十六计。其中"围魏救赵""瞒天过海""借刀杀人"等经典案例，无不充满了谋略。但若把那些"谋略"当成"战略"就错了。前者更多地体现为一种手段，而后者更多地体现为一种长远的追求，一种总体的筹划。既是战略，则必要制定清晰的目标，要明确达到目标的方法、实现目标的途径，要评估达到目标的方法，而且还要规划应对在实现目标的途中可能出现的威胁。其中的目标原则、路径原则、威胁判断和方法的采取是一整套的。谋略与战略的差别就在这儿。

战略绝不仅仅是用一个"谋略"、一个"韬光养晦"或一个"卧薪尝胆"就可以全部概括的。单独讲"韬光养晦",它只是一种手段,只有与"有所作为"结合起来,才算得上是构成战略的基本要素。

将中美战略文化进行对比,我们会发现,美国在表面上很少讲谋略,它讲实力。美国向全世界公布自己有多少航母编队,陆军有多少作战师,海军有多少舰船,空军有多少作战飞机,好像很透明,其实是想通过公布起到威慑作用。美国把数据一摊开,其他国家跟它无法对抗,便会自然附庸于它。

为了达到自己的战略目标,美国会极尽所能地消耗对手的力量、战略资源、战略注意力和战略视野。比如,美国人愿意看到台海两岸的中国人互相对抗、中国与日本对抗、中国与菲律宾对抗,因为这非常有利于中国力量的消散,从而有助于美国达成自己的目的。

从表面上看,美国制定战略比较憨,比较直,总是单刀直入地宣布自己的观点,威胁是谁,要怎么对付,好像没有谋略。但是美国军界、经济界、政界的高层,心眼儿也相当多。《孙子兵法》已经存在两千多年了,美国建国才二百多年,但我们绝不能轻看,因为美国将很多谋略和战略有机地结合在了一起。比如,在西太平洋实现利益的最大化,以保证它在全球的行动自由,保证它在全球的资源控制、要点控制。为什么美国人特别欣赏孙子的那句"不战而屈人之兵"?答案不言自明。

如果把"谋略"比作聪明的话,那么"战略"则更像一种智慧。

现代信息技术对战略文化的改变

和过去相比,现代国防发生了很多变化。但无论是美国还是中国,对主权独立、领土完整、民族尊严这些最基本的国家利益的追求是不变的。我们为什么非常强调领土完整?因为海峡两岸还没有统一,我们还有东海、南海问题,还有海洋权益、海洋边界问题。要完成统一仍是一件旷日持久的事情。

为什么美国在宣称它的国家利益时,没有讲"领土完整",没有讲"主权独立"？因为它的领土早就完整了，并且还在继续扩张。因此，在国家利益层面上呈现出相对的稳定性。同时它还有一定的变化，当阶段性的目标完成之后，国家利益的内容要做出相应的调整，大国在这一点上体现得很明显。它直接影响到一个国家的战略文化，但它改变不了战略文化的根本。

现代信息技术不可能导致整个战略文化的转型。但是，它确实给战略文化补充了全新的内容，包括美国的信息化作战体系，借助卫星数据，建立大量数字化部队，部署空间传感器及大量海面、水面传感器。军事技术，包括网络和计算机的发展，也影响着战略要素的补充和改变。

现在的战略重点发生了很大的改变。过去有麦金德（Halford John Mackinder）的"地缘说"和马汉（Alfred Thayer Mahan）的"海权说"。麦金德讲"欧亚大陆"是全世界的核心，谁控制住了这儿，谁就掌握了全世界。但马汉又站出来讲"海权"是最重要的，谁控制了全世界最重要的海上通道、港口，谁就能掌握全世界。为什么？因为世界性的贸易出现了，比如：大英帝国发现的新大陆，西班牙发现的新大陆，他们都开出了全世界贸易的新通道。因此，那时候海权就变得很重要。

到了今天，不能说麦金德的"地缘说"完全死亡了，也不能说马汉的"海权说"不管用了，但是又有新的"太空说"产生。美国所有的发力点集中于太空的卫星网络，在整个太空中，美国拥有400颗卫星，用于定位、遥感、航测、气象、侦查等。

人类在没有征服海洋的能力时，只需掌控陆地。有能力征服海洋后，就要掌控海权。而当太空变得更加重要的时候，夺取太空制高点的"高边疆"理论又应时而生。这就是说，战略文化同国家利益一样，具有一定的恒定性。同时，在技术条件、技术环境的改变之中，它本身也在发生变化。

能接受和平，也能承受对抗

战略思维与战略文化联系非常紧密。战略文化更基础一些，而战略思维更功利一些，甚至已经非常趋近于战略决策了。

战略思维是为了进行战略决策而进行的思维。它由一般的文化逐步提升到很快进入决策之中、制定战略规划、做出战略决策这样一个阶段。它是战略文化的一种更高层次的提升。战略思维把战略文化中的很多要素集中起来，就战略问题展开思维，然后推动战略决策的制定。它比战略文化更集中于行动，由思维转向行动，由文化慢慢积淀。文化如同一棵大树的树根所汲取的营养，而思维就像行将结出的果实。

战略思维具有整体性的特征。一个国家在布置国防的时候，一定是整体的。国防绝不是军防，它包含国内各种各样的资源的动用和动员。同时，战略思维的主题是前瞻性、进取性、对抗性。一旦明白这一点，对出现的冲突，就不会感到奇怪了。比如2012年南海的"黄岩岛事件"和东海的"钓鱼岛事件"，大家都感到猝不及防，我们不是宣称和平发展吗，为什么他们对我们动武？然而，通过战略思维你就能够知道，当一个国家、一个民族正在高速发展的时候，对抗难以避免。

我们宣称走和平发展的道路，追求双赢。我们要求建立和谐社会、和谐世界。但是，世界并不因你的主观愿望而发生改变，人家不愿意看见你强大。我们多次提出"主权搁置、共同开发"，这是全世界所有主权国家在追求海洋权益中提出的最为宽厚的条件。结果像菲律宾这样国力与中国相差甚远的国家却不屑一顾，非要弄出一些事端。为什么？因为它觉得中国人不喜欢对抗；它觉得中国人正在全力发展经济，不愿意过多地关注外面的情况；它觉得中国发展经济，内部问题很多，外部问题也不少，根本顾不上。所以，它要趁中国人无暇他顾的时候做出一些不和谐的举动。这对我们倒是一个提示：要注意战略思维中的对抗，因为它与战略思维本身是离不开的。

唯物辩证法有一个基本的观点："矛盾是事物存在的方式，没有了矛盾就没有了事物本身。"如果对抗就是矛盾，那么从某种意义上说，没有了对抗也就没有了事物本身，没有了对抗也就没有了这个世界。所以，一个国家、一个民族在规划自己的防务和国防时，如果仅能接受和平发展，无法承受对抗，这个规划就出问题了。一定要注意和平发展的另一面，做好各种准备，才有可能最终实现和平发展。

民众需要补上"战略文化"这一课

近年来，有关南海问题、钓鱼岛问题在内的各种边疆海洋问题，争论此起彼伏。有些人甚至认为：缺乏海权历史，致使中国的海权权益不断遭受周边国家的侵害。

对于这种论断，我举一个小例子。有一次，我们去澳大利亚访问，讲到亚太安全形势时，因观点不同，和几位澳大利亚国立大学的著名教授发生了激烈的争论。中午就餐时，为了缓和气氛，一位澳大利亚教授给我们讲了一个故事。他说，在澳大利亚北部的达尔文市发现了大量的瓷器碎片，经过考证，那是明朝郑成功时期的碎片。他的意思是，英国人库克在17世纪发现了澳大利亚，而中国的郑成功在14世纪中叶就抵达过澳大利亚，比库克早了250～300年。澳大利亚本应是中国的。

当然，这是一种开玩笑的说法，但也说明一个问题：西方重在征服，这块土地被我看到，它就是我的。中国却没有征服意识。早在明朝，中国人就到了这块土地上，但看完就走了，并没有对它占领和控制。我们没有这个欲望，也没有这个野心。

提到海权，我们今天确实应该做出适当的补充，这个补充不是说我们必须要建立征服、控制、强占的欲望，而是要将过去的海防观念变成海洋权益。过去的海防是什么？1840年以来，近代中国所有灾难都是在海洋上发生的。帝国主义从滩涂登陆，我们想的只是把海洋防住，不让他们上来，这样我们就安全了。直到后来，我们才知道，原来海洋中有那么多权益都应归属于我们。首先是12海里领海，12海里之外还有12海里毗连经济区、200海里专属经济区，然后还有大陆架。这么多海洋权益，我们却发现晚了，当我们发现的时候其他国家已经在纷纷抢夺了，最终形成了今天这个局面。

海洋文明、海洋权益和海权的观念对中华文明的战略文化做出了重大的补充。2012年以来，从黄岩岛引发的南海问题的讨论，到钓鱼岛引发的东海问题的讨论，网上观点互相对立，吵得一塌糊涂。我倒觉得这是一件好事。

毫不夸张地说，这就是一次全民的海洋权益自我教育。网民的这种自我教育、自我提高和自我升华，最终为中华的战略文化做出了有效的补充。

一个国家的战略文化提升，不是仅仅依靠领导人的观念提升，而是要让全民的意识得到提高，让整个国家的文化素质、战略思维层次和战略文化感触都得到提高。

今日中国不可"远交近攻"

中国传统战略文化中经常会讲到"远交近攻"。但在处理今天的国际关系时，这种战略思维的现实意义非常有限。若说远，美国离得很远，时差12个小时，正好在地球的那一面。若说近，朝鲜、巴基斯坦、印度、缅甸、泰国、俄罗斯、蒙古，都离得很近。

"远交近攻"是在春秋战国那种特定的历史时期产生的，也可以说是张仪、苏秦等人"合纵连横"政策的产物。秦国要统一所有的国家，就要灭掉其他六个国家。它首先稳住楚国和齐国这两个大国，随后又逐一灭掉赵国和魏国这两个小国，这就是当时的策略。

我们今天的关键问题，是一定要在维护国家主权的基础之上搞好周边关系。我们一定要为自己营造一个安全地带、友好地带、中立地带，绝不能一开门就是敌对地带。如今我们的战略文化已经比春秋战国的时候前进了很多，但如今遇到的问题，又完全不是"远交近攻"的问题，而是要有效地维护我们周边的和平与稳定。就像住家一样，搞好邻里关系：楼道关系非常好，楼层关系非常好，社区关系非常好，慢慢把我们的友好地带扩大，营造出自己的安全范围。这才是我们今天的追求。

历史不会简单地重复，有效的战略本身也不会简单地重复。不能说过去有效果，今天拿来也有效果。还是要根据当时的情况、现实的情况来做出现实的考虑。战略文化的矛盾就在这儿。我们还不能说谁优谁劣，因为我们都知道"实践是检验真理的唯一标准"。你想写历史，你就得胜利；你不胜利，就得写不胜利时，怎么获得胜利。

每年3月，作为"两会"代表，我总会被中外记者围住提问："中国国防投入怎么又增加了？"要知道，美国的国防投入是中国的7倍，但没有任何人提出质疑，都认为美国的国防投入合理，中国的却不合理。我觉得这是很奇怪的事情。

既然知道今天的世界不是理想的世界，不是一厢情愿"有理走遍天下"的世界，而是霸权与强盗逻辑横行的世界，就必须建立自己坚实的力量基础，包括经济利益、国防利益、民族凝聚力。只有在这个基础之上，我们才能真正有效地维护自身的和平与发展。

生命的本色
——写给父亲

父亲那一代人用全部生命演绎了一个群体的品格：一种在极致状态下诞生的极致品格，类似石墨在高温高压之中变成金刚石一般，令后人难以企及，无法复制。

熟悉的陌生人

1984年3月27日，父亲去世，至今已经过去28年。但他的音容笑貌似乎就在眼前，离别好像发生在昨天。

与普通家庭相比，我们与父亲相处的日子并非很多。小时候在昆明上学，回家就顾着玩"打死救活"的游戏，与周围孩子满大院里四处追逐。父亲工作忙，回家晚，不要说督促了，哪怕什么时候询问一下我们的作业，也一点没有印象。当时恰逢60年代初期经济困难，虽然云南的情况要好一些，但毕竟供应紧张。放学后，我们常偷吃给父亲准备的点心，虽然没少挨母亲教训，但父亲却不在意这些事，没有说过我们一次。

记忆中，他最高兴的是下班回来，几个孩子在身边爬上爬下。那一刻，他会带着从内心里溢出来的笑容，半闭着眼睛，仰头靠在沙发椅上，任孩子们用圆形的挠头梳在他头顶上一圈一圈帮他挠痒。

现在想来，那可能是他一生中最放松、最幸福的时刻了。

最好的时刻总是短暂的。1963年搬家到北京，我上了寄宿制学校。每周只有周六下午回来，周日晚上又要返校，在家时间很少，没有机会再给父亲头上挠痒。当时最愉快的家庭团聚，是周六的晚餐。有时候在北郊清河上军校的二姐也会突然赶回来，推门就兴奋地高声一句"敬礼"，给餐桌上的父母行一个标准军礼，把全家的欢喜推向高潮。

那真是个奇特的年代。上上下下老老少少都忙，都顾不上家，家却依然是最温馨的地方。

1966 年爆发"文化大革命",父亲没能坚持很长时间,1967 年被关押。一关就是 5 年,不能与家人相见。待到 1972 年我们能够去探视的时候,他连我和弟弟都认不出来了——那 5 年,我从 15 岁长到 20 岁,弟弟则从 13 岁长到 18 岁。我们明显长大了,父亲已经不认识。父亲也明显苍老了,虚弱得令我们心痛。

　　父亲被放出来不久,我们都参军出发。一去又是多年,中间只有几次短暂的探亲。在严格的家庭教育下,我们从来都遵守部队纪律,按时归队,不会在家中多待一天,与父亲相处的日子十分有限。

　　父亲患有严重的心脏病。"文革"前医生就讲过,他每天顶多工作半天,在被关押那 5 年里,又染上多种疾病,但他不管不顾。粉碎"四人帮"后,他就像一部上足了发条的机器,没白天没黑夜地投入到紧张的工作中,好像要把失去的时间都夺回来。

　　那是个拨乱反正的年代。问题多,矛盾多,工作量也比正常年代大得多,他因此耗尽了最后的精力。

　　父亲 1984 年去世。那年我 32 岁,从集团军部队请假赶回,陪伴他度过了生命的最后时刻。

　　这就是我与父亲相处的全部时光。全部加起来,恐怕也不算很多。

　　他的骨灰,今天静静地安放在八宝山革命公墓一室。

　　望着那幅画得不是很像父亲的遗像,我问自己:我们真的能说很了解他吗?

　　原来以为基本可以,后来证明并非如此。

真正的认识,从父亲逝去开始

　　1973 年,我还是一个新兵。

　　一次部队集训,师宣传科科长讲课。科长戴眼镜,四川口音,嗓门很大,讲话极富鼓动性。听得津津有味之余，他突然提到父亲的名字，令我颇为吃惊。他说解放初期参军进学校，父亲给他们讲了第一课——社会发展史。劳动创造了人，劳动创造了社会，劳动创造了世界……他印象极为深刻，这是他最初的马克思主义启蒙。

宣传科科长在台上讲得绘声绘色，我在台下听得呆若木鸡。

当时，父亲尚未恢复名誉，宣传科科长也想不到会场里竟坐着他的儿子。我作为新兵，敛声屏气坐在那里，内心激动万分：这是在讲父亲？父亲真的这么厉害？我怎么就不知道？怎么从来没听过他在大庭广众之下讲话呢？他讲的事情怎么能让这位科长多年念念不忘？

很长一段时间，我脑海里都在反复回味宣传科科长讲的每一句话。

那是我第一次感觉到，其实自己并不真正了解父亲。

1983年，父亲病重住院，在病房里，我生平第一次给他洗脚。脚上一块块老皮，洗起来硌手，这又一次让我惊异。印象中父亲他们这样的干部，进出办公室有地毯，上下班有红旗车，脚上怎么会这么粗糙？

父亲当时的回答让我终生难忘。

他告诉我，红军长征时期，有一段连草鞋都没得穿，脚板上磨出了厚厚一层老茧。行军下来，抬脚一看，厚茧中又嵌进许多小石、尖刺。开始还往外抠一抠，时间一长也顾不上了，就这样赤脚行军，赤脚冲锋。最困难的一段是被分配到机枪连，不但要光脚行军，还要扛沉重的马克沁重机枪，走小路或爬无路的山。一直到红六军团与红二军团会合，二军团的同志才给了草鞋穿，才能够不再光脚走路。

我一边给他洗脚，一边抬起头来惊讶地望着他。该怎样把当年那个赤脚行军、赤脚冲锋、赤脚扛马克沁重机枪的他，与眼前这个被各种现代化医疗设备包围的他相联系？该怎么将现在扶着拐杖才能走路的父亲，与当年那个闯过围追堵截、走过万水千山的父亲相对照？

我曾经看过一段让人印象深刻的话，描绘孩子对父亲的认识：

10岁时说："爸爸真伟大。"

18岁时说："父亲也还行。"

25 岁时说:"老爸不过如此。"
30 岁时说:"老爸真是糊涂透顶、愚昧透顶!"
38 岁时说:"父亲的话也不是一无道理。"
45 岁时说:"怎么老爸当年就把这点事儿看透了?"
55 岁时说:"哎呀,我的父亲真是了不起!"

这段话幽默地描述了一个孩子随着年龄增长,对父亲的认识的改变。我们对父亲的认识没有经历这样的马鞍形,走的是一条类似蓄电池充电一样的上升路径。

父亲去世后,我第一次回老家。

虽然在相册中看过老家的照片,但身临其境,感觉还是十分新鲜。家乡贫困,但乡亲真挚热情,走到哪里都是醪糟鸡蛋招待。

到了父亲出生的金家村,虽然早有思想准备,绵绵阴雨中我还是惊呆在几间潮湿破旧、屋里黑到几乎难有一丝光线的土坯房前。这就是父亲当年生活的地方。与我们在昆明的住房、在北京的住房有着天壤之别。

姑姑站在屋外等我,拉着我的手不放,从来到走,始终泪眼婆婆,不停地用大襟上系的手帕揩泪水。

我记不得当时乡亲们都问了我什么,姑姑又跟我说了什么,四周乱哄哄的喧闹之中,头脑里盘旋着一堆问题:当年父亲以什么心境从这里出走的?1959 年回故乡又是怎样的感觉?他的表面风光与荣耀人们都看得到,他的内心纠结与苦痛谁又了解?他穿了一辈子军装,什么是他生命的本来颜色?

对父亲的真正认识,就是当他逝去后,从这些众多的疑问开始的。

现在父亲已经离开我们 28 年了,我也用十几年的时间完成了描述中国革命艰难岁月的书籍《苦难辉煌》,获得不小的社会反响。

母亲曾经感慨地说:"你父亲要是在,看到这本书就好了。"母亲的意思是,书中写了父亲他们这代人想弄清楚而一直没有条件弄清楚的许多事情。其实对我来说也是一样:通过完成这本书,让我更深刻地了解了父亲那一代人，也更深刻地了解了自己的父亲。

我常想，如果没有"十月革命"一声炮响，没有中国共产党的诞生，如果没有"八一南昌起义"，没有工农武装割据、农村包围城市，如果没有五次反"围剿"，没有二万五千里长征，父亲他们这些人的命运又会怎样？

如果没有这一切，父亲生命的轨迹肯定会向其他方向延伸。他可能终生务农，也可能靠着上过几年私塾，有幸当个小学教员，做个孝子，在家乡给奶奶养老送终，安安稳稳、平平淡淡直到生命的终结。

但是有了这一切。

于是一切都不一样了。

1930年6月，红军攻克永丰，父亲得讯立即奔向县城，参加了红三军。走之前，奶奶死死拉住他，痛哭流涕。他在自传中写道：

"自己斗争很激烈，闹革命就没有家。我这样的家是不容易离开的，主要对母亲有留恋，我走后家一定会垮。可怜我母亲从小养大我这个孤子来养老的。"

但他还是毅然出发了，走上一条终生不悔的道路。

在民族命运空前危机的时刻，父亲他们这批中华民族的优秀子孙空前奋起、义无反顾地投身到救国救民的行列之中，从而也就失去了安逸务农、持教、经商、从政的条件，最终成为一批震惊中外的革命者。

军旅作家朱苏进说得好："那个时代的将军，都是被苦难所逼，被迫扯起战旗，投奔共产党闹革命，他们是别无选择而后成大器。也就是说，他们是为了求生，而不是出于对军人职业的嗜爱、不是为了出仕为将才慨然从戎的。这就使他们的戎马生涯带有以命相搏、置之死地而后生的彻底性。"

的确如此。他们对事业具有一种极其彻底的、不折不扣的忠诚。

红军时期，父亲受到错误路线打击，从团政委一下子撤到文书，连降7级，一度还被怀疑是"AB团"，差点儿丢掉性命。就是这样，他也从来没有动摇过对这条道路的选择。

"文化大革命"中,他遭受到那么大的磨难,被无端扣上"三反分子""贺龙分子"等一大堆帽子,但他也不允许别人置疑这个党、这个军队,不允许别人置疑这个党和这个军队的领袖。

不管一生如何风云变幻,他对这个原则的坚守却一直稳如泰山。用他自己的话说,就是"死也要死在红军的队伍里"!

1979年,我在南京学习,父亲去福建途中正好路过这里,就把我也捎上。这是我第一次随他外出考察。一路上他反复念叨"漳州、漳州"。随行的人都奇怪,好像有什么重要事情在那里等他。

漳州到了,他不顾长途颠簸疲劳,下车就去找一个广场。大家跟着他转了半天,才在一处绿荫环绕的露天会场停了下来。他眼里晶莹闪亮,说:"就是这个地方,变样了,都变样了。"接着他向大家讲述:1932年,红军打下漳州,就在这里,他第一次见到了毛泽东同志,第一次聆听了毛主席讲话。47年过去了,他百感交集。

父亲平时不喜欢照相,这回却没有反对给他拍照。走到红军攻克漳州纪念馆前,他破天荒地提出:"在这个地方留个影。"并且叮嘱:"一定要照好。"

他自己整军容。摸摸领章,正正军帽,然后像当年的红军战士一样并拢双腿,挺起了胸。身后纪念馆那堵墙壁上,依稀可见当年红三军留下的大标语:"扩大红军"。

这张珍贵的照片,一直压在家中大桌子的玻璃板下。

说真话,办真事,信真理

今天幸福起来、安逸起来的我们,能够理解父辈这种感情吗?我们是否仍然赞同他们不折不扣的奉献和至死不渝的忠贞?我们可以嘲笑他们的不富足、不充裕、不美满、不宽容、不现代、不开放、不懂得追求个人幸福和安逸，却无法嘲笑他们的光荣与梦想，他们的热血与献身，他们在奋斗中表现出的那种超越个人生死的大无畏。

他们都不是完人，都有缺点，有错误。他们奋斗过，也挫折过；胜利过，也失败过。挨过整，也整过人；曾经过五关斩六将，也曾经败走麦城。他们的优长和他们的缺陷、他们的丰采和他们的灰尘、他们的坚定和他们的顽固是这样令后人百思不得其解地结合在一起，构成了一种我们今天既难分解开来，更难描述清楚的精神内涵和生命色彩。

这是一批不折不扣的真人。

什么叫真人？

说真话、办真事、信真理。

他们永远不会像今日十分时尚的所谓"两头真"那样，翻烙饼一般论事做人。他们一真到底，贯穿始终，无二心，无异志，打掉牙齿和血吞，撞了南墙也不回头。有人说这是奴性，是愚昧，却也正因这种付出和牺牲，才让历来一盘散沙的中国人，第一次集结为一个坚强的整体。

他们也从不追求今天颇为时髦的"独立人格"，只知道自己是对党旗宣过誓的共产党人，遵守党纲，服从党纪，严守秘密，"永不叛党"是终生信条。他们的全部光荣与苦痛都存在于党领导的这支革命军队之中。他们的人品中只有党格、军格，除此无他，没有什么个人的东西需要炫耀与彰显。他们用全部生命演绎了他们这个群体区别于其他群体的三个鲜明特征：

一是理想主义。

二是大无畏的精神。

三是不折不扣的彻底的忠诚。

这是一种在极致状态下诞生的极致品格，类似于石墨在高温高压之中变成金刚石一般，令后人难以企及，无法复制。

他们是一批从奴隶到将军的战将，是一群"前无古人，后无来者"的革命军人。他们以"战胜所有对手"为终生信念，并愿为之不停地斗争。

正如毛泽东所说："压倒一切敌人而决不被敌人所屈服"。他们给中华民族的肌体补充进前所未有的钙质，使民族的脊梁由此傲然挺立。没有他们，可能我们至今还得看别人的眼色行事，还得按照别人的喜好选择，就像鲁迅描绘的阿Q和毛泽东嘲讽的贾桂，至今仍无法自立于世界民族之林。

正是基于此等历史功勋，我相信即便将来发生沧海桑田般的变化，即使意识形态已经完全不同，追求与信仰已经完全不同，后人们仍然会由衷地赞叹：我们曾经拥有这样一批非凡的先人！

他们都是星宿，为了人间的苦难下凡

某日，东方航空副总刘江波请贺晓明（贺龙元帅之女）和我吃饭。三个人的父亲都属于红二方面军，自然谈兴甚高。席间我问了贺晓明一个早就想问的问题：你怎么看待毛泽东与你父亲的关系？

贺龙在"文革"中挨整，处境十分悲惨。直到去世，支离破碎的一家人方能在其遗体前相聚。作为贺龙的女儿，看得出来这个问题她也长久思考过。她用一种既缓慢，又几乎不假思索的方式，一字一句说出来：

"我觉得他们都是天上的星宿，为了人间的苦难下凡而来。现在，这些苦难基本都解决了，他们又都回到天上去了，在上面看着我们。"

我默默听着，竟无言以对。它完全超越了个人之间、家庭之间、长辈之间的利害冲突、感情恩怨，以一种带有些许"迷信"色彩和美好民间传说的方式，诠释了让人难以释怀的复杂年代和复杂事件。

那一刻，眼泪在我眼眶里打转。

父辈那一代人，他们之间有过分歧，也有过弥合；有过误解，也有过消融。但是也要承认，有些分歧和误解伴随了他们一辈子，直到生命的终结，也未能完全释怀。那又怎么样呢？影响他们对历史的贡献吗？影响历史对他们的评判吗？

他们没有把生命时光留给自己的孩子、自己的家庭、自己的故乡，而是献给了民族解放事业。在中华民族命运面临关键选择的历史时刻，他们没有逃避自己的责任。在完成民族救亡、实现民族复兴这一可歌可泣的伟大历史进程中，他们互为支撑、互为弥补，令事业臻于完善。

历史将会承认，他们早已超越了眼前的、个人的和谐，达成了一种深远的历史的和谐。中国共产党正是从这样一批披肝沥胆的共产党员身上，获得了翻天覆地的力量，最终实现"星星之火，可以燎原"。

这就是我在《苦难辉煌》前言中写的那句话——真正的英雄具有那种深刻的悲剧意味：播种，而不参加收获。

父亲他们那一代是播种者。这并非他们的不幸，而是他们的有幸。他们赶上了中国历史上前所未有的狂飙突进时代。在决定中华民族命运的关键时刻，父亲成为参与创造历史的奴隶中的一人。

他曾回忆说："1925年'五卅运动'，我，一个16岁的学生打着小旗上街游行，最先接受的革命道理就是：列强欺压中国，中国是一头睡狮。"

列强不敢欺侮中国了，睡狮业已警醒。父亲他们完成了那一代神圣的历史使命。

我看见他赤着脚板，佩着红旗、红星以及由一级八一勋章、一级独立自由勋章、一级解放勋章构成的全部的光荣与伤痛，与千千万万逝去的战友一起，走进史册——那一片分外灿烂的星空。

2012年8月14日于江西庐山

阶级叛逆者
——写给母亲

人生是什么？幸福是什么？追求是什么？向往是什么？得到了什么？又丢掉了什么？这些看似简单的问题，很多人一辈子也无法完全弄清楚。

我心目中的母亲是个恋家之人。

每到周三周四，她就开始操心周末的饭菜，然后耐心等待子女一个一个回来。有事回不去，打电话"请假"时，我们都会忐忑不安，似乎看得到电话那一端母亲失望的表情。周末全家团聚，是她最重要的心愿。

然而，她对子女的关切，与别人的母亲又不尽相同。记得当年参军入伍时，母亲送我到新兵集结地点，与接兵的王连长简单讲了几句话，便很快离去，不像现场的其他母亲那样，与即将远行的孩子难分难舍，叮嘱个没完没了。我至今仍记得，在乱哄哄的一片嘈杂声中，母亲裹了一下围巾、头也不回快步消失在寒冬中的背影。

操持有6个子女的大家庭，她不知付出多少心血，也练就了那种说一不二、不容争辩的干练。她并不喜欢子女们整天绕在身边，希望孩子们能够各自独立飞翔。

时间像流水一样过去。印象中当年那个忙碌、严厉、说话干脆、做事果断、个性极强的母亲，随着年龄的增长，虽然依旧严厉果断、依旧个性很强，但日益增加了对子女的温情和眷恋。她希望子女们再忙，也不要忘记这个家。只要回家，不管讲什么她都爱听。如果不回家，怎样给她解释她都不高兴。社会风气不好，她不满意，但满意子女在单位个个争气，在家个个尽孝，有个好的家风。

父亲也是个恋家的人。多年工作繁忙，他很少有时间顾家，也少有时间享受家庭亲情。经历无数波折之后，父亲晚年对自己的家庭表现出一种难于言表的眷恋。

1972年底,他被关押5年之后终得释放。几个孩子即将参军出发,唯有我突然改变了主意,想留下来继续在工厂干。当了一辈子兵的父亲不动声色地坐在那里,听着母亲和大姐对我苦苦相劝。从眼神中能够觉察他不反对我的决定,不希望孩子们个个离他而去。但他始终没有说出来。

后来听母亲说,我们都走了以后,父亲每天最高兴的事,就是坐在桌前,戴上老花镜,认真阅读我们从各地寄回家的信件。哥哥和我在部队立三等功的喜报,他放在中间抽屉里,有空就拿出来,一遍一遍地看。

父亲革命一生,从来以工作为重,却也特别珍视自己这个家庭。1982年初,他大病一场,与死神擦肩而过。刚刚缝合被切开的气管,可以下床行走了,就不听别人劝阻,急着要回来看看离开了半年多的家。

那是一个阳光灿烂的夏日,父亲穿了件米黄色绸衬衫,戴着草编的遮阳帽迈进院落。在大家的前后奔忙之中,他挂着手杖,穿过光影婆娑的葡萄架,敞开衣扣,缓步向我们走来。子女们个个热泪盈眶,他脸上却绽放出那种从内心充溢出来的春天一样舒心、阳光一样灿烂的笑容。

家庭是什么?家庭是社会的细胞,是心灵的驿站。家庭是身体的歇息地,是精神的放松地。不管外面如何狂风暴雨,这里都有你一间可以遮风避雨的小屋。不管外面多么惊涛骇浪,这里都有你一处安全靠泊的港湾。对子女来说,不管你在外面遭遇多大的挫折和委屈,这里都会倾听你的诉说,并给你加油充电。不管你在外面多么说一不二,回到这里你都要毕恭毕敬地接受教诲。不管你长到多少岁,回到这里你都必须重新回归兄弟姊妹的长幼序列。

上学时,有一句老师用来批评学生的话:"家庭观念太重。"也许就因为这种环境氛围,再加上后来一直上寄宿制学校,每周有6天都吃住在学校里,从小我就没有很重的家庭观念。

"文革"开始,我们几个初一的同学外出串联,到了上海,发烧40度,说是急性肺炎。一个人昏昏沉沉躺在建筑工程学院学生宿舍的上铺,也没有想家,只是懊悔不能和其他同学一起去转南京路和外滩。

参军入伍后,部队规定服役满三年就可以探亲,我整整四年才第一次提出探家申请，主要原因还是毛泽东主席去世，想回北京了解情况。那是1976年冬天。到家后，母亲问我："四年没回来，想不想家？"在部队晴天一身汗雨天一身泥，干得热火朝天，我真的很少有时间想家。但又怕说出来伤母亲的心，就回答说"想"。

又过去了三十多年。随着时间的日积月累，像我这样家庭观念淡薄的人，也越来越感受到家庭在心中的分量了。我们全家人曾经天各一方——大姐在黑龙江尚志县，后来转到北京房山；二姐在安徽合肥，后又调到芜湖；三姐在内蒙古五原，后来去了云南；大哥在陕北宜川，后来去了贵州；我在湖北光化；弟弟在山西大同。母亲作为全家的轴心，用一封又一封家书，把天南地北的一家人紧紧地联在一起。

母亲的信很少儿女情长。她把"四人帮"在北京的倒行逆施告诉我们；把天安门广场纪念周总理的诗词抄给我们；把她对党和国家的深深忧虑传递给我们。后来回想，自己在偏远的鄂西北山区基层连队当机械员时，还能够比较敏感、比较清醒，按照今天的话说，还算"比较具有信息量"，母亲的一封封来信起了重要作用。

我开始悄悄在连队几个战友中间，传递母亲信中所说的事情。听后，大家个个情绪激动、义愤填膺。绰号"大胡子"的陈景乐按捺不住，竟然半夜一个人偷偷爬起来，去撕连队墙报上"批邓"的大标语。这件事他没跟我们说，却被起来上厕所的人看见。幸亏也是自己人，只悄悄告诉我们就了事。那个年代谁都知道此事非同小可，大家都帮他保密。但消息最终还是漏了出去。后来机关政治部的人跟我们说："幸亏很快粉碎了'四人帮'，否则你们连队已经被列为调查对象了，你们几个人都是调查重点。"

几十年过去，原部队早已撤销，"大胡子"陈景乐也转业回了山西。每次接到他的电话，我都能想起湖北老河口那个冰冷的冬天，他裹件棉大衣溜达到墙报底下，环顾左右没人，一把扯下墙上标语的情景。那已是我心中一幅恒定的图画了。改革开放已经三十多年，它依然在描述三十多年前，多少个像陈景乐这样赤诚的中国人，强烈要求国家变革的图景。

当时在他的央求下，我曾经给他看过母亲写来的信。母亲的字迹不像一般女性那么文静秀气。她的字写得大，写得快，写得扎实，既清晰又有力，字里行间透露着她那黑白分明的性格。"大胡子"陈景乐看完信后对我说："你母亲真有水平。"

有水平，却不一定有机会、有时运。我总觉得母亲一生有些耽误。她始终没有处于一个能够发挥她全部能量的位置。也许除了机会和时运，还与她的脾气和性格有关系。

母亲的脾气很急，性格很硬。急，就容易伤人。硬，就容易折断。伤了且断了，一个家也就随着完了。父亲一直担心的，就是这一点。临终前父亲曾经嘱托说，他最不放心的就是母亲，担心她一个人能不能维持好这个家庭。我确实不知道该怎么表述父亲、母亲对他们亲手组织的这个家庭的那种永远怀抱的希望和永远不断的眷恋。

父亲去世已经二十多年，今天我们完全可以告慰他：母亲做到了。子女们也都尽心尽力帮着母亲做到了。

在维持和维护这个家庭方面，十分惭愧地说：我做事不多，出力最小。非但如此，头脑中还时不时闪过某些叛逆的意向。自我解释可能是血脉相承。

当父亲母亲像所有的父亲母亲那样，要求我们听父母的话、遵守好家规、不要个人主意太大的时候，我总会蓦然想到当年父亲母亲是怎样离开他们各自的家庭，走上革命道路的。如果他们都听父母的话而不离家出走，一个江西永丰的农家子弟，一个河南开封的初中女生，怎么可能前者经过万里长征，后者也是千里迢迢在延安会聚，在黄土高原完成他们的结合？

父亲在自传中这样叙述他离别家庭的情况：

"1929年我就下定了决心丢家革命，当红军去。"

"1930年春节前夕，红四军一个纵队打下了城。旧历正月初一，我瞒着家人，回避村人，从小路进城去找红军。"

父亲是家中的独子，明明知道"我走后家一定会完"，但他还是义无反顾地走了，踏上了万水千山的里程。那一年他21岁。

人的命运就是这样奇特。不同选择造成的不同结果差异竟如此巨大。九死一生长征到延安的父亲，怎么能够想到千里之外的开封女中有一个学生，也即将离家出发奔赴延安，后来与他结为夫妻？

母亲回忆说：

"1937年抗日战争开始不久，开封沦陷，那时我正读初中二年级，学校停办，留在开封就要当亡国奴。"

"我和几个同学商量着要从家里偷跑，一同到延安。"

"国民党看见大批知识分子奔向延安，为了与共产党争夺知识分子，在从西安到延安的中部县设卡拦截学生。西安办事处将我们一百多人编成一个护士大队，每人发了灰军服、八路臂章，我们就这样参了军，都高兴极了。因为都是没有走过长路的学生，所以每天只走四五十里路，我第一次参加了十四天的长途行军到了延安。"

母亲是家里的幺女。那一年"简单地拿了一些衣物，像得到解放似的离开了家"，还不到16岁。

父亲和母亲，一个是南方人，一个是北方人。一个是贫家子，一个是富家女。一个属于被"围剿"的"赤匪"，一个则是名门望族的小姐。不论就哪个方面衡量，正常情况下，他们的结合似乎都是天方夜谭。

但那恰恰是一个非常的年代，一个中国的命运即将发生重大转折的狂飙突进的年代。

父亲在自传中说："1925年'五卅运动'，我也同学校一道上街游行，进一步懂得一些什么（是）列强欺压中国，中国是头睡狮。"

母亲在回忆里写："1939年，我16岁，一个欢蹦乱跳的女孩子，为了不当亡国奴，从这个大门走向了革命。"

他们本处不同地域，本属不同阶层，具有不同背景，拥有不同身份。是"中华民族到了最危险的时候"这一国家状态，使他们各自舍弃家庭而投奔革命洪流，最终在延安集合成一个整体，完成了人生命运的交流汇聚。

有句哲言说："人的一生纵然漫长，关键时刻却只有几步。"父亲和母亲在中华民族命运面临历史性抉择，民族成员或为奴隶或为英雄、或为逃兵或为先锋的时刻，迈出了他们关键性的一步。他们都没有把个人命运与家庭命运联系在一起，都把自己的命运与民族命运联系在了一起。

父亲从江西出发到延安，万里长征。母亲从开封出发到延安，千里奔波。他们都抛开了自己的家庭和亲人，双双成为各自家庭的"不孝者"，甚至"叛逆者"。他们又都加入了轰轰烈烈重新塑造中国命运的革命运动，双双成为黄河之滨聚集的中华民族的优秀子孙。

这就是我们这个家庭。这就是如今每个周末期盼子女个个回家的年迈母亲。当她在灯下戴着老花镜看报纸的时候，当她推着轮椅在院子里蹒跚散步的时候，孙辈的年轻人能否想象出、感悟到这位慈祥的老奶奶波澜起伏的一生？

人生是什么？幸福是什么？追求是什么？向往是什么？得到了什么？又丢掉了什么？这些看似简单的问题，很多人一辈子也无法完全弄清楚。

唯物辩证法说：世界不是事物的集合体，而是过程的集合体。讲得实在透彻。人人皆过客——不论多么伟大或者多么渺小。生命皆过程——不论多么丰富或者多么单纯。世界上的每一个家庭同样如此，都离不开从有到无、从无到有这一过程。

明白了这些，更让人感到有必要记录下母亲及这个家庭的非同寻常之处。历史将会证明，中华民族的崛起，实际上从父亲母亲那一代面对民族危难、毅然跨出家门的时刻已经开始。

虽然我们这个家庭不过是沧海一粟，而且伴随这一进程，经历了无数的磨难，但我们有足够的理由感到由衷的骄傲，因为经此非凡年代，这个家庭参与了、见证了中华民族从苦难到辉煌的崛起历程。

让暴风雨来得更加猛烈
——写给自己

　　幸福是财富,苦难亦是。比它们更珍贵的,则是领悟。我们这代人生活得如此认真,尽管属于我们的春天满地泥泞。

永不发黄的老照片

2006年"五一"节前,我出差去了一趟昆明。原昆明军区大院,我从小长大的地方。任务完成后第一件事,就是在办公大楼外寻找当年做弹弓架的那片冬青灌木丛。四十多年前,我还是个小学生,放学后,总跑到这里,蹲在灌木丛中紧张地移动,一片一片认真仔细地寻找合适做弹弓架的"Y"字形枝杈,然后激动不已地把它偷偷锯下来。这些事情好像就发生在昨天,但眼前除了一片绿茵茵的草地和开得十分耀眼的红花(是杜鹃花吧?我最不识花,总叫不出名字),当年的冬青灌木丛已经了无踪迹了。

军区大门口,我们上学时停放自行车的地方。那时家里有一辆26型自行车,哥哥和我轮流骑。怕车丢了,只能骑到军区门口。记得轮到我骑了,我高兴地骑到军区门口把车放好,再徒步走剩下的路程去上学。走到一半,突然想起忘了锁车,惊惶失措狼狈万状满头大汗地往回跑。却看见哥哥已经从军区大院走出来,瞪我一眼,把自行车钥匙往我脚下一丢。我赶紧把车钥匙捡起来,吹吹干净,小心翼翼地装进口袋。顾不上懊恼,骑车上学的速度优势,完全被粗心大意耽误的工夫抵消了。

如同一张四十年前的老照片,但在我心目中没有发黄。我在当年的冬青树丛前和自行车存放处照相留影。虽然它们实际上已不再存在,却仍然留在我的精神视觉中。陪同的集团军干部迷惑不解:世博会不去,植物园不去,西山风景区不去,别人建议留影的好地方不留影,偏偏在这些奇怪的地方留影,脑袋没有出毛病吧?他们的眼神在泄露这些不会说出的意思。

他们起劲儿地向我介绍昆明风情，不明白我为什么心不在焉，为什么总提一些古怪的问题和要求。

那天下小雨，我说自己打伞，他们非要替我打。人家执意如此，我也只好就便。伞打得并不专业，雨水从伞面上斜淌下来，湿了我半边衣服。这就是客气的结果，远不如自己打伞来得安全和有效。蒙蒙细雨中，他们陪我在军区大院漫无目的地走，不知道我想看什么、要看什么，也不知道我要去哪里。而我却已经沿着内心轨迹几乎看完了所有我所想看的。

当年的住地36号院已无影无踪，取而代之的是干休所的高层建筑。记忆中门前马路对面那片空空的操场，现在是塞得满满的楼群。当年经常去玩"打死救活"或拿竹竿子追逐打仗的那几个宽敞大院，如今变得狭小破旧。当年那些风风火火的同伴们涨潮一样吵吵嚷嚷地来了，又退潮一样悄无声息地走了，片痕不留。

坐车出了军区大院，我说往前开，照直走，前面应该是一个体育场。他们很诧异，不知我的自信从何而来，告诉我前面没有什么体育场，只有一个大的商贸市场。到地方一看，果然他们说得对，体育场不见了。在商贸市场转一圈，我说出去向右转，应该有一个小学校。转过去后，也根本不见什么小学校，狭窄拥挤的街道上，只见"昆明市旅游中学"的牌子刺眼地挂在那里。我下了车，站在这块牌子前。

四十多年前，这里就是昆明新村小学，我从小学一年级读到四年级的地方。学校旁边的体育场，有我们始终向往但从来无法进去踢球的绿茵场。当初似乎立于旷野中的新村小学，现在却变成城区内狭窄拥挤的旅游学校，带足球场的体育场也被改造成挤满汽车和商家的商贸市场。

望着周围陌生的人们熙熙攘攘，当年同班的男孩女孩一个个又从脑海里欢蹦乱跳地涌出来，包括那个衣服上补丁摞补丁、冬天上学也赤脚、清鼻涕从来不断的男孩赵国富。和他掰手腕时，他的手那么冰凉，至今似乎还能感觉到从他手上传递过来的寒气。他住在学校旁边一个叫"瓦草庄"的地方。那片低矮简陋的棚户区，现在已被一片高档住宅挤得无影无踪。往事不在，故人不在，我站在那里，像一个来自白垩纪的外星人，问周围人一些他们根本不知道是什么意思的问题。

只有返回途中才见到熟悉的街景。那条我们天天上学、放学走的上下坡路，路边那两座依然保留着当年形状的高楼。让人回想起那时放学后恶作剧般的行为：掏出弹弓打楼上的玻璃窗，要不就拿土块从人家做饭的厨房天窗中扔进去，然后，在传出的叫骂声和威胁声中像兔子一样迅速逃逸。奔逃之中发现有人在吃力地拉板车，又赶快跑上去在后面帮着使劲推，一直推到坡顶，车老板大声感谢了还不住手。

我们泥泞的春天，就这样懵懵懂懂、不知不觉地开始。

在踉跄中完成最初的成长

真正陷入泥泞，是那场史无前例的"无产阶级文化大革命"。

1969年底，造反派勒令我们搬家。12月29日通知，12月30日必须搬完，只有一天时间。当时父亲已被关押两年，母亲刚刚解除监禁，大姐发配黑龙江农场，二姐分到安徽，三姐去了内蒙古兵团，大哥在陕北插队，只剩下我和上初中的弟弟。不知道母亲是怎么带着我们收拾的东西，反正家已被一遍一遍抄过，门也被一遍一遍封过，实在没有太多东西好拿。第二天一早，我们爬上大卡车，凛冽的寒风之中，连人带货一车拉到了北太平庄。

北太平庄大院里，别的家庭都在热热闹闹地买东西准备过年，我们一家如何在那个小单元中，茫然无措地完成安顿，度过60年代最后一天，迎来70年代第一天，一点儿记忆都没有。也许专案组那些人就是要用这种特殊方式，让我们记住这个"无产阶级取得伟大胜利"的元旦。

我们还获得一个最新称谓——"可以教育好的子女"，毛主席他老人家给起的。"黑帮子女"还只是形容这些子女的家庭背景，"可以教育好的子女"却已旨指这些子女本人几乎无可救药但勉强还可以救药了。在"两害相权取其轻"的原则面前，我感觉"可以教育好的子女"比"黑帮子女"的杀伤力还要大，更让人难以接受。

自上学以来，虽然有过个别捣蛋行为，甚至还鬼使神差地逃过一次学，在外面漫游晃荡一天，但在课堂上，我却一直是规规矩矩的。三好学生、四好学生、五好学生……自幼以来得奖状无数，各门功课皆优。第一批加入少先队，当中队长，当班主席，六年级时获"特等生"荣誉。小学升初中的毕业考试和升学考试全部免考，直接保送上中学。当时全班近50人，成为"特等生"保送上中学的，只有我和另一位女生朱小同。别的同学紧张万分地走进考场，在一遍又一遍刺耳的铃声中坐好、发卷子、开始答卷的时候，我可以在操场上开心地荡秋千，看蓝天白云，哼唱"我们是共产主义接班人"……

现在好了，一瞬之间成为几乎无可救药的"可以教育好的子女"。

1963年，我被学校评为"北京市优秀少先队员"，9月份到人民大会堂观看刚刚排练好的大型音乐舞蹈史诗《东方红》。10月1日，北京市优秀少先队员在天安门广场组成方阵，接受领袖检阅。我们手持鲜花，根据不同信号旗举起不同颜色的花束，天安门城楼上的国家领导人就能看到不同的图案和组字。为了确保整齐划一，我们每个人都反复默诵不知讲了多少遍的特别规定：眼睛只许看信号旗，不许看游行队伍，更不许伸头张望天安门上的领导人。只有待游行结束，最后一个节目才是属于我们的。那一刻少先队方阵把所有鲜花举过头顶，一齐跑向天安门。

事前众位老师一遍又一遍交代：如果鞋子被踩掉了，一定不能弯腰去提，否则会被后面的人挤倒踩伤甚至踩死，而且还会弄乱前进队伍，让毛主席看见我们的队伍不整齐。最后这一点令我们印象特别深，大家互相叮嘱：哪怕光着脚跑，哪怕钉子扎进脚里，也一定不能停下来——其实天安门广场哪来的钉子？但当时我们这些少先队员的决心就是如此——不能让伟大领袖毛主席看见我们的队伍不整齐！

那个时刻令人终生难忘。我们全体少先队员呼喊着："毛主席，万岁！毛主席，万岁！毛主席，万岁！"双手挥舞鲜花，一片鲜花的海洋，潮水一般涌向天安门。当我们跑到金水桥西侧，大家的喘息、呼喊立即变成纵情的欢呼，因为天安门上的毛主席正好向我们这一侧走来，一边走，一边招手。没有走到尽头，老人家停下脚步，侧过身来扶着栏杆，身体前倾，向天安门下面金水桥畔的少先队员招呼致意。

这回真看清楚了：毛主席的脸色又黑又红，微风吹起了他的头发，他微笑着，那么健康和慈祥，向我们一下接一下挥动手中那顶浅灰色的帽子。那一瞬间深深嵌入我的脑海。教室前方正中间悬挂的那幅毛主席的标准像，梦境一样化为眼前的真人！不知怎么回事，眼泪像泉水那样一下子涌出来，顺着脸颊无节制地往下流淌。周围几乎没有例外，不管男孩女孩，个个在流泪，个个在抹泪，个个在发出震耳欲聋的呼喊："毛主席万岁！"

那是我第一次见到毛主席。时间过去四十多年，还常常回想这一幕。那个年代已经被归入"个人迷信"和"个人崇拜"的年代。我们当时的行为就是个人迷信和个人崇拜吗？一个11岁的少年，知道什么叫"个人迷信"？知道什么叫"个人崇拜"？在哪儿学的？谁强迫的？似乎并没有。那种敬仰，确实是发自内心的。

少先队员是祖国的花朵，毛主席是天空中的太阳。见到毛主席，让周身沐浴阳光，是多么大的荣耀和幸福。少先队员并不迷信，人人知道红领巾是红旗的一角，用烈士的鲜血染成。但当"红太阳"迎面升起的那一刻，那种空前强大的磁场，让人觉得看见的确实不是一个人，而是一尊神——不管是醒来还是在梦中，都是心中向往已久、敬仰已久的太阳神。

万万没想到，不过6年之后，这些神圣的东西竟然在心中坍塌得所剩无几。起因就是那场轰轰烈烈触及灵魂的"无产阶级文化大革命"。

1969年4月，我和老友甘治在家中收听"九大"召开的新闻联播。当时外面街道上锣鼓喧天，口号声此起彼伏不绝于耳。我俩把门窗紧闭，趴在收音机前，边听新闻边悄悄议论。如果把当时两人的话语一字一句记录下来，再拿给6年前的我看，肯定会被自己这些"反动言论"惊得目瞪口呆。

6年的变故如此之大，决不仅仅因为兢兢业业、忠心耿耿的父亲在"文革"中被打成了"反党反社会主义反毛泽东思想"的"三反分子"。

父亲对党和领袖的忠诚，母亲多有论及，我不赘述，只补充一件事：

我们家从昆明到北京，正屋中间一直挂着毛泽东的《沁园春·雪》。

父亲最喜欢这幅挂轴，多次请别人来讲解，自己也亲自讲。父亲每次讲到"江山如此多娇，引无数英雄竞折腰"时，眼中似乎总有泪花闪过。当时我年纪尚小，最不明白的就是这一句，怎么讲也不明白：为什么不说"牺牲"而要说"折腰"呢？"折腰"后一定会死吗？

《沁园春·雪》大条幅旁边，还挂有两幅小一些的条幅：鲁迅的"横眉冷对千夫指，俯首甘为孺子牛"。父母同样不知多少次给我们讲什么叫"千夫指"，什么叫"孺子牛"。由此还生出后来的一个笑话。

"文革"兴起时我上初一，眼见别人纷纷造反了，班里几个好学生紧急商量：不能再让别人说我们是"小绵羊"，必须成立个战斗队。叫什么名字呢？我一下想起了家中的条幅，张口说：就叫"孺子牛战斗队"吧！当时大家也没什么好主意，于是一致通过。后来才明白我们犯下的错误是多么明显。

在那个盛行"造反有理"的年代，这个名字的确糟糕透顶。很快，高年级甚至同年级同学都开始笑话我们。连初二女生都成立"雄狮战斗队"了，人人在传诵红卫兵战诗："钢气节，英雄胆！洒热血，捍江山！老子英雄儿好汉，不破不立，反！反！！反！！！"如此强悍的氛围下，我们竟然管战斗队叫什么"孺子牛"，不但一点儿提不起造反之气和战斗之气，反而一看就知道是一伙不折不扣"五分加绵羊"式的"老保"（对保皇派的称呼）！

战斗队刚刚降生即遭此重挫，垂头丧气的我们蹬着那辆不知从哪儿借来、总也把不稳方向的三轮车，在校内校外刷了几条标语——糨糊还是家里陈秀英阿姨帮着熬的——全部战斗活动便草草收场。四十多年过去，2008年初，老同学聚会回忆往事，一名当年的战斗队成员还在大声发问："孺子牛'这名字是谁起的？"

这就是我们的家庭教育。这种家庭教育很难产生"造反派"。"文革"开始，我们全家无人热衷造反，更无人模仿当时的时髦举动，站出来"大义灭亲"，揭发自己的父母。对"革命就是革那些革过命的革命者的命"这类拐弯抹角、深奥复杂的政治斗争概念，我们这家人感到分外难以理解，分外难以实践。

自己不实践，别人就给你实践。很快，这句话应验到我们头上了。

1967年初，形势越来越严峻。一次家庭会议上，爸爸说：你们一定要记住，就是有一天我被打倒了，你们也跟党走，跟毛主席走！要相信党，相信毛主席！我们坐在那里听，不以为然。妈妈却坐不住了，赶紧补上一句：当然啦，你爸爸是忠于党和毛主席的，不会被打倒，谁也打不倒。

没多长时间，他们就双双被打倒了。

这就是那个荒谬的年代。

父亲一关就是5年。

这5年之中，父亲如何被诬陷、被批斗、被殴打，我不愿再重复。最艰难的时候是他身患重病自虑难愈，曾用颤抖的笔迹在一个药袋背面写下"遗书"——"我死不瞑目，我相信党组织。"——叠好放进自己内衣口袋。他估计难再看到光明，最后也要留下自己的不甘心。这些事写多少天也写不完。

父母被关后，我们每人每月只有18元生活费，生活拮据。我当时眼睛开始近视，急得不行，到处找地方扎针灸。那个年代针灸流行，诊所里躺着、坐着一排又一排脸上扎满银针的学生。为了治好近视，大家都对银针无所畏惧。但问题是钱。去一次收费3毛，两三天就得扎一次。什么时候能扎好，谁也不知道。三姐当时管家，为维持全家生活开支，她精打细算，省吃俭用。我三天两头找她要钱扎针灸，她脸上从无难色，二话不说就把钱给我，令我至今想起来也感激不已。

就这么点儿生活费，还须省出钱给父亲买药。我们夏天冒着烈日、冬天顶着寒风一次次骑自行车把买来的药送去，专案组那几个家伙不动声色地全部收下，后来才知道他们一次也没有转交。5年后，父亲被释放，他们把药瓶装了一麻袋，"退还"我们。真不知这些人还有没有一点儿人性。这种品性的人被"组织"信任和赏识，坚贞和忠诚怎能不像垃圾一样被毫不留情地踏进烂泥！

当年的这些"风云人物"，今天不少也住进干休所了。说他们能良心发现、良知顿悟、感觉悔恨，我根本不相信。人的世界观一旦定型，就很难改变。对他们来说，"文革"前不过是本性的蛰伏，"文革"中则是本性的完全释放和彻底暴露。那是他们的黄金时代。"文革"后，辉煌时期过去，又只好进入本性蛰伏阶段了。他们不再出声，不过是因为失去了条件和环境。他们会在那里静静地潜伏等待，等不到第二次"文化大革命"，这些人内心也是"死不瞑目"的。

1972年底，第一次允许我们探视父亲。让人想不到的是，被关5年的父亲竟然连自己的两个儿子都认不出来了。当姐姐和哥哥相继进入那间狭小的会见室后，他指着跟在后面的我和弟弟问母亲："那两个是谁？"

我忘记哪本书里描绘过类似囚徒与亲人相会的情节，长期关押使亲人之间相见不相识。书中的情景发生在久远以前的时代和非常遥远的国度，但现在这一切就发生在我们眼前。冷冰冰地坐在旁边监视的专案组人员看见这一幕不知作何感想，不知是否认为这一幕也属于他们的"伟大胜利"。

父亲这一代人两万五千里长征，爬雪山过草地，无数艰辛、无数征程、无数牺牲，不顾家庭、不顾亲情、不顾个人，只为新中国和革命胜利。作为家中独子，祖母从小对他宠爱有加，倾尽贫寒家庭之所有，供他读完高小，却因他执意参加革命而倾家荡产。大革命时期，父亲在家乡搞农会，抄土豪的家，分土豪的地。大革命失败，被土豪抓住吊在房梁上。祖母当房子卖地，四处借债，用120光洋把他赎回。人赎回来了心没回来，又多次外出寻找红军。祖母把他关在家里，听说红军攻克永丰县城，他从家里翻墙头跑出来，参加了红三军。祖母找到队伍死死拉住他，痛哭流涕。

父亲在自传中描述："自己斗争很激烈，闹革命就没有家。我这样的家是不容易离开的，主要对母亲有留恋，我走后家一定会垮。可怜我母亲从小养大我这个孤子来养老的。"他还是义无反顾跟着队伍走了。全国解放后，他把祖母接到身边，祖母已近双目失明，难以辨认思念多年的儿子了。他怎么可能想到新中国成立二十几年后，轮到自己从囚禁地放出来，连自己的亲子也不能辨认。

父亲以后再也不提这件事情。越是伤心的事越不提。他不想让任何他认为不好的，可能与子女应该持有的理想相悖的东西存留于我们内心。他不提，我们也尽量回避，就像没有发生过一样。但正是这些留存于大脑、领悟于内心的事情，使我们真正从天真走向成熟。

家庭是社会的缩影。我们最初感受的冲击来自家庭的变故，随后更大的冲击则来自社会的震荡。1968年底，伟大领袖发出新号召：广阔天地大有作为！连夜锣鼓喧天庆祝。"最新指示"发布之后，各学校便掀起去农村插队的高潮。哥哥是1966届毕业生，首当其冲。

1969年1月，他与一些同学结伴，报名去陕北插队。临走那天，我与几个同学混到北京站去送行。所谓"送行"，不过是去看热闹而已，看看高年级学生怎样走向社会。当时我心里很痒痒，充满跃跃欲试的冲动，也想跟着走，让哥哥好一顿说，只好暂时作罢，上车站看热闹的事也没跟他讲。

当时，北京火车站外面正在修建地铁，完全没有今天的"浅埋暗挖"技术，而是一条大路全线剖开，挖得又宽又深，建好地铁通道后再行覆盖，土层暴露面特别大。北方冬季风大，北京火车站前因此风沙漫天，尘土遍地。外面沙尘飞扬，里面激情飞扬。

当时，知青或插队或去生产建设兵团，基本都从1号站台出发，我们几个人挤进去一看，确实激动人心：打红旗的，敲锣鼓的，戴红花的，放鞭炮的，与亲人告别的，与同伴说笑的，大声喊着找人的，早早上车占座的，还有各学校此起彼伏的哨子声……真有点儿《十送红军》里唱的亲人送战士出征的景象。

找了半天，不见哥哥他们的队伍。火车已经快开了，车站的气氛开始有点儿不对，空气开始变得凝重，但大家还能把持住，相互拉手，强作欢颜。这时候，我看见了哥哥，他从列车远处一节车厢的窗口探出半个身子，双肘趴在车窗上向外张望。

汽笛响了！声音凄厉，撕心裂肺。

几乎就在与汽笛响起的同时，突然像天塌下来一样，整个车站瞬间爆发出"呜——呜——呜——"似江河决堤一般的呜咽和大恸！我被这突如其来的场面惊呆在那里，从来没有听见过数千人像这样不约而同地集体失声痛哭！送的哭，走的哭，车下的哭，车上的哭，招手的哭，挥旗的哭，一边哭一边说，一边说一边哭，有的使劲压抑着哭泣，有的号啕大哭……真是惊天地、泣鬼神！

那种从肺腑中迸发出来的集体悲哀，像一柄灼热的利剑，再坚强的人也会被一下子穿透。我没有上去与哥哥打招呼，站在那里止不住眼泪滚滚而下。幸亏戴着个大口罩，把大部分眼泪吸掉了，别人不太看得出来。

列车移动了，人们的哭声更激烈，潮水一样的声音淹没了汽笛声和车轮与铁轨之间的金属摩擦声。趴在列车窗口的哥哥眼圈红红的，竟然没有哭。他真够硬，我佩服不已。

后来又有过无数次送行。送三姐、送董春生、送肖淮河、送甘治……每次送行都像全体约定好了一样，列车发车前汽笛一响，车站就会发出那种整个站台为之颤抖、让人灵魂惊悚的恸哭。没有到现场听过的人们，永远想象不出那种声音给人以怎样的冲击和震撼。

后来很多人回忆"文革"时说，听到传达"九一三事件"的文件，开始认识到"文化大革命"不行了。我却不是这样。1969年北京车站送行时，那种渗入骨髓的集体大恸，已经聚集了足够的能量，让人越来越清晰地感到这场"革命"无论表面怎样轰轰烈烈，其内核已经开始在普通大众内心的潜意识中被摒弃了。

那一刻我明白了：心里说的话与嘴上说的话，差异竟如此巨大。虽然在非常时期，人们披露心声的时间那么短暂，但也足够了。它对我的启示之大，难以言表。有些人的成熟需要一生，有些人的成熟只需一夜。伍子胥过昭关，一夜就白了头。我相信关内的伍子胥与关外的伍子胥，必定判若两人。这场"史无前例"的运动，不知使多少人"史无前例"地迅速成熟。

那段时间，我满脑子问号。一个又一个的"为什么"。半夜想，早晨醒来想，拿着铝锅去打饭时想，从北太平庄宿舍向西走，坐在残破的元朝城墙遗址上也想。这是我的精神炼狱。

从蓝天白云的国庆节、高举鲜花跑向天安门的优秀少先队员，到抄家封门、"只许老老实实不许乱说乱动"的"黑帮狗崽子",再到尘土遮天、哭声撼天动地的北京火车站,以及后来当工人所在的那个漆黑如锅底的瓶底管车间……

我在踉跄之中完成了成长的最初轨迹——"可以教育好的子女"就这样一步一步被教育好了——不是用那些冠冕堂皇的"革命理论",而是用钢铁一样冰冷的社会现实。我们这些被誉为"生长在蜜糖罐里"的一代,从被砸碎的蜜糖罐里集体摔出来,在精神与物质的双重艰辛和双重磨难之中,不回头地走上了各自的成长道路。

带着愤怒、不解与伤痛走向社会

我开始看书。

感谢我们这个从不乏书籍的大家庭,有过去父母存的,有后来姐姐们借来的,也有同学朋友之间相互传看的。我不再像以前凭兴趣看《钢铁是怎样炼成的》《叶尔绍夫兄弟》《悲惨世界》《九三年》《第三帝国兴亡》《欧洲争夺战》等书籍,而是开始寻找能够回答脑中问题的书。

《毛泽东选集》1-4卷,我认认真真看完。

《鲁迅全集》1-16卷,我认认真真看完。

克劳塞维茨《战争论》1-3卷,我认认真真看完。

一边看一边想,一边想一边写,写日记,写读书笔记。

就是这三套书,使头脑中的很多问题逐渐开朗。这些书里没有神的启示,却充满了人的智慧。给我以勇气,给我以信心,给我以动力。

随着精神日益充实,人也开始日益自信。毛泽东崇尚"自信人生二百年,会当水击三千里"那种豪情,鲁迅崇尚 "敢于单身鏖战的武人,敢于抚哭叛徒的吊客"那种硬骨,克劳塞维茨崇尚"不为小事所动,其感情活动好像巨大物体的运动,虽然缓慢,却不可抗拒"那种气质,不但使我激动不已,更像强劲的清风滋润着我的肺腑。一艘失去风帆的小船,就这样被安装上马力强劲的发动机,冲向大海的热情与欲望越来越难以按捺。

我开始汗流浃背地"练块儿"，按照毛泽东的说法就是"野蛮其体魄"。

俯卧撑、哑铃操、拉力器，天天锻炼不止。汗顺着胳膊往下流，通过小手指滴下来，在水泥地上滴成一摊。后来，进工厂我能抡起十八磅大锤打二百多下，参军后双杠能从第一练习做到第八练习，单杠能从第一练习做到第七练习，鞍马能从第一练习跳到第三练习，由此当上了连队军体教员，都得益于在北太平庄时打下的身体基础。作为一个"可以教育好的子女"，不得不随时准备与别人打架啊。

有时练得实在累了，就站到阳台上，边晒太阳边喘气。我们那个小单元，阳台正对路口，那个军帽总是松松扣在后脑勺上的大院管理员后来说，我穿背心叉着腰站在阳台上，是"向别人示威"。我们哪里还有资格示威？真是笑话。当时，大院里都知道新来了"黑帮子女"，我们不实践毛泽东教导的"敢于斗争"，天天受气就是肯定的。

当时我已经隐隐感到某种冲突的不可避免。我时时以高尔基那句话提醒自己："让暴风雨来得更猛烈些吧！"日益充盈着斗争的冲动。毛泽东那句"与天斗，其乐无穷；与地斗，其乐无穷；与人斗，其乐无穷"，把我的血管鼓得胀胀的。

机会很快不请自来。

当时母亲被发配去北京军区石家庄农场，家中只剩我和弟弟两人。母亲、姐姐和哥哥的来信时有丢失，还有的信有被拆开又重新封上的痕迹，估计很可能是大门值班室那个平时耀武扬威、满脸疙瘩的值班员干的。

那天终于被我逮个正着。

我们那个小单元在三楼，阳台侧对着大院门口。平常家里有没有信，站在阳台上看看大院门口值班室墙上挂的分信盒就知道了。那天，我刚刚练过拉力器，在阳台上喘气，转身看见楼下值班室，满脸疙瘩的值班员从里面走出来，到分信盒前，左右张望一下，然后从我们家的信格子里迅速抽出一封信。

偷信的原来是他！血液一下冲上我的脑门。那个家伙二十多岁正当年，平时在大院里牛气哄哄，除了围着管理员转，他从不把其他人放在眼里。但抽信那一瞬间，他鬼使神差地回身望了一下，与三楼阳台上的我目光撞个正着。这种目光的交锋两人都感觉到了。他马上转身做了一个把信重新插回去的动作，没事一样揣着手，溜溜达达地准备走开。

我几乎是一阵风一样冲下楼。其实自己都不清楚要去干什么，等待我的是什么，我又准备怎么干。心中像敲响战鼓一样，只感到一个从远方传来的提示：机会来了！考验到了！只有一个念头：绝不放过那家伙！

那家伙在一楼办公室门口被我截住。他有些惊讶，但态度强硬。惊讶在眼前这个"黑帮子女"竟敢在大庭广众之下如此嚣张；强硬在大院办公室大门口，这么多干部战士，这么多基层群众，一个"狗崽子"又能把我怎样？

他不假思索地当胸猛推我一把，以为足以把我推个仰面朝天，没想到我抓他胸前衣服的那只手抓得那样紧，一下把他从台阶上也踉跄地带下来，两人都差点儿摔倒。在几乎失去平衡的那一刹那，我发现他脸色有点发白，眼中闪过一丝惊慌。我信心大增，也怒气大增。若不是办公室赶出一些人把我们二人强力拉开，肯定是一场身体的恶斗了。

周围路过的人也迅速围上来。在大院办公室门口台阶上展开的这场大仗，昏天暗地。双方眼睛瞪眼睛、鼻子贴鼻子向对方大吼。我不知道自己这个"文革"前"五分加绵羊"的好学生、"孺子牛战斗队"的首倡者，从哪里冒出来这股狠劲儿，当时一定是青筋暴露、满脸通红、龇牙咧嘴的。长期以来所有的愤恨和怨气，都借这个"拆信事件"火山一样爆发了。

这一仗干得天翻地覆。

毕竟对方人多，满脸疙瘩的值班员脸色越来越白，渐渐退到后面，大院管理员站到了第一排，对我大吼："你看见他拆信了？！凭你说啊？谁看见了？！谁证明？！有证据吗？！"我转过来同样对他大吼："就是他拿的、他拆的！他凭什么拆别人的信？！你说他没拆，你有证据吗？！"

这类吵架从来是越吵越成一锅粥，越吵越难辨是非。冲突到这种程度，内容不再重要，道理不再重要，面前是谁同样不再重要；音量最最重要，气势最最重要。谁对我吼，我就对他大吼，谁动我一下，我会立即整个扑上去。

当时真奇怪，对方那么多人，我丝毫不觉得自己处于劣势，内心充满了对那个满脸疙瘩的值班员的轻蔑、对那个军帽扣在后脑勺上的管理员的不屑。

记不清围上来多少人。人在激烈冲突中对周围的感觉是模糊的。只觉得四周全是眼睛。我那种不管不顾的情绪和冲动，周围人似乎也感觉到了。所以尽管围观的人里三层外三层，但多半只是大为惊异地看着，帮他们说话的也没几个。

模糊不清中，我看见弟弟也夹在人群里。

这次冲突给我一个深刻印象：力量不是靠数量堆出来的。当你连一群人也不怕的时候，你的情绪会即刻传染给这一群人。从这个意义上讲，那天的恶斗从发生的那一刻起，其实已经基本结束了。

现在的武打片中，有描述两个对手在目光交流中就完成武功较量的情节，别人信不信我不知道，我有点儿信。今天回想起当年里三层外三层被围在其中与人干仗反而越干越勇的劲头，就是牛顿那条力学定律：作用力与反作用力大小相等，方向相反。想必满脸疙瘩的值班员和军帽戴后脑勺的管理员当时也心知肚明：剩下的只是残局的收官。

管理员当时扬言，要让派出所来收拾我。不知为什么，他期待的民警一直没来。从此以后在大院相遇，他们已经是目光回避，以前那种居高临下斜眼看人的威势再也不见了。

我今天在课堂上给大家讲冲突与危机处理，讲危机冲突中的开局与收局，强调"不懂得收局，就难以科学有效地处置危机"。这些都是在窗明几净、座椅舒适的空调房间里说的堂皇理论。当年那场冲突，我只有开局，根本没有想过，也不知道如何收局。

难道那是一次不成熟、不理智，甚至失大于得的危机处理？并非如此。在那个荒谬的年代，敢于开局而根本不去想、也不知道如何收局的精神状态，给对手造成的精神负担和压力也不言而喻。

这次冲突很快被人传出去，传得离奇走样。同校一位高年级学生后来问我："听说你在大院里动刀子把人给捅了？"这个学生在学校以打架出名，曾经一拳把宿舍门上的玻璃打得粉碎，躲在里面的老师吓得缩成一团，他自己也鲜血淋漓。他问我时，那副赏识和钦佩的表情，无疑是已经把我当成他的同类了。

妻子至今不知道我年轻时的这场荒唐冲突。但她后来不止一次说我：一犯急就会变"浑"。这个结论与当年大院管理员说的话异曲同工，不过后者讲得更加难听："这家伙是个凶狠的狼崽子！"这句话我一直记在心里。

"文化大革命"在我们血脉中注入了某些说不清道不明的元素，使我们的性格、脾气甚至包括某些作为，都偏离了正常的轨道。我就是这样带着浑身的愤怒，带着满心的伤痛，带着不解的思索走向社会的。

恶劣环境中的一方净土

北京东单公园斜对面那个黑如锅底的瓶底管车间，是我走上社会的第一个驿站。那里的大爷大妈、那些淳朴的工友和同伴小景、小童、小冯抚平了我的愤怒，缓解了我的伤痛，让我展开了奋斗的空间，让我看到社会和人性的另一面。今天想来，对他们不知如何报答。

其实我对首都北京毫不留恋，早想远走高飞，无奈连个落脚的地方都找不到，连个愿意收留的单位也没有。1968届学生开始分配，先是东北生产建设兵团和云南生产建设兵团，因"可以教育好的子女"身份不让去，可能是怕离边境太近"投敌叛国"吧。随后是嫩江国营农场，也不可以，理由基本同前。眼见新老同学一车又一车奔赴全国各地，自己却在那里"待分配"，心中万分焦灼。于是决定自己找插队地点，与老友甘治一起上河北晋县投奔他的老同学。

那天在晋县下火车后我们徒步40里，生平第一次走这么远的路。途中问老乡无数次，得到的回答都是"还有十几里"，把"十几里"弄成了一个让人盼不到头的概念。天黑之前终于疲惫不堪地走到那片村庄，老同学的接待十分客气，又做饭又烧水又聊天。第二天上午和下午我们把周围环境细细考察一番，心里有了点底。摩拳擦掌正准备在这片广阔天地牢牢扎根大有作为，失望又一次接踵而来。

晚饭后，甘治的老同学用缓慢、沉稳、委婉的男中音字斟句酌地说出了他们的集体考虑：来人已经够多，无法再接受新人加入。

这一最新打击未使我们更加麻木，因为我们已经足够麻木了。甘治悄悄告诉我，看见他们一个个男男女女都已成双成对，就觉得我俩可能多余。现在果然如此，只好走人。

我们是第三天上午被他们用自行车送回火车站的。

火车到北京，出了站台各自取自行车，昼夜存车处的人说你俩先等一等。这一等等来两个民警，不由分说把我们带进北京站派出所。后来才知道原来是我们的自行车存了三天两夜，存车处的人认为我们很可能是到外地流窜作案，于是向派出所打了报告。那个年代就是如此，人们的阶级斗争之弦绷得一个比一个紧，到处都在告发，大家都习以为常了。

我们被分头审问。开始我还理直气壮地辩驳，那个老民警一个问题就让我起了一身鸡皮疙瘩："你包里是什么东西？"

包里是一只活鸡，在晋县火车站买的。我和甘治一人买了一只。一是因为不能白去一趟，怎么也得有点儿收获；二也是因为确实便宜，想买回来改善伙食。现在可好，撞枪口上了。只要查出你从外地弄回只活鸡，给你安个"长途贩运"或"投机倒把"的帽子，那真是跳进黄河也洗不清。

当时已经没有退路。我后脊梁出汗，硬着头皮回答说："一包衣服。""真的是衣服？""真的。不信你翻。"

其实哪里经得住翻，只要上来一摸，就一切完蛋了。

老民警没有上来。

只要那只鸡动弹一下，更别说再"咯咯"一叫，谎话就被揭穿了。

但那只鸡也没有叫，甚至没有动。

太争气了！关键时刻！

电话铃突然响起。冥冥之中，好像真有什么力量在暗中帮助我。老民警一边接电话，一边不耐烦地对我说："好了好了就这样，可以走了，以后在学校听从分配，少到处瞎跑！"

我故作镇静地从派出所走出来，把自行车推到安全地点，再打开包看那只关键时刻的"争气鸡"。

鸡已经闷死了。什么时候死的，我一点儿不知道。

不久，甘治带着他得意时晃晃悠悠的劲儿也走了出来。他经历的过程几乎与我一模一样。

结果竟然也完全一样：他包里那只鸡也闷死了。

河北晋县这趟"历险"过后，不死心的我们又联系过河南罗山、光山等几个地方，皆是徒劳，全部失败。

后来甘治自己走了——他弄到一个东北生产建设兵团的名额。临走前他告诉我：再不走实在不行了，刚刚解除监禁的父母已经在"求求他赶快找个地方落脚"。我至今记得甘治告诉我这一情况时，那一脸痛苦的表情。至今不明白为什么其父母要"求"自己的儿子早点儿离开。

我所面对的现实十分尴尬：所有同学全部走光，只留下我一人，像个不折不扣的社会弃儿，待在被遗忘的清冷角落。

妈妈从石家庄干校赶回来，一趟一趟去学校，找工宣队，找军代表，陈述各种各样的理由。不知付出多少努力，终于使学校同意分配我到工厂。

所谓工厂，不过是个街道小厂而已。20名分配到该厂的学生中，其中3名"成分"最差："黑帮子女"的我、奶奶是法国人的小冯、父亲是资本家的小×（女孩，忘了姓名）。于是我们三人被送到瓶底管车间报到。

就像1969年初我惊呆在北京站送行的人群中一样，1971年初，我惊呆在东单公园斜对面那个简陋和糟糕到可怕的瓶底管车间前：约40平方米的车间内，四壁被煤油灯熏得漆黑，大白天进去，眼睛好长一会儿才能逐渐看清室内布局——两条长长的木桌上，四排煤油汽灯在鼓风机作用下吐着蓝色火焰，工人们坐在长桌两边的木椅上，急速转动手中一节节玻璃管，烧制装阿司匹林药片的药瓶。一张张脸分不清男女，都是鼻翼灰黑、满头淌汗、面颊被高温煤油汽灯烤得通红。

我和小冯、小×呆呆地站在车间门口。新中国还有这样的工厂，还有这样的工作场景，与"社会主义是天堂"的认知大相径庭，与我们在课本上学到的、在宣传画上看到的，天壤之别。

又停了一会儿才看得更清楚：近30个工人师傅中，年轻人极少，几乎清一色是老大妈。

帮我们完成安顿的是车间里唯一的男性——比我大七八岁、从少管所放出来的小童。接着更为细致帮忙的是另一个比我大四岁的、幼儿师范毕业的女工小景。我们进去以前，车间里只有这两个年轻人。

毕竟成熟些了，这一轮震惊和犹豫对我来说十分短暂。事实明摆着：作为"黑帮子女"或"可以教育好的子女"，你不来这里谁来这里？如果姐姐不上内蒙古兵团、哥哥不去陕北插队，你想进街道小厂都进不来。现在除了好好干、玩命干、珍惜这个天上掉下来的机会，哪里还有挑肥拣瘦的权利？

这个烟熏火燎的车间，成为我走上社会的最初起点。小冯、小×、小童、小景，成为我走上社会的最初同伴。

也许因为"同是天涯沦落人"，小冯、小童和我，很快就成为莫逆之交。每次工间休息，我们三人都要从煤油味呛人和鼓风机震耳欲聋的车间里跑出来，坐到马路对面东单公园的铁栅栏下，抽烟聊天，谈天说地。

小童来得早，又是当时车间唯一的男性，分配的活是全车间最好的：戴着线手套，把长长的玻璃管一节节切下来。我和小冯就没有那么幸运了，必须上煤油喷灯工作台，坐在大木凳上拿着那一节节玻璃管烧制药瓶。

老师傅们手把手教，我也专心致志地看和学，整天反复琢磨为什么我烧的瓶子先是封不了口，能够封口了瓶底又呈锥形而站立不住。当我第一次烧出一个底面勉强够平、勉强能够站住、勉强算合格的瓶子时，简直无比兴奋,长久以来第一次品尝到成功的滋味!

最初垂头丧气的小冯受我情绪感染,很快也认真学起来。年轻人都不服输,我俩开始较劲和比赛:看谁烧得多,看谁的瓶子质量好。短短一两个月,我俩烧成的瓶子就从最初的十几个到几十个、几百个,然后上千,直到最后一天能烧两千多个。两人天天也是鼻翼灰黑、满头淌汗,面颊被高温煤油汽灯烤得通红,与周围工人师傅毫无二致。

后来听说厂里预先已有准备:这几人在瓶底管车间待不了多长时间肯定闹着要走,正好顺水推舟把他们退回学校——工厂本来还不想要这些人呢!厂领导没有想到,这几个家伙不讲条件,干得还挺来劲。车间师傅们也笑逐颜开——单纯的年轻人不仅带来了活力,还带来了干劲。大家都说小金、小冯这两个小伙子干得真好!

也是短短一两个月时间,我双手的拇指、食指和中指指尖都开始变白。这是烧瓶子时离高温煤油喷灯很近、需要反复转动玻璃管的几个手指。开始感觉指尖被灼烤得难以忍受,后来就渐渐麻木了,再后来指尖开始慢慢发白,回家端刚出蒸锅的滚烫菜盘都没有什么反应——可能指尖的末梢神经被烧死了。

当我带着几分炫耀专拣最烫的盘子端,以显示自己不怕烫的能力时,能看出来妈妈的难过。从小在家我就是个很少做事的人。妈妈指挥姐姐、哥哥和弟弟干这干那,却很少让我去做什么,只要抓紧学习就行。现在看到我整天穿一身脏兮兮的工作服,天不亮就赶头班车去上班,天黑透了还不能下班回来,与过去"好好学习、天天向上"的标准南辕北辙,她的心情可想而知。

妈妈很难受,我却很得意。这是我一生中最艰难的时期之一,又是最快乐的时期之一。在人们认为是社会底层的这块地方,没有没完没了的斗争,没有势利的白眼,没有身份的歧视——对"黑帮子女"的我,对1/4法国血统的小冯,抑或对从少管所出来的小童,都是如此。只要好好干,就有人说你好,就有人关心、体贴和爱护你。它的环境恶劣,却又是一块净土。

"哎呀，小金当心，不要烫着了！"普普通通一句话，像甘露一样滴在自以为已经坚硬如铁的心上。当我带着浑身愤怒、满心伤痛和不解思索走向社会之时，亲眼所见、亲身感受到社会上还有这么多善良的、从不伤害别人的好人。我的心是被这些朴实的工人师傅、大爷大妈和周围同伴们焐热的。

当时总觉得身上有使不完的劲，不管干什么都义无反顾。

工厂要组织人到石景山钢铁厂搜集废铁，那是个有风险的粗活重活。别的车间不想去，我拉着小童、小冯三人一起代表瓶底管车间报了名，还生怕厂里不批准。到石景山钢铁厂的炉渣堆场一看，好拣的废铁早被其他工厂弄光了，于是炼铁厂拉炉渣的车皮一过来，灼热逼人的炉渣刚倒出来，我们冲上去抢开铁锤就砸。滚烫的炉渣四下飞溅，工作服烧出了窟窿、皮肤上烫出了白点，也咬着牙全然不顾。其他厂来拣废铁的人们围在一旁议论：哪个厂来的野小子，见铁不要命啊？！

事后想想也的确危险：如果炉渣溅到眼睛里，麻烦真就大了。当时就是用这种不管不顾的蛮干，来表达心中对我们那个街道小厂和周围师傅们那份难以言表的感激之情。

和这些人相处，我觉得格外的亲。

车间四十多岁的房师傅在拣废铁现场负责后勤，太阳烤得她炎热难耐，拿块湿毛巾顶在头上，手里攥着冰块。我看见她就说："啊呀，房师傅我渴死了，冰块给我吃吧。"她很吃惊："你真要吃啊？"我说当然要吃，接过来一口就吞了下去。

后来房师傅几次在车间会议上说这件事："你看看我们分来的学生多好啊，我那个冰块在手里攥了半天，人家小金一点不嫌脏，一口就吃进去了。"这是一种完全不设防的信任。脏不脏这概念在脑子里连闪都没闪过。

在瓶底管车间，对我关心照顾最多的人是小景。从进车间那一刻起，她就像个大姐姐，给我铺好工作台，给我换合适的凳子，又帮着调好煤油喷灯，然后耐心细致地告诉我烧瓶子的操作要领。每每被高温喷灯烤得口干舌燥，我都会发现旁边有她放的一杯工厂自制的冰镇汽水。

我们来之前，车间里只有她和小童两个年轻人。小童是车间里唯一的男性，因少管所的经历变得沉默寡言，干活时缩在车间的角落里不声不响地切玻璃管，开会也是尽量待在光线最暗的角落不发一言，黑黝黝的他像个几乎不存在的隐身人一样。小童的这种精神状态，使性格开朗、敢说敢做的小景，在这个以老大妈为主的车间里，几乎找不着可以交流的人。人与人之间的情绪是可以互相感染和传递的。后来小景讲，如果我们不来，她很快也要被闷老了。

我并不知道当时我们那种不知苦、不知愁、不知累、乐观向上的情绪似一股清风，首先感染了小童。他变得话多了，爱谈笑了，干什么事也不再蔫蔫地随后尾，而是愿意跟我们一道去积极争头排了。

然后感染了小景。甚至可能最先被感染的就是她。她开始加入我们三人的小团体，工休时毫不顾忌性别差异，与我们凑在一起谈天说地。随后又像个男孩子一样，要求与我们一起去石景山抡锤打铁，没被批准，就要求与我们一起去挖防空洞。

"深挖洞"是一项完全不适合女性从事的重体力劳动，要在很深的狭小洞内把土一锹一锹扬上去。她没有那么大劲，憋个大红脸艰难地往上举铁锹。我们怎么劝她上去都不行，一定要坚持干，说"跟你们在一起快乐"。干重活的人饭量都很大，她回回觉得我没吃饱，当我吃完自己那一份后，她一定要把她饭盒里的鸡蛋炒饭再分给我一半。看着我吃，比她自己吃不知高兴多少倍。

那段日子里，没有人问过我为什么成了"黑帮子女"，我也不会问小童为什么进了少管所，不会问小景为什么没有如愿当上幼师而来到瓶底管车间。我们这些同伴之间，家庭、年龄、身份，甚至性别的差异似乎都不存在。连最初眉头紧蹙、心事重重的小冯，后来也无所顾虑地跟我们讲他法国奶奶的故事，还有他那同样因身份倒霉遭难的父亲。

在那个人人相互防范的年代，我们却拥有一个彼此信任的交流语境，滋润着每一个人的心田。

时间给予的磨炼与奖赏

四十多年过去了,这些事情对我来说就像发生在昨天一样。一个个细节、一个个表情、一个个动作、一张张面孔,历历在目。我经常想,这些人以今天的标准来衡量,可以说没有社会地位,没有院校学历,没有个人财富,没有发展前景……但他们有一种令人铭心刻骨的品性。不管你如何高贵抑或如何卑贱,他们都把你当作一个平等的同伴。

有句话说得很深刻:"一个人即使念一百所大学,学到的也只是工具而非人生。工具没有品格,也不会给人带来品格。然而人做每一件事都离不开品格。"我就是在第一印象似地狱一般的瓶底管车间里面,真切感受到了人的品格所带来的那种通体光明。

光阴如梭。当年不知冷不知热、不知饥不知饱、脖子上挂把弹弓就不知天高地厚的昆明男孩,变成天安门前手捧鲜花的北京市优秀少先队员,又变成满身油污一脸灰黑的瓶底管车间小工,再变成夏天衬衫被汗水沤烂、冬天手脚耳朵全是冻疮的地勤战士,直到今天被人称为专家、学者、"杰出教授",成为全军英模代表大会代表、党的十七大代表、全国政协委员……如果把这些称为人生的交响乐变奏,那么我永远不会忘记最初弹出的那几个音符。

2006年颁发的"中国人民解放军首届杰出专业技术人才奖",全军上下获奖者仅50人,我们当年的"孺子牛战斗队"就有两名成员——我和王建新——得此殊荣。李联林——战斗队的另一名成员、老同学聚会时追问"'孺子牛'这名字是谁起的"那位——则曾在西昌卫星发射中心任指挥运载火箭发射的01指挥员。

现在看来,当年那个名字起得还算可以。我们没有枉对家庭、学校、父母、老师和那么多至亲至爱的人们的培养和哺育。时间给予我们最严峻的磨炼,也给予我们最高的奖赏。

我依然清晰地记得,当年在石景山打铁时突降暴雨,我和小冯、小童三人缩在一块巨大的废炉渣下避雨的情景。雷电交加,滂沱大雨下个不停,小童第一个轻声哼起《毛主席的战士最听党的话》，我和小冯随即加入。三个满脸灰黑、不名一文的小工，在风雨交加中，越唱越忘情："哪里需要到哪里去，哪里生根哪里安家。祖国要我守边卡，扛起枪杆我就走，嘿，打起背包就出发……"

　　我敢说，那歌声引发的腾飞思绪已并非盲从和迷信了，而是内心的感悟和奋发。幸福是财富，苦难更是。如果说苦难和幸福都属于感觉，那么比感觉更珍贵的，则是领悟。

　　我们生活得那样认真。

　　这就是我们这一代人。

　　尽管我们的春天满地泥泞。

图书在版编目（CIP）数据

心牲. 2 / 卷一南熏著. -- 武汉：长江文艺出版社，2016.3（2020.4重印）
ISBN 978-7-5354-8655-4

Ⅰ. ①心… Ⅱ. ①卷… Ⅲ. ①随笔-作品集-中国-现代 Ⅳ. ①I267.1

中国版本图书馆 CIP 数据核字（2016）第 032144 号

心牲 2
Xin Sheng 2

卷一南熏 著

选题策划｜北京长江新世纪文化传媒有限公司

选题策划｜金丽红 黎 波
责任编辑｜陈 曦　　装帧设计｜鄂 橙　　责任印制｜张名武 王春理
助理编辑｜杨鑫鑫　　内文制作｜张春秀　　媒体宣传｜刘 冲 刘 峰
法律顾问｜宋 飞　　版权代理｜何 莉

出 版｜北京长江新世纪文化传媒有限公司
电 话｜010-58678881　　传 真｜010-58677346
地 址｜北京市朝阳区曙光西里甲 6 号时间国际大厦 A 座 1905 室　　邮 编｜100028

出 版｜长江文艺出版社 ![]
地 址｜湖北省武汉市雄楚大街 268 号湖北出版文化城 B 座 9-11 楼　　邮 编｜430070

印 刷｜天津中印联印务有限公司
开 本｜710 毫米 × 1000 毫米　1/16　　印 张｜14.25
版 次｜2016 年 3 月第 1 版　　印 次｜2020 年 4 月第 17 次印刷
字 数｜180 千字
定 价｜39.80 元
版权专有，盗版必究（举报电话：010-58678881）
（图书如出现印装质量问题，请与承印厂联系调换。电话：无法辨认）